致青春 053

難哄

〈下〉

竹已　著

高寶書版集團

目錄
CONTENTS

第六十二章　把我抱來妳房間

桑延的眼睫垂下，盯著在他手背上彙聚又向下滑落的幾滴水珠，喉結慢慢地滾動著。很快他又抬起眼，啞聲問：「怎麼了？」

她的身子一動也不動，沒發出任何聲響，只有眼裡不受控制地掉著淚。像是只能用這種方式，無聲地，在這空無一人的夜裡，獨自消化掉那些痛苦。

桑延抬起手，輕輕地拭去她臉上的淚。覺得這冰冷至極的眼淚，在此刻像是熔岩，灼得他全身發疼。他的嗓子乾澀，有些說不出話來。

半晌後，他才喊了一聲：「溫霜降。」

溫以凡的視線仍放在膝蓋上。

「妳問我這些年是不是過得不好，」桑延聲音很輕，「那妳呢？妳過得好不好？」

兩人合租了一年多的時間，在溫以凡第一次夢遊後，桑延就查過相關的資料，得知引發這種病狀的原因有不少，大多是因為睡眠不足和生活壓力，以及過往的一些創傷和痛苦經歷造成的。

結合起溫以凡的作息和工作壓力，桑延不覺得這有什麼不妥。

溫以凡夢遊的次數不算頻繁，規律性也不大，加上桑延察覺到她似乎也很在意這個事情。後來，她再夢遊，只要沒有什麼大影響，他也不會再主動提及。

但溫以凡夢遊了這麼多次，這是桑延第一次看到她在夢遊的時候哭。

桑延不知道溫以凡今天還有沒有發生什麼事情，但根據她今天的反應以及他的回憶，她現在在這裡哭的最大原因，就是今晚的那個男人。

他不知道，這些年來，她是不是一直被那所謂的「舅舅」糾纏不放；他也不知道，是不是每次經歷這些不開心的事情之後，她都會獨自一人在夜裡無聲地哭。

持續了好幾分鐘，溫以凡的眼淚才徹底止住。她機械般地抬起眼，看向桑延，就這麼定格了好一會兒後才起身。桑延還握著她的手，順著她的動作站起來。

然後，桑延隱隱察覺到，她似乎回握住他的手。他跟在她後面，以為是自己的錯覺，試著把手鬆開一些。

兩人的手仍未分開，溫以凡還握著他的手。

桑延的眉梢揚起。

本以為溫以凡這次會像之前一樣，夢遊完就跑到他房間睡覺。誰知這次路過次臥時，她的腳步卻沒有停下，依然往前走。

桑延也沒太在意，畢竟她每次夢遊做的事情也不一定相同。桑延繼續被她牽著往前走，直到走到主臥門前，溫以凡抬起另一隻手，轉開門把。她往裡面走，把他也帶進去。

兩人進來之後，溫以凡還很習慣性地轉過身，悄悄地把門關上。她的舉動極為自然，跟平時的模樣沒有什麼差別，只是稍稍僵硬和緩慢一點。

一路走到溫以凡的床邊，桑延正想把她安置在床上，等她沒別的異樣再回房間，就感覺到溫以凡抬腳爬上床。但牽著他的力道仍然未鬆，像是想把他一起拉到床上。

這下子桑延才意識到不對勁。

「妳要我跟妳一起睡？」

溫以凡抬起眼，安靜地看著他。看起來明顯沒有任何意識，卻莫名讓桑延有種，她在夢中找到了什麼寶物，想要偷偷地拿回自己的小基地，將之占為己有的感覺。

她的力氣不大，其實桑延一甩手就能掙脫。但他總有種預感，自己要是掙脫了，她又會像剛剛那樣掉眼淚。

儘管兩人先前已經在同一張床上睡過了幾次，桑延覺得在自己的私人空間，和侵占她的空間是兩個不同的概念。他站在原地不動，耐著性子提出建議：「那去我房間，好不好？」

溫以凡沒有任何反應。

又僵持片刻，見她似乎沒有讓步的意思，桑延再度妥協，不再在意這點微不足道的事情。他垂眸，往床上掃了一圈，然後躺在空著的另一側。他開始有點不自在，此時半點睡意都沒有，只替溫以凡把被子蓋好。

她還牽著他的手，像是終於放下心來，眼睛也漸漸閉了起來。

桑延躺在她旁邊，低眼看她。良久，他仰頭，輕輕地吻了一下她的額頭。

第二天清早。

溫以凡睜開惺忪睡眼，馬上感覺到自己正被人抱著。她緩慢地眨眨眼睛，頓時明白了什麼。但因為這種事發生過不少次了，她倒也沒太在意。

直到意識徹底清醒時，溫以凡抬眼看向四周，殘存的睡意在頃刻間消散，她立刻察覺到不對的地方——這是她的房間。

溫以凡傻住，呆滯地看向桑延。

他此時也醒了，眼皮懶散地垂著，神色還有點睏倦。注意到她的目光，桑延毫不在意。他重新閉上眼睛，極為放肆地抱著她的腰往懷裡拉，像是想再睡一會兒。

這從容又自然的樣子，讓溫以凡不知道他們到底是誰出了問題。

她忍不住說：「這是我房間。」

因為剛睡醒，桑延的聲線有點低沉：「怎樣？」

溫以凡：「你為什麼在這裡？」

「什麼叫我為什麼在這裡？」

「……」

「妳這態度讓我很傷心。」桑延的額頭抵著她的後頸，語調很悠哉，「妳自己算算，妳放了幾次火，我才第一次點燈——」

「不是。」溫以凡打斷他的話，好脾氣地說，「我只是想問你為什麼會在這裡。」

「噢。」桑延笑，「妳說為什麼？」

溫以凡轉過頭，桑延也隨之抬起眼。

兩人的視線對上，幾秒後，溫以凡冒出一個猜測：「你也夢遊了？」

桑延挑眉：「當然不是。」

「喔。」溫以凡又猜，「那就是，你半夜作惡夢了，或者是看鬼片害怕，不敢一個人睡覺，所以半夜跑來我房間了嗎？」

「也不是。」

「還是說，你就是單純想跟我一起睡。」

這回桑延主動給出解釋：「妳半夜夢遊。」

溫以凡點頭：「嗯，然後呢？」

盯著她的臉，桑延的眼眸漆黑，伸手慢吞吞地摸了一下她的臉。然後他勾起唇，氣定神閒地把話說完：「把我抱來妳房間了。」

溫以凡想像一下那個畫面。

她三更半夜夢遊，突然變得力大無窮，跑到桑延房間，輕而易舉地把他這個目測有七十多公斤的男人扛回房間。

你怎麼連這種話都說得出口！

溫以凡壓抑著情緒，語氣淡定從容：「我抱你……嗎？」

桑延沒回答，像是默認了。

「我是……」溫以凡覺得桑延完全在把她當傻子耍，卻又不好直接說出口，只能一步一步地指出他的邏輯有誤，「抱得動你嗎？」

桑延看著她的表情，忽然低下頭自顧自地笑了起來。他仍然不打算改口，極為厚顏無恥地嘆了一聲：「我也沒想到呢。」

溫以凡沒再跟這個厚臉皮的男人爭執，畢竟這跟前幾次的情況完全不同，一聽就知道是天方夜譚，完全不需要任何證據來證明。

兩人再度對視幾秒。

溫以凡擠出四個字：「那我還滿……」

「……」

「男人的。」

桑延嗯了聲，又想把她拉回來抱著睡。

提及「男人」這兩字，溫以凡就想起兩人第一次見面時的事情。她的腦子一昏，莫名想提一下這件事：「那除了名字——」

桑延瞥她。

溫以凡繼續說：「我的力氣好像也比你男人。」

差不多也到該上班的時間了。

說完溫以凡就有點後悔，怕桑延跟她計較，她立刻爬起來，丟下一句話就往廁所跑。

「我去做早餐，你繼續睡。」

等溫以凡洗漱完，桑延也已經不在她的房間了。他已經整理好被子，平鋪在床上。她盯著看了幾秒，還是想不通他為什麼會出現在自己房間。

感覺自己剛剛的最後一個猜測是最合理的，但依照桑延的個性，溫以凡又覺得他不會做出這種事。

溫以凡實在想不通，只能等一下再去問問當事人了。她換了一身衣服，離開房間走向廚房。

她翻翻冰箱，看著裡頭的食材，打算煮個麵就解決了。

剛把蔬菜拿出來，桑延也走進廚房，習慣性地從冰箱裡拿出一瓶冰水。

兩人的目光撞上。溫以凡的視線下拉，停在他手上的那瓶冰水上，又抬起，再度定格幾秒。

她什麼都沒說，走到一旁去拿鍋子，邊溫和地問：「早餐吃麵可以嗎？」

桑延動作頓住，過了一會兒，他沉默地把冰水放回去。

「可以。」

一夜過去，溫以凡的壞心情已經散去大半。她邊用鍋子裝水邊注意著他的舉動，看到桑延把冰水放回去，她的唇角彎了起來，莫名因這小舉動有點想笑。

桑延走到她旁邊，把配菜和丸子洗乾淨。

兩人有一搭沒一搭地聊著。

本來溫以凡想做個早餐，結果大部分都還是由桑延來完成。她坐到餐桌旁，小口地喝著湯，正想再問問桑延為什麼會在她房間醒來，桑延反倒先出聲：

「溫霜降。」

溫以凡：「嗯？」

桑延抬眼，像是隨意地提了一句：「昨天那個說是妳舅舅的男人，我好像在哪裡見過。」

溫以凡愣住，又想起昨晚的車興德。她收回視線，咬了口麵，誠實地說：「嗯，你之前來找我的時候見過他。」

「妳當時好像說，」桑延斟酌著用詞，「妳不認識他。」

「對。」溫以凡點頭，溫和道，「因為我不喜歡這個人。每次看到他我就躲開，一點都不想跟他有什麼交集。不管是誰問我，我都說不認識這個人。」

「……」

溫以凡笑著說：「怎麼了？」

桑延的目光放在她的臉上，像是在觀察她的表情。他的神色不明，看不出來在想什麼，但似乎沒對她的話產生什麼懷疑：「這個人一直纏著妳？」

「沒有。」溫以凡垂著頭，繼續吃麵，「我上大學之後就沒見過他了，還以為他一直在北榆，也不知道是什麼時候來南蕪的。」

桑延仍看著她，這次沒有說話。

餘光注意到他的視線，溫以凡抬起頭。她思考了一下，大致能猜到他的想法，補充一句：「我也沒想過會再遇到這個人，一直都過得滿好的。」

桑延扯了一下唇：「那就好。」

此話一落，飯桌上陷入了沉默。

溫以凡不知道該說點什麼，也只覺得昨晚的事情只是一個小插曲，沒必要再提，但她也不知道現在大伯一家到底是什麼狀況。

她不知道他們現在是不是還住在趙媛冬那裡，也不知道他們是不是定居在南蕪了，更不知道他們還會不會回北榆。

溫以凡覺得，南蕪是一個很大的城市，光是巧遇的話，其實一輩子應該也碰不上幾面。

可是溫以凡隱約覺得不安。她不知道先前穆承允提及的人是不是車興德，也不知道他知道桑延的存在之後，會不會透過這種方式來找她。

她不知道他們突然搬回南蕪的意圖是什麼，不知道他們會不會纏著她。

儘管溫以凡覺得沒有任何理由，卻也害怕這樣的可能性。

想到這裡，溫以凡又看向面前的男人。想到昨晚車興德在他的酒吧裡鬧事的事情，她的唇線漸漸挺直，又出聲叫他：「桑延。」

桑延：「嗯？」

溫以凡其實沒有什麼擔心的事情，也絲毫不怕這些人會為她的生活弄出什麼水花。再怎麼樣，她也不再是當初那個只能寄人籬下，沒有任何能力的小女孩了。

她並不覺得這些人會弄出什麼事情來，但她怕會影響到桑延。

溫以凡對上他的眼，認真地囑咐：「如果昨天那個人之後還去『加班』找你，不管他跟你說什麼，或者想要什麼，你都不用理他。」

桑延看向她，注意到她的神色，低笑了一聲，抬手用力揉她腦袋。像是完全沒把這件事放在心上，他的語氣帶了幾分玩味：「妳擔心什麼？」

「……」

「一年前的事情妳都可以挖出來挑我毛病，我哪敢隨便說話？」

聞言，溫以凡瞬間想起自己喝醉時，跟他提及的「你一個晚上對四個女生笑了」的事情。她的注意力瞬間被轉移，有點窘迫。

要不是這句醉話，她都不清楚自己當時很在意這件事。

「還有，除了妳，」桑延笑，「妳覺得有誰可以從我這裡拿到東西？」

第六十三章　女友太黏人

他說得平靜而淡，還帶了點安撫，像是透過這個方式來表示他不在意這些事情，也完全不認為這會對他造成什麼實質性的影響。

「我們這樣的關係，」桑延收回手，語速緩慢，「還不是得經過妳的同意？」

「嗯？」

「不然，」桑延吊兒郎當地說，「吃虧的不是妳嗎？」

溫以凡愣住，思考了一下他的話，很誠懇地說：「我沒這麼專制，你的財產想用來做什麼都是你的自由。你想怎麼花就怎麼花，不需要問我。」

桑延偏頭，若有所思地看她。

安靜片刻。

見他只盯著自己不說話，溫以凡也搞不太懂他的意思。她放下筷子，遲疑地問：「那你是想管理我的財產嗎？」

「……」

「也可以，但可能沒有很多。」雖然轉正之後，溫以凡的工資提高了一點，但因為各種生活開銷，她也沒存多少錢，「那我晚一點列個清單給你？」

桑延直直地看了她一會兒，像是在思考這個世界上怎麼會有這麼不解風情的人。

溫以凡想了想，還在說：「那你還可以順便幫我記個帳，我的帳都搭不起來。」

桑延的唇角抽了一下，用力捏她的臉：「妳想得美。」

吃完早餐，也差不多到桑延的上班時間。

溫以凡起身，臨出門前習慣性地檢查包包裡的東西，沒翻到錄音筆。她叫桑延等一下，又回到房間裡，很快就在梳妝臺上發現了錄音筆。

正想出房間時，溫以凡莫名想起昨晚在「加班」碰到的車興德。她停下動作，猶豫地翻了翻櫃子，然後從裡面拿出一瓶防狼噴霧，放進包包裡。

◇

之後幾天，溫以凡又問過桑延好幾次車興德還有沒有再去過他的酒吧。但桑延的工作忙，隔一段時間才會去「加班」一次，也不清楚狀況。但按照何明博所說，似乎是沒有。就算有，應該也沒有鬧出什麼事，只是以一個普通客人的身分到來。

溫以凡這才稍稍放下心。想著車興德大概也有自知之明，不敢貿貿然地到其他人的地盤鬧事，有過一次被趕出去的經歷，大概就不會再做出相同的事情了。

加上溫以凡這段時間要跟的後續報導也多，多數時間都是直接開公司的車上下班，也沒再見過車興德這個人。

那天的事情就像是沒有引起任何水花的小插曲，溫以凡漸漸將之拋諸腦後。

穆承允的離職申請在一個月後才被批准。他長得亮眼，又乖巧熱情，在組內的人緣還算不錯。也因此，他正式離職這天，團隊裡的其他人還特地舉辦了歡送會。

為了遷就大部分人的時間，歡送會的時間訂得很晚，預計是所有人下班後，在公司附近的一家燒烤攤吃宵夜。

溫以凡的稿子還沒寫完，便叫其他人先過去。等她把收尾工作完成，也接近晚上十點了。關上電腦，她拿好包包走出公司。

燒烤攤在公司後面，走過去大概十分鐘。

溫以凡拿出手機，邊往外走邊打開微信。看到桑延傳來要過來接她的訊息，她揚起嘴角，正想回一句她會晚點回去，但字還沒打完，耳邊突然傳來男人厚重粗糙的聲音。

「霜降啊。」

溫以凡的指尖停住，順著聲音看去，果不其然地對上車興德的臉。他靠在旁邊的柱子後面，無聲無息的，也不知道在這裡等了多久。

她的目光漸冷，收回視線，像沒聽見一樣繼續往前走。

下一秒，車興德就跟了上來，再度抓住她的手臂。他的身上全是菸酒混雜的氣味，還夾雜著濃郁的汗臭味，熏得溫以凡幾乎要吐出來。

溫以凡用力掙脫，警惕地往後退了幾步，手也伸進包包裡。

車興德收回手，堆起笑容：「幹什麼啊？每次見到舅舅都這種態度。」

溫以凡盯著他：「你想幹什麼？」

「我們不是好幾年沒見了嗎？」車興德用力搓搓腦袋，看她的眼神跟以前無二，「很好啊，妳這幾年過得很好，還找了個開酒吧的有錢男朋友。」

「……」

「這不就對了嗎？多討好妳男朋友，讓他多給妳一點好處。」車興德說，「當時舅舅跟妳說了不聽，非要去念什麼大學，現在還不是靠這種方式賺錢？」

溫以凡閉閉眼，覺得這個人像蛆一樣，讓她噁心到了極點，多看一眼都是在汙染自己的眼睛。她的唇線拉直，平靜地吐出四個字。

「滾遠一點。」

車興德也不惱怒，又上前拉她，依然厚著臉皮說：「怎麼了？不喜歡聽？霜降，妳這樣不行，光顧著自己過好日子？我當時被妳害得工作都沒了，在鄰居間也抬不起頭，妳還想自己——」

溫以凡覺得自己已經忍受到了極點，恰好摸到包包裡的防狼噴霧，她正想拿出來，下一刻，手上被拉著的力道一鬆。溫以凡的眼前出現一個高大的背影，把她攔在身後，大聲喝斥：「你幹什麼！」

溫以凡的呼吸有點急促，下意識抬頭——是穆承允。

見到有其他人，車興德依然沒覺得有什麼不對。他臉上的笑容更大了，臉上有一道一道皺紋：「我沒幹什麼啊，我跟我外甥女說話。」

穆承允轉頭看她：「以凡姊，妳認識他嗎？」

溫以凡稍稍平復了情緒：「不認識。」

聞言，穆承允又看向車興德，表情很難看：「說了不認識，你走不走？」

車興德又看了溫以凡一眼。他的眼白發黃，瞳仁也顯得渾濁。然後他往後退了幾步，輕嘆了一口氣：「小夥子，我真的是她舅舅。」

「……」

「我們有誤會，」車興德又道，「她就是在跟我鬧脾氣。」

穆承允當作沒聽見：「以凡姊，走吧，大家都在等妳。」

溫以凡點頭。

兩人一前一後地走向燒烤攤。

穆承允站在溫以凡後面，像是怕車興德突然又上前做出什麼不妥的行為，車興德也沒再跟上來。

走了一段距離後，溫以凡轉頭跟他道謝，然後問：「你怎麼回來了？」

穆承允抓抓頭：「我把耳機忘在公司了。」

「嗯？」溫以凡問，「那你現在要不要回去拿？」

「算了，沒關係。」穆承允說，「我也懶得跑一趟了，到時候讓大壯拿給我就好了。」

溫以凡點頭，心不在焉地嗯了聲。

「以凡姊，剛剛那個男人是？」注意著她的神情，穆承允小心翼翼地說，「我之前看到來找妳的，好像就是這個男人。」

溫以凡也猜到了，現在聽到也不太驚訝，只是笑了笑。

穆承允沒再繼續問：「妳之後離開公司的時候注意一點，這樣看來，他也不是第一次來了。以後如果妳晚下班的話，就叫桑學長過來接妳吧。」

「嗯。」溫以凡把話題扯開，語氣隨意又平和，「聽說你跟一家不錯的經紀公司簽約了？恭喜你。」

穆承允不好意思地摸摸頭：「謝謝以凡姊。」

溫以凡笑：「當演員是你喜歡做的事情嗎？」

「對，」說到這裡個，穆承允的眼睛都亮了起來，「我第一次演戲是被朋友拉去一起試鏡，沒想到就過了，而且整個過程我都很開心。」

「那就好。」

「以凡姊妳呢？」穆承允跟她閒聊起來，「妳是因為喜歡這個行業才當記者的嗎？」

溫以凡一愣，抬頭。

「怎麼了？」穆承允有點尷尬，「我問了不該問的問題嗎？」

溫以凡回過神：「不是。」

穆承允鬆了口氣。

「就只是工作吧。」溫以凡認真想一想，中規中矩地給了答案，「說不上喜歡，但也不討厭。」

到燒烤攤，溫以凡才想起要傳訊息給桑延。她傳了自己的定位給他，順便說了大概的時間，叫他提早下班的話就不用過來了。

歡送會到十一點才結束。

溫以凡跟同事一起走到街上，突然注意到桑延的車子就停在路口。她連忙跟其他人道別，小跑過去上車。

溫以凡繫上安全帶，隨口問：「你剛加班完，還是剛從『加班』過來的？」

「剛下班。」桑延往外頭掃了一圈，「怎麼？今天歡送誰？」

「穆承允。」溫以凡誠實地說，「他前陣子遞了辭呈，今天才正式離職，同事就幫他辦了個歡送會。」

桑延噢了聲，語氣是有點刻意地欠揍：「還真是讓人傷心呢。」

溫以凡笑起，「還好，他滿開心的。他好像本來就不怎麼喜歡當記者，現在可以去做自己喜歡的事情也很好。」

聽到這句話，桑延下意識看向她。沒多久，他收回視線，發動車子：「回家了。」

溫以凡應了聲好。她把窗戶拉下來，趴在窗上，吹著外頭的風。

桑延瞥了她一眼：「溫霜降，手收回來一點。」

溫以凡頓了一下，慢吞吞地把露在窗外的手肘收了回來。然後她看了一眼手機，恰好看到趙媛冬的訊息視窗又跳到最上方，其中提到了「大伯」這個字眼。

溫以凡的視線停住，又想起剛剛的車興德以及穆承允的話，她不知道之後還會不會有類似的事情，遲疑地點進去看了一眼，順著往上滑。

接連的一串訊息，趙媛冬每隔幾天都會跟她說幾句話。

『今天妳大伯一家來南蕪了，現在住在媽媽這裡。我知道妳不想見他們，所以跟他們說好了。他們應該也不會住太久，只是暫時找個安置的地方。』

『妳大伯母的弟弟確實不像是什麼好人，是媽媽以前疏忽了，沒考慮到妳的感受。當時只覺得妳大伯一家把妳照顧得滿好的，也沒想太多，我們好好談談好嗎？』

『今天妳大伯母的弟弟開了妳大伯朋友的車，酒駕撞車了，要賠好幾萬。媽媽給了他們一點，現在也叫他們搬出去了。』

『今天妳大伯母又來了，我大概問出來了。他們好像欠了一屁股債才搬來南蕪，如果去找妳的話，妳不要管他們。不要讓他們影響妳的生活，知道嗎？』

溫以凡沒再繼續看，退出聊天視窗。

旁邊的桑延在此刻也出聲：「怎麼辦個歡送會，心情還不好？」

聞言，溫以凡愣了一下：「啊？沒有啊。」

桑延的語氣意味不明：「捨不得？」

溫以凡失笑，耐著性子說，「沒有。」

恰好是紅燈，桑延把車子停下來，側頭看向她。他的目光像是在觀察，卻又不太明顯。過了好一會兒，直到燈號快要轉換了他才問：「今天有什麼事？」

溫以凡下意識否認：「沒有，怎麼了？」

「什麼怎麼了，」桑延笑，「這句話不是應該我問妳嗎？」

桑延收回視線，再度發動了車子，只扔下一句：「有什麼事就跟我說。」

過了片刻，溫以凡強行把車興德的事情拋諸腦後，提起今天做的報導：「就是，今天我去做了一個後續採訪，一家三口出車禍，只剩下小朋友活著，還變成植物人，看到心情很差。」

像是聽進去了，桑延沉吟幾秒，然後低聲安撫了幾句。

一路開到社區的地下停車場。

下車之後，溫以凡主動去牽他的手，忽地喊：「桑延。」

桑延：「嗯？」

「要是你之後有空的話，」溫以凡問，「可以來接我下班嗎？」

「不是，妳是怎麼說話的？如果不是比妳晚下班，」桑延偏頭，用力捏捏她的指尖，「我哪天沒有來接妳？」

「喔。」溫以凡揚起唇角，「我只是確認一下。」

溫以凡大概能猜到車興德來找她的目的，但她完全不想搭理這些事情，也不可能按照他們所想的去做。她的工作時間不規律，有時因為出差，甚至好幾天都不會回電視台。其餘時間，大多都是桑延過來接她。

時間久了，溫以凡也不再擔心，也不相信車興德會為了一點小事，就整天蹲在電視台外面等她。

◇

因為溫以凡的話，桑延又有了一個吹牛的理由，加上他公司最近接的大案子剛趕完，時間也空下來了。

桑延開始每天準時上下班的生活。每天準時送溫以凡上班，再準時到她公司樓下接她回家。要是她要加班，他便順便到「加班」跟大家炫耀炫耀，等她下班一起回家。

就比如現在，桑延大剌剌地坐在沙發中央，手裡拿著一瓶冰可樂，悠哉地說：「不好意思了兄弟們，最近我都不能喝酒。」
蘇浩安耳朵都要長繭了：「那你滾啊！誰叫你來了！」
「我女朋友要求我每天去接她下班。」桑延絲毫不受干擾，繼續道，「我也想跟你們喝，但我女朋友太黏人了，我也沒辦法。」
自從結婚後，錢飛就很少過來了，但透過微信或電話聽桑延炫耀的次數也不少，「你趕快滾，我也受夠了。」
看見錢飛，桑延提起一件事：「噢，錢老闆，最近很少看見你過來啊。你今天是特地過來跟我們說你是怎麼教段嘉許追人的嗎？」
聽到這句話，錢飛的表情僵住了。
「真是羨慕你們。」桑延說，「我都沒感受過追人的滋味呢。」
「……」
「我呢，就一直是，」桑延語氣傲慢又欠揍，「被瘋狂追求的那一個。」
蘇浩安服了：「你怎麼敢在我面前說這句話？」
桑延只當作沒聽見，也絲毫不覺得被打臉，又看向錢飛：「好了，錢老闆，開始說你的光輝偉業吧。」
錢飛硬著頭皮說：「我真的沒有，你不要聽段嘉許亂說。」
桑延臉上的笑意漸收，毫無情緒地道：「你確定要這樣是吧？」

蘇浩安也不爽了：「你跟段嘉許到底幹了什麼？兄弟間哪來的祕密！就算不是你教他追的，照你這種個性也一定會硬接下這筆功勞！你是否認給誰看！」

不等錢飛再說話，余卓在這時走上二樓，他的神情有點緊張，對著桑延說：「延哥，樓下有個客人說是你的舅舅，點了一堆酒不打算付錢……」

桑延問：「我哪裡來的舅舅？」

余卓補充：「就是上次被大軍哥架出去的那個酒鬼，說是嫂子舅舅的那個人。」

蘇浩安皺眉：「這又是哪個神經病啊？來老子的地盤鬧事？」

桑延緩緩挑了一下眉尾，把剩下的可樂喝完，很快便起身：「你們喝吧，我去處理，然後順便去接我黏人的女友。」

桑延下樓，被余卓帶到一樓中央的沙發。一眼就看到車興德站著，旁邊坐了一堆人。此時他正跟服務生小陳嚷嚷著：「我外甥女是你老闆的女友！我要給什麼錢！」

他走了過去，散漫地接過小陳手中的帳單。

小陳的表情也很為難：「延哥……」

見到桑延，車興德臉上的囂張瞬間收起。他露出一口黃牙，伸手拍拍桑延的肩膀：「噯，你是我們霜降的男朋友吧？聽她說了好幾次。」

桑延沒理他，轉頭問小陳：「這桌點了多少錢的酒？」

小陳默默地報了個數字。

車興德還在跟他的朋友炫耀，臉上的得意昭然若揭：「來，弟兄們，各位看看，這是我外甥女的男友，長得很帥吧！人也很大方，這點酒錢對他來說根本不算什麼！」

桑延往帳單上掃了幾眼，懶懶地抬眼說：「你的誇獎呢，我收下了。」

車興德臉上的笑容更大了。

沒等他再說話，桑延又道：「說吧，這筆錢你給不給？」

車興德一愣，以為自己聽錯了：「給什麼啊？就這一點錢，我可是你女友的舅——」

「不給是吧？」桑延直接把帳單放在桌上，似笑非笑地說，「好。」

他偏頭看向余卓，直截了當地丟出兩個字。

「報警。」

第六十四章　不想做點別的事？

察覺到情況不對，車興德的那堆朋友也面面相覷。可能是因為等太久了，也可能是因為覺得這局面很丟臉，坐在他旁邊的瘦子忍不住問：「德哥，這什麼情況啊？」

此話一出，其餘人也七嘴八舌地抱怨起來。

「是你說請客我們才過來的啊。」

「沒錢就別誇下海口啊！人家看起來根本不認識你！」

「算了，走吧走吧。」

車興德的面子有點掛不住了，笑容都顯得僵硬：「不是——」見其他人真的起身準備走人，他有點急了，又看向桑延：「報什麼警！這點錢都不願意出，你這樣的人還想跟我外甥女在一起？」

桑延懶得理他，繼續對余卓說：「報警了沒？」

余卓立刻從口袋裡掏出手機：「馬、馬上。」

「等等！」車興德的表情越來越僵，語氣也沒了剛才的諂媚，開始罵人：「你有病吧？不就幾千塊錢，我難道會沒有這幾千塊……」

余卓的動作順勢停住。

桑延沒吭聲，居高臨下地瞪著他。

「我給！但我現在還要喝酒，還要在這裡消費！」車興德明顯是覺得丟臉，惱羞成怒道，「你帶著這麼多人來影響我跟朋友是什麼意思？」

桑延完全沒有因為他的話有半點情緒波動，眉眼稍稍舒展開來：「抱歉，看來是我誤會了，那祝您消費愉快。」

說完，桑延低聲對余卓說：「叫大軍盯著。」

他也沒繼續留在這裡，轉身走到吧檯前坐下。何明博習慣性地倒了一杯酒放到他面前，往車興德的方向看，順帶問：「哥，什麼情況啊？又是這個人？」

桑延沒喝，掃了一眼手機，漫不經心地道：「就是來鬧事的。」

何明博又問：「不是嫂子的舅舅嗎？」

桑延抬頭，慢慢地說，「你嫂子不認識他。」

溫以凡準備走出辦公室前，付壯恰好外出採訪回來。

他手上拿著一瓶飲料把玩著，見到溫以凡便習慣性地過來跟她說話：「以凡姊，妳準備下班啦？桑延哥來接妳嗎？」

溫以凡笑：「嗯。」

「我聽穆承允說了，有人來騷擾妳，還真是嚇人。」付壯碎碎念道，「妳以後下班注意一點，如果桑延哥沒時間來接妳的話，妳就跟我說一聲，我送妳回去。」

溫以凡起身：「沒什麼事。」

付壯很誇張：「怎麼沒有！我這段時間好像也看到好幾次了，但也不確定是不是那個人。我問了樓下警衛，他每次都像是路過來看一眼，不會待很久。」

聞言，溫以凡的腳步停住。

付壯的表情哀愁又擔憂：「姊，妳長得漂亮，又老是那麼晚才下班，這附近還是酒吧街，妳自己得小心點。」

溫以凡抿抿唇，臉色很快就恢復如常，又笑了笑。

「我知道了。」

走出公司，溫以凡在熟悉的位置找到桑延的車，走過去坐上副駕駛座。她看向桑延，聞到他身上淡淡的酒氣，眨眨眼：「你喝酒了？」

桑延發動車子：「沒有。」

「你是不是剛跟蘇浩安他們見面回來？不過再過一段時間，你也不用來接我了。」溫以凡在心裡算了一下自己的存款，認真地說，「我最近在看車子，準備去買一台。到時候就可以自己開車上下班了，而且我工作也方便。」

桑延瞥她：「打算什麼時候去挑？」

溫以凡溫和地說：「等我輪休的時候吧。」

桑延：「好，到時候我陪妳一起去。」

溫以凡笑：「好。」

車內又陷入沉默。

開了一段路，桑延忽地問了一句：「溫霜降，我怎麼覺得妳最近心情不太好啊？」

溫以凡正發著呆，聽到這句話又回過神。她轉頭看向桑延，慢一拍地啊了一聲，低聲解釋：「這段時間台裡事情有點多，我調整一下，過段時間就好了。」

桑延閒聊似的問：「妳工作做得不開心嗎？」

「沒有啊，而且哪有人喜歡工作。」溫以凡也不知道自己的情緒是不是表露得明顯，她生怕會影響到桑延的心情，下意識地彎起唇角，「我回去睡一覺就好了。」

桑延又抽空看了她一眼，沒再繼續問。

「嗯，那早點回去睡覺。」

◇

車興德多次來台裡找她的這件事，對溫以凡來說就像是未引爆的定時炸彈一樣。儘管她並不想在意，但也能明顯地感覺到自己的情緒有了很明顯的轉變，就連入睡也變得像從前一樣困難。

溫以凡沒跟任何人說這件事。她覺得難以啟齒，也不想去提及。

溫以凡覺得只要像以前那樣就好了。她只要離得遠遠的，不要再去管這些事情，不要再去見這些人，她的生活就還是自己的生活，就不會受到他們半點影響。

她跟這些人沒有任何關係。

溫以凡從以前到現在，就一直抱持著這樣的念頭，但這些想法，在某個晚上，全被趙媛冬的一封訊息打破了。

溫以凡注意到時，本來沒打算點開來看，但看見「酒吧」兩個字，她莫名有種不好的預感，還沒反應過來就已經點了進去。

『阿降，妳交了一個開酒吧的男朋友嗎？但我先前怎麼聽佳佳說，妳是在跟她的經理談戀愛？今天妳大伯母打電話給我，她弟弟前陣子去妳男友那裡了，說只是想把妳男友介紹給他的朋友們認識，但妳男朋友態度不是很好，還收了很貴的酒錢。阿降，妳交男朋友要保護好自己。』

溫以凡盯著這段話看了半天，腦子一片空白。她不知道這件事是車雁琴編造的，還是真有其事，畢竟她從沒聽桑延提過。

半晌，溫以凡把手機放下，起身走出房間。

桑延剛洗完澡，正坐在沙發上打遊戲。他的髮梢濕潤，膚色在燈光下顯得冷白，神色慵懶而敷衍，像只是隨便找個事情來打發時間。

溫以凡走過去坐在他旁邊，桑延抬眼：「幾點了，怎麼還不睡？」

「桑延，」溫以凡看著他，盡可能讓自己說話的語氣平靜一點，「說是我舅舅的那個男人，前陣子去你的酒吧了嗎？」

桑延徹底停下手裡的動作：「誰跟妳說的？」

這句話相當於默認。

在這一刻，極為無地自容的感覺幾乎要把溫以凡吞噬。她甚至不用再問一句，也能猜到車興德過去之後做了什麼事情。無非是為了跟他要錢，打著她舅舅的名義，亦或是要賴不願意給錢，在眾目睽睽之下做出一些讓桑延下不了台的事情。

而桑延本來不應該遇到這樣的事情，他為什麼要遇到這樣的事情？他為什麼要因為自己，遇到這樣的事情？

溫以凡有點哽咽，覺得自己什麼話都說不出來了。她垂下眼，下意識捏住自己的衣服，很輕地冒出一句：「……抱歉，我會跟他們說的。」

注意到她的情緒，桑延皺眉，直接把手機扔到一旁。

他轉過頭去看她的表情，遲疑又茫然地說：「溫霜降，妳為什麼要道歉？」

溫以凡對上他的視線，神色愣愣地。

「來酒吧的客人本來就龍蛇雜處的，這種事情幾乎每天都會發生。」桑延難得有點耐心，認真解釋，「我根本沒把這件事放在心上，懂嗎？」

恍惚間，溫以凡覺得自己像是回到見完家長，被溫良賢帶回家的那個晚上。她的腦海再次被當時車雁琴和溫良賢的話占據，不斷地在她耳邊迴盪著。

——『霜降，妳也太不聽話了。』

——『妳就不能讓我們安心一點嗎？』

——『我們是沒有義務要養妳的。』

——『我們只希望妳聽話一點，不要做什麼不好的事情。』

溫以凡，妳不要給人添麻煩，妳不能給任何人添麻煩，否則，妳會被丟下的。

之後兩人再說了什麼話，溫以凡也沒什麼印象了。她只記得桑延似乎又說了幾句安撫的話，她也用盡全部力氣讓自己盡可能看起來沒什麼異樣。

溫以凡陪桑延玩了一局遊戲，然後藉著睏意，回到房間裡。

在房間裡呆坐了半個小時，溫以凡又打開微信，時隔許久地傳了封訊息給趙媛冬：妳把她的電話給我。

可能是沒想過會有回覆，趙媛冬回得很快。她馬上回了一串電話號碼，伴隨著一大串話。

溫以凡沒看，直接撥通電話。

響了三聲，車雁琴接了起來，極大的嗓門順著話筒傳來：『誰啊？』

溫以凡直接問：「你們想做什麼？」

車雁琴安靜了幾秒，猶疑地猜道，『霜降？』

「我不管你們是因為什麼原因來南蕪，」溫以凡閉上眼，一字一字地說，「請不要扯上我。你們過好自己的生活，是死是活都跟我沒有任何關係。」

反應過來後，車雁琴的語氣聽起來很不痛快：『妳這孩子怎麼這樣說話？一打來就咒我們死？妳這樣像話嗎？』

「我們之間沒有什麼好說的。如果妳弟弟再來騷擾我，騷擾我身邊的人。」溫以凡當作沒聽見她的話，繼續說，「我會直接蒐證報警。」

『又報警？我們做了什麼妳要報警？』車雁琴的聲音刻薄，『我真是後悔當初把妳接過來養，養出一個沒良心的孩子！』

「妳怎麼養我的？」溫以凡說，「讓妳弟爬到我床上時都不攔一下的養？當成妳的換錢工具的養？」

『……』

「我做錯什麼了？」那一年的所有負面情緒、積壓多年的痛苦，在此刻全數爆發出來。她控制著自己的音量，但咬字很重，「要受到你們這樣的對待。」

她不依靠任何人，努力地過好自己的生活。覺得現在生活好起來了，可以嘗試一下，跟他在一起了，為什麼你們要再次出現？

「車雁琴，妳以前動手術的錢，不是我爸給妳的嗎？」溫以凡說，「你們交不起溫銘學費的時候，不是我爸出的錢嗎？溫良賢買房缺的那幾萬塊不是我爸給的嗎？他叫妳還了嗎？你們為什麼要這樣對我，到底誰才是沒良心的人？」

過了幾秒，車雁琴很無所謂地說：『那都是妳爸自願給的。』

「……」

『妳不想跟我們聯繫了？可以啊。』車雁琴說，『聽說妳現在交的男朋友滿有錢的？妳要是想跟他結婚的話，叫他先給個幾十萬聘金。還有，妳舅舅去妳男朋友那酒吧還要給錢？這是什麼道理。』

溫以凡覺得荒唐，又覺得這些話放在這個人身上也都是理所當然的。她面無表情，用極為溫和的語氣，說出惡毒至極的話。

「指望我，妳還不如幫自己買一份巨額保險，再出個意外命赴黃泉。」

『噯！妳怎麼這樣講話！』車雁琴說，『妳要是不給我，我就跟妳媽要！』

「妳找誰要都跟我沒關係，我祝妳可以早點去找我爸要。」溫以凡冷笑，「我講最後一遍，你們要是再來騷擾我身邊的人，我會直接報警。」

她直接掛了電話，直接封鎖這串號碼。

房間裡再度安靜。

在跟這些人交涉之前，溫以凡從不知道自己也能有這樣的一面，只想對那頭的人宣洩所有陰暗的念頭。等所有的怒氣消逝，她突然覺得精疲力竭，抓著手機呆滯地坐在原地。

她不知道這樣有沒有用，只覺得，自己應該要做點事。

等情緒慢慢冷卻下來後，溫以凡的身心漸漸被另一種感受取而代之。她再度想起外面的桑延，極為濃烈的患得患失感在此刻迎面而來。

她控制不住自己，起身走出房間。

客廳的燈還亮著，桑延坐在原來的位子，看起來像是還在玩遊戲，模樣卻有點心不在焉。餘光瞥見她的身影，他挑眉，又問：「怎麼了？剛剛不是才見過面？」

「……」

他的語調：「一天得見我這麼多次？」

溫以凡的鼻子有點酸，輕輕嗯了一聲，走到他面前。然後她抬起腿，自顧自地爬上沙發，安安靜靜地跨坐到他的懷裡，與他平視著。

「妳很專制，」桑延被她擋住視線，低頭，慢條斯理地道，「不讓我喝酒、抽菸、喝冰水、熬夜，現在連遊戲都不讓我打了？」

溫以凡又看著他一會兒。

桑延抓住她的手腕，指腹在其上輕輕摩娑著。

下一刻，溫以凡的另一隻手忽地勾住他的脖子。她咬住他的唇，舌尖順勢探入，勾住他的舌頭，動作顯得有些生澀，像是在確認什麼。

她極為主動地將自己送上去，在這深夜突然來擾亂他的心智。

桑延愣住，任由她親。他的眸色漸深，把她的手腕壓在胸前，遵從自己的欲望回吻。

男人的唇齒間都是薄荷的氣息，吻人的力道像是帶著攻擊性，粗野至極。像是要將她吞進肚子裡，還帶著似有如無的吞咽聲。在這安靜的室內，沉悶地擴散開來，極為曖昧。

她的嘴唇被他吮得發麻。

能感覺到，他的指尖在下滑，順著她的後頸，再到後背和腰際。停在她的衣服下襬，順勢往裡面探，觸感有點癢。

溫以凡情不自禁地咬住他的舌尖。

「怎麼？」桑延放開她，氣息略沉，話裡帶著笑意，「又想把我咬出血？」

男人黑髮黑眸，下巴微揚著，唇色紅潤，一言一行都像在蠱惑她。

「溫霜降。」

溫以凡盯著他的眉眼，眼睛一眨也不眨，感覺自己的心臟是空的，耳邊也斷了線。無邊的恐懼幾乎要將她整個人包圍，只覺得眼前的男人似乎下一刻就要將她拋下。她只想留下他，只想跟他靠得更近一點。

「嗯。」

「妳把我贖回來了就這麼坐懷不亂，不想做點別的事？」

桑延的指尖繼續往上探，輕輕打轉，又用那種挑釁似的語氣跟她調情。

「比如說，讓我伺候伺候妳？」

第六十五章　想碰我哪裡？

先前溫以凡腦子一片空白，脫口而出「紅牌」這個稱呼後，還以為桑延會生氣，畢竟這確實有不好的意味。但出乎她的意料，他似乎反而樂在其中。

每次在她面前都能快速地進入這個身分。

說這句話的同時，桑延帶著她的手向下挪，嗓音微啞：「不是覬覦我很久了？先前總是想盡一切辦法占我便宜——」

「……」

「怎麼現在有這個權利了，」桑延再度吻上她的唇，語氣略帶浪蕩，又顯得含糊不清，「反倒還壓抑著自己的欲望呢？」

也不知道有沒有聽進他的話，溫以凡勾著他脖子的力道加重，下意識張嘴，想說點什麼。

下一刻，他的唇舌再度滑了進來。這次的力道溫柔了一點，一下又一下地親吻著她，像是在逗弄，又像是在循序漸進地勾引。

漸漸下滑。

順著她的下巴，再到脖頸，最後停在鎖骨上。帶著瑩亮又旖旎的水痕，伴隨著一點又一點玫色的痕跡。

溫以凡的思緒漸漸飄忽，仰起頭，什麼都想不起來。她只想更貼近眼前的男人，只想順著他，渴望能因此全數打消自己的不安感。

桑延再次抬起眼與她對視，然後溫以凡感覺到，自己的手被他帶著停在某處。他眼眸漆黑，唇角勾了起來，聲音裡的情欲毫不掩飾。

「想碰我哪裡？」

「……」

他小幅度地頂了一下。

「這裡？」

溫以凡盯著他的眉眼，神色清澈又迷茫。她完全不像是在這場情事中的狀態，更像是在尋求安定，輕聲道：「都好。」

桑延的動作停住。

她吻住他的喉結，像是想把自己徹底送出去：「都可以。」

桑延低頭盯著她的模樣，彷彿終於察覺到她的不妥。他的氣息還格外滾燙，卻沒有再進一步的舉動，徹底停了下來。

順著他的喉結，溫以凡的唇繼續往下。

沒等她再有多餘的動作，桑延抬手固定住她的腦袋，然後他的力道往後，抬起她的臉。兩人的視線對上。

溫以凡遲鈍地盯著他：「怎麼了？」

「溫霜降，怎麼回事？」桑延眼裡的欲念半點未散，輕撫著她的唇角，輕描淡寫地說，「好好跟我說。」

溫以凡沒答，小聲地問：「不繼續了嗎？」

「妳現在只想著這件事？可是我怎麼覺得妳一點都不專心？」桑延觀察著她的神情，似有若無地嘆了一口氣，開始問，「怎麼突然跑出來？」

溫以凡的理智慢慢回來。她抿抿唇，呼吸還有點急：「有點睡不著。」

桑延重新提起車興德的事情：「因為妳剛剛說的事？」

溫以凡沒吭聲，像是默認了。

桑延又伸手捏她的臉，力道有點重，「都跟妳說了，這麼一點小事，妳要是不提起，我根本就沒印象了。」

聽到這句話，溫以凡又看他。

桑延：「還有沒有別的事？」

溫以凡搖頭。

「溫霜降，妳最近夢遊的次數，」像是終於忍不住，桑延眉頭微皺，說話的語速很慢，「有點頻繁。」

溫以凡垂下頭，平靜道：「可能最近睡太少了。」

「如果真的覺得累，請個假休息幾天。」桑延說，「好不好？」

「……嗯。」

「我過段時間可能得去趟宜荷。我妹暑假在那邊不回來，我爸媽不放心，叫我過去一趟。」

桑延低頭，咬了一下她的耳垂，「妳說妳這樣要我怎麼過去？」

「我真的沒事。」溫以凡覺得癢，縮了一下脖子，「你什麼時候過去？」

「七月底吧。」

「去多久？」

「一週。」桑延依然盯著她，淡淡地說，「沒什麼事就提前去。」

「過去陪陪只只也好，她一個小女生在那邊確實讓人放不下心，你也不要跟她吵架了。」就這麼一下子，溫以凡似乎已經恢復到平時的樣子，「那我到時候幫你一起找找飯店？我對那邊應該比你熟一點。」

桑延的神色不明，過了好一會兒才應道：「好。」

◇

不知是那通電話有了效果，還是只是自己的心理作用，之後溫以凡沒再見到車興德，也沒再從同事口中聽到這一號人物。微信上，趙媛冬也沒再跟她提起大伯一家人的事情。

溫以凡的情緒隨著這些人的消失，也慢慢地恢復如常。

接下來，溫以凡斷斷續續地跟汽車銷售員聯繫。本來她已經挑好車子，只差過去辦手續。但又被鐘思喬勸了幾句，說是國慶也差不多到了，到時候搞不好會便宜一點。

溫以凡被勸著勸著也覺得有幾分道理，最後還是打算再等幾個月，也因此，買車的計畫一直擱置下來。

桑延沒怎麼提起這件事，也沒有因為每天要來接她下班而感到不耐煩，只是隨口提了一句她平時如果要用車，直接開他的車也可以。

隨著盛夏的到來，南蕪的氣溫不斷上升，在七月下旬像是漲到一個尖峰。陽光毒辣，熱氣順著水泥地向上蒸騰，讓人的心情因此有點煩燥。

溫以凡接到一通電話，說是有間連鎖餐廳有食物中毒問題，導致許多顧客上吐下瀉，影響頗為嚴重，目前衛生局已經介入處理。

整理好資料後，溫以凡跟台裡申請了採訪車，和付壯一起走出公司。

剛走出大樓，付壯抓抓頭，忽地想起一件事，語氣有點不好意思：「姊，我手機沒拿到。妳在這裡等我兩分鐘，我速去速回。」

溫以凡揹著設備，無奈道，「快去吧。」

「好！」付壯邊喊邊往裡面跑，「馬上！」

溫以凡拿出手機，在原地等了一會兒。站久了，覺得設備實在有點重，她思考了一下，傳了封訊息給付壯：我在車上等你。

隨後，她抬腳往停車場的方向走。

找到採訪車後，溫以凡正打算走過去，背包的帶子突然被人從身後拉住。她毫無防備，順著這力道往後退了幾步，猛地轉身往後看。

像是歷史重演一般，又對上車興德那張陰魂不散的臉。

「總算是碰到妳了。」車興德流裡流氣地笑著，手上的力道隨著她的舉動一鬆，「妳還真是厲害，這段時間我每天來一次，沒一次能見到妳，倒也不用這麼躲著舅舅吧。」

溫以凡抬頭看了一眼監視器：「我之前說的還不夠清楚？」

「妳說的是什麼話啊？」車興德這次沒再跟她多說，來意很明確，「好，那我也跟妳明說了，想擺脫我們，可以，妳先給我四萬。」

「……」

「還我之前被妳男友敲詐的錢，不然你們也別想好過。」

像是沒聽見似的，溫以凡不再理他，繼續往前走。

也許是一直被當成空氣，車興德的火氣更勝，像是完全失去耐心。他的神色多了幾絲陰狠，直接拉住她揹著的包包：「媽的！妳的男人不給老子面子，你他媽還敢給我臉色看？」

溫以凡的包包被他扯掉，拽在手裡。接著車興德又順勢用力推了她一把，發洩情緒。

「你他媽的賤人，攀上有錢人就了不起了，是吧！」

溫以凡不受控地往後退，旁邊的樹叢有幾根參差不齊的樹枝，劃到她的大腿，割出幾道極為明顯的傷口。她吃痛地悶哼一聲，穩住身子後往下看，就見到自己的大腿已經開始流血了。

車興德似乎還想上前。

在這個時候，付壯也拿到手機回來了。看見這個情況，他愣了一下，伴隨著極大的怒火：「喂！你在幹什麼！」

伴隨著其他人的出現，車興德的理智似乎也回來了。他嘖了一聲，狠狠地瞪了溫以凡一眼，拿著她的包包就想走人。

付壯邊報警邊伸手攔他，也忍不住爆粗口：「你他媽搶劫傷人還這麼明目張膽？等著吃牢飯吧你！」

車興德嚷嚷道：「你才吃牢飯！我拿我的外甥女東西哪算搶劫！」

「付壯，等員警處理就好。」溫以凡站直身子，像感覺不到痛一樣，「有監視器，也不怕他跑了。」

車興德這才注意到旁邊的監視器，他有點慌了，臉上卻還強行掛著囂張的笑容：「我拿的又不是外人的東西，妳以為報警有用？妳看警員有沒有時間來管妳這些雞毛蒜皮的家事。」

「好。」溫以凡看向他，面無表情地說，「我等著。」

因為這件事，這則新聞轉到另一個同事手裡。溫以凡請了半天假，跟前來的警察一起去了派出所。主任關心她幾句後，還非常公事公辦地派了付壯過來跟這個新聞。

溫以凡先到醫院處理傷口加驗傷，再到派出所做筆錄。

沒多久，車雁琴接到電話趕了過來。瞥見溫以凡後她立刻明白了情況，對著警察說：「警察先生，你怎麼做事的？這怎麼算是搶劫呢？」

車雁琴的態度不好，警察回話的語氣也很不耐煩：「怎麼不是？人證、物證都有，能立案了。」

「我們是親戚！這是我侄女！」車雁琴火大了，「你沒有家人嗎？拿家人的東西算搶嗎？」

警員皺眉：「妳說話注意一點！」

溫以凡絲毫不受干擾。她看著眼前的警察，臉上的情緒很淡，平靜至極地解釋：「這是我大伯母，但我跟他們並不熟。」

「……」

「還有，」說著，溫以凡停頓了一下，繼續說，「車興德已經對我進行很長一段時間的騷擾，不知道可不可以一起立案？我公司前的監視器應該都有拍到。」

在警局辦完各種手續後，溫以凡直接回家。她本來想洗澡，但又怕腿上的傷口沾到水，只能洗了頭，再用毛巾擦拭身子。注意到自己腿上猙獰的傷痕，溫以凡擦了藥，然後套了一條長褲。

走出廁所後，溫以凡躺到床上，順便傳了封訊息給桑延，說自己已經到家了。

想到明天桑延就要去宜荷了，溫以凡乾脆打開手機幫他找找飯店。看著看著就有點睏了，昏昏欲睡之際，她聽到玄關處有聲音。

溫以凡立刻睜開眼，在睡覺和桑延之間掙扎了一會兒，還是起身往外走。剛走到客廳，就對上桑延的視線。

桑延挑眉：「今天這麼早？」

「嗯。」溫以凡坐到沙發上，「採訪完沒什麼事，就回來了。」

桑延換上拖鞋往裡面走，目光下移，瞥見她的長褲，他坐到溫以凡旁邊，隨口問一句：「大熱天的，妳在家怎麼還穿長褲？」

溫以凡垂下眼，下意識撒謊：「生理期，吹空調有點冷。」

聽到這個回答，桑延回想了一下：「妳這個月提早了？」

溫以凡愣住，「啊，對，不太準。」

「那妳今晚不要開冷氣了，」桑延沒懷疑，習慣性地把她拉到懷裡，伸手摸到小腹的位置，「痛嗎？」

溫以凡盯著他的臉，突然有點說不下去了。她扯開話題，低聲道：「你明天不是要去宜荷？先收拾東西吧。」

桑延笑：「有什麼好收拾的。」

「明天你晚上八點半的飛機，」溫以凡開始認真規劃，「那你下班之後來我公司一趟，我送你去機場之後，再把車開回來？」

「好。」桑延低頭，溫熱的掌心貼在她的小腹上，漫不經心道，「晚一點幫妳煮個黑糖水，喝完再睡。」

溫以凡避開他的視線：「不用。」

「什麼不用？」桑延懶懶地道，「我可不想要妳半夜痛醒來吵我。」

◇

隔天下午。

走出辦公室，桑延進了廁所。剛拉下拉鍊，旁邊的小便池站了一個人，還極為親切地跟他打招呼：「桑延，你也上廁所啊。」

桑延轉頭看去，就對上向朗的臉，「有事？」

「不是好久不見了嗎？打個招呼而已。」向朗聲線清潤，閒聊似的說，「說來，我們雖然在一間公司，但也沒碰過幾次面啊。」

桑延懶得理他。

向朗也不在意他的態度，只是覺得好笑：「你怎麼總是對我這種態度？從高中就這樣。」

桑延瞥他，要笑不笑地道：「你就是長得討人嫌。」

解決完，桑延轉身往洗手台的方向走。

「你也不用這樣，我跟以凡只是朋友，你都針對我多久了。」向朗跟了上來，提到這個，又想起一件事，「對了，我之前說我跟以凡約好一起上宜荷大學的事，也是瞎扯的。」

聽到這句話，桑延緩慢抬眼。

「我當時就是存心想讓你不痛快，不過看你沒什麼反應還覺得滿沒意思的。不過都過這麼久，也不用罰喝酒了吧。」向朗打開水龍頭，笑道，「你可別為了這件事遷怒以凡啊。」

桑延輕嗤了聲。

向朗饒有興致地看著他，有點感慨這兩人這麼多年之後還是在一起了：「說實話，之前我一直以為你是最有機會追到以凡的。」

「……」

「不過你還是運氣太差了。」向朗隨意說，「我覺得要不是因為以凡得跟著她大伯一起搬到北榆，你們應該早就在一起了吧。」

「是啊。」

桑延愣住：「大伯？」

「她不是住在她奶奶那裡嗎？」

「不是，她一開始住在她奶奶家，但只有一小段時間，後來就一直住在她大伯家了。」可能是覺得聊太久了，向朗也沒繼續提，往外走，「我先走了，工作去。」

桑延還站在原地，眼睫垂下，不知道在想什麼。

六點一到，桑延準時離開公司，開車到南蕪廣電樓下。他找了個位置停車，把車窗降下，傳了封訊息給溫以凡：到了。

溫以凡回得很快：馬上，你等一下。

桑延的指尖在窗上輕點，還想著向朗剛剛的話，有些心不在焉。

高中的時候，溫以凡住在大伯家，卻告訴他自己一直跟奶奶住。她那個「舅舅」是她大伯母的弟弟，大學錄取結果出來的那一天，他去北榆找她，就碰到這個「舅舅」在糾纏她，而她說自己不認識這個人。

再結合這段時間溫以凡碰到那個男人之後的情緒，桑延的唇線漸漸拉直，腦子裡漸漸浮現一個讓他極為不想相信的猜測。他不敢再去想，轉頭拿起菸盒，抽了根菸出來。

這個時候，桑延突然聽到有人叫他。

「桑延哥！」

聞聲看去，對上付壯那雙大大的眼睛。

付壯過來趴在他車窗前，看起來格外熟稔：「你又來接以凡姊下班啊？」

桑延碰過他幾次了，但現在實在沒什麼心情說話，只是點點頭。

「你真是絕世好男友。」付壯伸手拍拍他的肩膀，安慰道，「不過最近應該都不用擔心了，那個變態男人現在在派出所，近期應該都沒什麼事情。」

桑延偏頭，抓住其中四個字：「變態男人？」

「對啊，猥瑣又噁心，他說的那些話，我光聽到都要氣死了。」付壯越說越憤怒，音量也大了起來，「一直說以凡姊是他外甥女啥的，這段時間也老是來騷擾她，昨天還鬧到派出所。」

桑延的聲音很輕：「派出所嗎？」

付壯點頭：「以凡姊被他推了一下，腿上被樹枝刮到流了好多血，看起來很痛。」

說了好半天，付壯才反應過來，有點奇怪：「桑延哥，你不知道嗎？以凡姊沒跟你說？」

桑延把玩著手裡的菸，沉默了幾秒。

「說了。」

怕耽誤到桑延的飛機，收到他的訊息之後，溫以凡也不敢再拖延。她走出公司，在熟悉的地方找到桑延的車，上了副駕駛座後問：「要不要我開過去？」

桑延：「不用。」

他不再多言，直接發動車子。

溫以凡點頭，低頭拿出手機說：「對了，我昨晚幫你挑了幾家飯店，都是在宜大附近的。現在是暑假，那邊飯店有很多空房，也不用急著訂。你等一下看看比較喜歡哪一間，我再幫你訂？」

桑延嗯了一聲。

察覺到他的沉默，溫以凡轉頭看過去。她正想說話，又瞬間注意到車子開的方向好像不太對，遲疑地道：「你是不是開錯了？我們現在是要去機場，這條是要回家的路。」

桑延繼續看著前方，語氣偏冷：「先回家一趟。」

溫以凡也不知道是什麼情況，猶豫地問，「你有東西沒拿到？」

桑延又敷衍似的嗯了一聲。

溫以凡看了一眼時間：「那我們得快一點，我怕你趕不上飛機。」

莫名其妙地，溫以凡覺得現在車內的氣壓極低。她莫名有點不安，右眼皮直跳，忍不住問道：「你今天心情不好嗎？」

桑延沒吭聲。

溫以凡：「怎麼了？」

見他還是不說話，溫以凡又自顧自地說了點開心的事，希望能讓他的心情好轉。見他沒有聊天的欲望，她才慢慢停止說話。

她有點擔心，有點山雨欲來的感覺。

一路開到尚都花城的地下停車場。下了車之後，桑延伸手牽住溫以凡的手腕走向電梯。溫以凡盯著他的側臉，不知怎地，總有種不好的預感，卻又不知道發生了什麼事。

她試圖說幾句話哄他開心，桑延會回應她，語氣卻跟以往的任何一次都不同，一直冷淡至極。像只是接個話，不想讓她尷尬，但實際上，他並沒有任何說話的欲望。

上到十六樓，桑延拿出鑰匙打開門，兩人走了進去。

溫以凡站在玄關，並不打算脫鞋：「那你快去拿——」

沒等她說完，桑延把她抱起來，讓她坐在鞋櫃上。他面無表情地看著她，像是想確認什麼，直截了當地拉起她的褲管。

溫以凡的臉色一僵。在這一瞬間，因為他的舉動，她明白了他壞心情的緣由。

溫以凡下意識去攔他的動作。桑延的反應很快，完全不把她這點反抗放在眼裡。他單手固定住她的雙手，強硬地繼續往上拉，直到拉到大腿根部。她的腿白皙細嫩，沒半點傷痕。

桑延的動作停下，又抬眸看了她一眼，一聲不吭地開始拉另一條褲管，溫以凡這才真的著急了，卻也掙脫不了他的力道。

「桑延！」

剛拉到大腿的位置，桑延清晰地看到她腿上的傷痕。好幾條血痕尚未結痂，有幾處還能看到血，泛著紅腫，看起來極為怵目驚心。

這一刻，桑延的火氣才像是徹底被點燃。他閉上眼，按捺著火氣問：「怎麼弄的？」

第六十六章　他喜歡了那麼多年的女孩

從公司樓下到家的路上，桑延的情緒都格外不對勁。進家門之後所做的舉動目的性也很強，明顯是從誰的口中得知了這件事情。

溫以凡順著他的話，垂頭盯著自己腿上的傷口，掙扎也隨之停了下來：「被推了一下，刮到樹枝了。沒有很嚴重，我也上藥了，很快就會好了。」

話一停，室內安靜下來。

溫以凡舔舔唇角，莫名有點忐忑，重新抬起眼，對上桑延的目光，他的神色平靜無波，像是在等，等著她接下來的話。

持續了好一會兒，桑延像是沒耐性了：「說完了？」

「……」

桑延：「誰推的？」

溫以凡實話實說：「……說是我舅舅的那個男人。」

桑延的問題一個接著一個：「多久了？」

溫以凡：「啊？」

「他纏著妳多久了？」

溫以凡反射性地否認，「沒有。」

桑延像是沒聽見她的否認，繼續說：「從上次他在『加班』纏著妳開始？還是更久之前？」

「不是，我也沒怎麼碰過他，我之前都不知道他在南蕪。」溫以凡解釋，「而且這段時間也沒有……」

「這段時間？」桑延打斷她的話，一字一字地道，「所以是多久？」

「……」

「溫以凡，『有什麼事要跟我說』，」桑延氣極了，「這句話，這段時間我跟妳說過多少次？」

過了那麼久，再度聽到他叫自己的本名，溫以凡有點愣。她動動嘴巴，忽然有點不敢說話，半晌後才訥訥地說：「抱歉。」

桑延看著她。

「我只是覺得，沒必要因為這種事情影響到兩個人的心情。」溫以凡說，「而且我也不覺得是什麼大事，都是我自己可以解決的。」

「不覺得是什麼大事。」桑延輕飄飄地重複著她的話，語氣不帶任何溫度，「那什麼才算是大事？」

溫以凡答不出來。

「一定要我問一句妳才答一句是嗎？」桑延盯著她，聲音又冷又硬，「就算真的發生了什麼事情，對妳來說也不算大事，是這樣嗎？」

「……」

「溫以凡，」桑延的喉結滾動一下，「妳可不可以考慮一下我的感受？」

他覺得兩人的距離好像就終止於此了，不管他再多做什麼，他根本無法走進她的心裡。

「我理解妳有不想說的事情，可以，沒關係。妳想什麼時候說都可以，但連這種事情妳都不跟我說，」桑延鬆開對她的禁錮，慢慢地把話說完，「妳信不過我是嗎？」

「我不是這個意思。」溫以凡不是沒見過桑延生氣的樣子，但此刻尤為不安，「只是你馬上就要去宜荷了，而且我也沒有因為這件事受到影響，不想讓你擔心。」

桑延沒再說話，只是看著她。

良久之後，桑延眼中的情緒漸漸消退，盛怒似乎被澆熄，又變回平時那副生人勿近的狀態。

他沒再繼續這個話題，從口袋裡拿出車鑰匙，淡淡地說：「車鑰匙我放在這裡，這幾天妳自己開車上下班，睡前記得鎖門。」

桑延低下頭，慢條斯理地將她的褲管拉回原處，然後將她從鞋櫃上抱下來。一切歸位，像是什麼都沒有發生過一樣，兩人剛剛的爭吵似乎只是幻覺。

「我走了，」桑延沒再看她，打開玄關的門，「妳去休息吧。」

盯著關上的門，溫以凡不自覺地想跟上去，但又因為桑延最後說話時的語氣和神態像是充滿挫敗，她慢慢停了下來，不敢繼續上前。

那個模樣，溫以凡覺得很熟悉，像是兩人重逢前，她見到他的最後一面。

溫以凡不知道她是不是做錯了，她是不是再度犯了相同的錯誤。她只是想對他好一點，只想讓自己生活裡的那些不堪離他遠遠的，只想讓他覺得跟她在一起是一件輕鬆平常的事情，只希望他可以一直跟她在一起。

但她好像還是沒做好，她好像還是再次傷害了桑延。

溫以凡呆呆地站在原地，忽然轉頭看向牆上的掛鐘，已經快七點半了。

怕他攔不到車，溫以凡收回思緒，又拿起車鑰匙，打開門往外走。她拿出手機，傳訊息給桑延：我送你過去吧，這時間不好攔車。

溫以凡又猶豫地打字：等你回來我們再談談好嗎？

還沒傳出去，桑延剛好回覆：不用。

桑延：上車了。

她的指尖瞬間頓住，腳步也停了下來。過了半晌，溫以凡才把輸入框裡的話刪掉，重新打字：那你路上小心一點。

溫以凡垂眼：到了跟我說一聲。

◇

在這個時間從市區到機場，溫以凡也不知道他趕不趕得上飛機。她沒心思去做別的事情，盤算著時間問：你到機場了嗎？

桑延幾乎有問必答，只不過每次回答的字數都很少，像是沒什麼耐心打字，和平常沒什麼區別。但以往他都是打了幾句話之後，就直接傳語音訊息。

文字看不出人的情緒，像是能在無形之間，用力拉開兩人的距離。

因為他的冷淡，溫以凡也不敢問得太頻繁，直到確認他登機之後才放下心來。她有點疲憊地回到房間，躺到床上，完全不想動彈。

但想到腿上的傷口，溫以凡還是爬起來洗澡。她避開傷口，簡單地沖洗一下身子，然後坐在床上擦藥。溫以凡用棉花棒擦掉不經意間沾到的水，認真又仔細地處理著傷口。

周圍萬籟俱寂，漸漸地，極為濃厚的孤單感抽絲剝繭地吞噬她。

溫以凡捏著棉花棒的手漸漸收緊，腦海裡浮現兩人在一起第二天的那個晚上。

——『你明天還會幫我擦藥嗎？』

——『洗完澡自己過來找我。』

眼前的傷痕漸漸變糊，什麼都看不清楚。

溫以凡繼續幫自己擦藥，沉默安靜到了極點。她用力眨了一下眼，斗大的眼淚就順勢落在傷口上，帶來些許刺痛感。她回過神來，狼狽地用手背擦掉眼淚，再度用棉花棒擦乾水痕。

第二天下午，溫以凡又接到派出所的電話，要她過去再補點資料。記者這一行去派出所算是家常便飯，她寫完手頭上的稿子，便收拾東西走出公司。

這次主要還是問溫以凡被車興德持續騷擾的事情。派出所調出電視台的監視器資料，確實幾乎每天都可以看到車興德出現在南蕪廣電外頭，但他沒對溫以凡做出什麼實質性的傷害，也沒做過什麼奇怪舉動。

車興德搶奪未遂，被發現之後也沒有逃跑，情節並不嚴重。車雁琴那天找溫以凡提出和解，被拒絕後便嚷嚷著要找律師，溫以凡也不知道具體會是怎樣的結果。她一整天都心不在焉的，沒什麼心思工作，也懶得去管這些事。她只把自己該做的事情做完，其餘的，多一點她都沒精力去想。

察覺到溫以凡的狀態，甘鴻遠以為她是受到車興德的事情影響，再加上先前有幾次輪休日，她因為突發事件又趕來公司加班，乾脆爽快地批了三天假讓她去處理這些事情。

拿到假期，溫以凡也沒想像中的高興，她甚至想問甘鴻遠，這三天假可不可以推遲到一週之後，畢竟她一個人在家也沒什麼事做。

溫以凡比較想等桑延回來的時候再放這三天假，但又擔心，她如果這樣問，甘鴻遠會覺得她沒什麼問題，又改變主意、收回假期。

甘鴻遠批了假後，溫以凡也沒立刻回家，又在公司待到六點。她關掉電腦，習慣性打開微信，傳訊息給桑延：你吃飯了嗎？

指尖在傳送鍵上停住，掌心收攏，過了幾秒才按了下去。

這次桑延不像之前那樣立刻回覆，溫以凡等了一會兒，沉默地把手機放回口袋裡，起身走出公司。回到家後，她拿鑰匙打開門，盯著鞋櫃看了一會兒，又想起昨晚兩人吵架時的事情。

下一刻，手機鈴聲打斷她的思緒。

溫以凡立刻從口袋拿起手機，直接接了起來。那頭響起鐘思喬的聲音，嬉皮笑臉地道：『怎麼樣，沒有男朋友在身邊，是不是覺得世界清爽了不少？』

溫以凡往沙發的方向走，只是笑了笑。

『等妳輪休我們出來吃個飯啊，桑延不是要去一週嗎？』鐘思喬說，『唉，妳談戀愛之後，時間全被他占據了，我都好久沒跟妳見面了。』

溫以凡低聲說：「好。」

『妳的語氣是怎麼回事？』鐘思喬打趣道，『桑延剛走一天妳就想他了啊，我以前怎麼不知道妳那麼黏人？』

溫以凡還是笑著，沒有說話。

很快，鐘思喬就覺得不對勁，問道：『噯，怎麼了？平時我跟妳提到桑延，妳不是都會多說幾句嗎？怎麼今天什麼都不說，妳跟他吵架了嗎？』

溫以凡沉默了一會兒，沒有承認，只是說：「他覺得我什麼都不跟他說。」

『啊，妳確實這個毛病很嚴重，什麼話都憋在心裡。』鐘思喬說，『但情侶之間不可以這樣相處的，點點。這種事情一次兩次沒關係，次數多了，妳們會開始有隔閡的。』

溫以凡茫然地說，「可是我不是什麼都不跟他說。」

『啊？』

溫以凡認真道：「我只是不好的事情不跟他說。」

鐘思喬笑：『那也一樣。』

「……」

『妳不說的話，對方不會知道妳為什麼不說，只會覺得，可能是你們兩人的關係還不到妳能對他坦誠所有事情的程度。』鐘思喬說，『如果最後是從別人口中得知的，那可能會很失望？』

安靜片刻，溫以凡的聲音有點飄：「喬喬，可能是跟桑延在一起久了，我最近老是想起以前的一件事情。」

『什麼？』

溫以凡的語速很慢：「我當初不是跟妳說了，我要報南大。」

不知道她為什麼提起這件事，鐘思喬愣了一下：『是啊，我還很納悶妳最後怎麼會去宜大，還想說我們又可以念同一個學校了。』

「當時填志願的時候，桑延來問過我，我答應他我會報南大。」溫以凡從來不敢跟任何人提起這件事，在桑延面前也不敢提及分毫，「但我——」

『怎麼了？』

溫以凡有點難以啟齒：「我最後改志願了。」

『……』

溫以凡輕聲道：「我非常擔心他會在意這件事。」

像是一旦有了在乎的東西，人就會開始變得弱小，做什麼事情都瞻前顧後。

「所以我不敢再跟他提起這件事，也想盡可能地遷就他，不給他添麻煩。」溫以凡緩慢地問，「是我做錯了嗎？」

過了半晌，鐘思喬才問：『……所以妳是因為什麼原因才改的？』

溫以凡沒回答。

知道可能不是什麼好事，鐘思喬也沒追問：『妳也沒告訴他？』

她輕輕地嗯了一聲。

『那我還是那句話，不管是什麼原因，妳如果想跟他一直走下去，妳就得跟他說。』鐘思喬說，『不然這對你們都是一根刺。』

「……」

『點點，不是只有說了才會造成傷害。』鐘思喬認真地說，『避而不談也會。』

電話裡陷入沉默。

幾秒後，鐘思喬嘆了一聲：『你不要再犯同樣的錯了。』

◇

隔天晚上八點，宜荷市。

跟桑稚和段嘉許吃完飯後，桑延本想直接回段嘉許家睡個覺，不打算跟這對談起戀愛來膩死人的情侶待在一起。哪知桑稚非要抓著他一起去，還把他跟段嘉許安排在情侶座。

桑延覺得不耐又荒唐，直接叫段嘉許滾，然後靠在椅背上看手機。

前天的飛機桑延沒趕上，他只能買到隔天下午的機票，但他沒跟溫以凡說。昨晚溫以凡傳訊息給他時，他還在飛機上。飛機抵達機場後，桑延才看到訊息，回覆之後只收到她叫自己早點睡的訊息。之後一整個晚上，他的手機都沒再有別的動靜。

今天甚至到了吃飯時間，桑延都沒收到溫以凡的訊息。他盯著兩人的聊天視窗，想起了來宜荷前對她發的脾氣。

桑延的指尖動了動，敲了一句：回家沒？

那頭沒回，恰好電影也開始了。

桑延又等了一會兒，才把手機丟到一旁，盯著眼前的螢幕。他毫無看電影的興致，完全無法集中精力，過了好一會兒才發現這是部3D電影，卻也懶得再戴上3D眼鏡。

電影院內的聲音很大，震得耳朵都有點痛。桑延完全不受影響，莫名覺得有點疲倦，眼皮也順勢漸漸垂了下來。睏意襲捲而來，伴隨著陰森至極的夢境。

桑延夢到十七歲時的溫以凡。夢裡的溫以凡穿著北榆統一的高中制服，獨自一人在他們走過許多次的那條小巷裡快步地走著。不知道是誰跟著她，她的神情充滿恐懼，極為無助。

下一刻，身後有人拉住她，對上了她那個「舅舅」極為猥瑣的笑容。

她的模樣全是防備，下意識想掙脫，卻掙脫不了。

周圍靜得可怕，除了他們兩個，世界裡沒有其他人存在。像是她再怎麼呼救，都只會維持現在這個局面，不會有人來幫她。

畫面一轉，溫以凡獨自一人坐在床上，光線昏暗至極。猶如她每次夢遊後，一個人待在客廳時的模樣。她把自己包裹在被子裡，只低著頭，眼淚一滴一滴地往下掉。

有人從外頭重重拍打著門板，發出巨大的碰撞聲。

下一刻，桑延忽地被人叫醒。

他緩慢地睜開眼睛，與桑稚略帶不自然的臉對上：「哥，走了。」

桑延下意識地打開一旁的手機看了一眼，依然沒有任何回覆。他的神色還有些恍惚，漫不經心地嗯了一聲，站了起來。

三人再度上車。桑延坐在後座，往車窗外看，思緒全被剛剛的夢境占據。儘管根據這段時間的各種蹤跡，他漸漸能總結出一個答案，但他一點都不想相信。

那段回憶裡，桑延記得最清楚的，就是溫以凡最後說的那些狠話。

那些將他的自尊全數踐踏在腳底的話。他從來沒想過會有別的理由，而且他寧可不要有。他寧可就是，他喜歡了那麼多年的女孩，當初僅僅只是因為受不了他的糾纏，僅僅只是因為這個原因，才會用盡所有方式遠離他。

就僅僅只是，不喜歡他而已。

他不希望有別的原因，並不希望是那些年，她其實過得一點都不好。

◇

車子不知不覺間開到宜荷大學的門口。

桑延轉頭看去，盯著這熟悉的校門，慢慢地失了神。想起了她前段時間，知道自己要過來看桑稚時說的話。

——『她一個小女生在那邊，確實讓人放不下心。』

桑延不自覺地喃喃道：「我還是回去吧。」

前面的桑稚沒聽清楚，回頭問：「什麼？」

「你們約會去吧，」桑延重新看向手機，淡淡道，「我回南蕪了。」

到機場已經接近十點了。桑延到售票處排隊，正想問問還有沒有回南蕪的機票時，手機忽然響了起來。他從口袋裡拿出手機，看到來電顯示是「溫霜降」。

他的神色明顯放鬆，直接從隊伍裡出來，接起電話。

「回家了？」

『啊。』溫以凡輕聲道，『還沒。』

「什麼時候下班？」

沉默片刻，那頭的溫以凡忽地反問：『桑延，你現在有空嗎？』

「嗯？」

『我可以去找你嗎？我現在剛下飛機，』頓了幾秒，溫以凡又補充，『在宜荷機場。』

第六十七章　我親愛的少年

上一次溫以凡從南蕪飛來宜荷，已經是八年前的事情了。

在北榆跟桑延見面後的第二天，溫以凡就坐高鐵回去南蕪，到趙媛冬那裡拿了溫良哲留給她的所有錢和證件。之後，她沒再停留在這兩個城市。

獨自一人坐飛機到了宜荷，現在，溫以凡的心境跟當時已經完全不同了。

溫以凡坐在靠窗的位子。她沒別的事情做，盯著窗外，思考著等一下要怎麼跟桑延提及她過來了的事情，也不知道會不會影響到他。

外頭的天已經黑了，遠處還能看到黑而濃厚的雲層，向下是大片的夜景和紅色光帶。客艙裡安安靜靜，光線也昏暗至極，隱約能聽到有人窸窸窣窣地在說話，像是一趟漫長到無止境的旅程。

溫以凡突然很想知道，從前桑延每次從南蕪坐高鐵去北榆見她時，是抱著怎樣的心情。也是像她現在這樣，覺得期待又緊張嗎？

期盼著見到他的那一瞬間，卻又害怕，他其實並不想見到自己。

飛機內的空調溫度有些低，溫以凡下意識把毛毯拉高了一點。獨自一人在交通工具上，她毫無安全感，就算沒事幹也不打算睡覺。

溫以凡再度看向窗外。也許是決定了要向他全盤托出，溫以凡的心情比以前的任何一刻都還安定。她輕輕抿唇，想慢慢地回想起當時的所有事情，也漸漸被夜晚和心情拉進那一段回憶中——她再也不願回想分毫的回憶中。

溫以凡是在高二下學期的時候，跟著大伯一家搬到北榆的。

所有一切跟在南蕪時沒有任何不同，無非就是，從一個寄人籬下的熟悉城市，換到另一個陌生的城市罷了，當時溫以凡並不太在意這件事。

她覺得無可奈何，卻也知道沒有什麼辦法。她只想努力提高自己的成績，考到一間好一點的大學，也希望時間能過得快一點。她可以快一點考大學、快一點成年、快一點透過自己的能力賺錢、快一點結束這樣的生活。

對溫以凡來說，儘管那時的日子是壓抑而痛苦的，但她依然有著期待，覺得只要熬過這段時間就什麼都好了。

但所有一切，都從她上高三之後開始變化。

那一年，車興德從另一個城市搬來北榆。他沒有工作、沒有錢，只能靠他姊姊過日子，之後的時間都一直住在大伯家。

從第一次見面起，溫以凡就對她這個所謂的「舅舅」毫無好感。

溫以凡是個非常遲鈍的人，對各種情感的敏銳度也比別人慢一拍。但她一直覺得他看她的眼神非常奇怪，說話也油膩又猥瑣，抱著極其不好的意味。

她不是太會表達的人，也不知道這到底是不是她的錯覺。

一開始，車興德沒做什麼太過分的事情。

還沒找到工作的時候，車興德幾乎每天都在家裡不出門。他會經常貼著溫以凡坐，或是借著拿什麼東西的理由去碰觸她的身體。一次兩次溫以凡還覺得是意外，多了她也覺得不對勁。

溫以凡從小到大都被保護得很好，她從沒遇過這種事情，完全不知道該怎麼處理。好幾次趙媛冬打電話給她時，溫以凡的話到了嘴邊，卻又完全說不出口。

這對那個年齡的女孩子來說，是一件難以啟齒的事。

所幸高三學業重，學校同意高三生週末可以留在學校自習。溫以凡乾脆減少回家的次數，長時間留在學校裡。如果不是節日學校不讓學生留校，她甚至不會主動回大伯家。

高三上學期結束後，溫以凡進入她高中的最後一個寒假。算起來其實也不到兩週的時間，但就是在那個時候，車興德的行為變本加厲了。

溫以凡再也無法忍受，只好跟車雁琴說了。車雁琴完全不把這件事放在心上，只說是她心思太敏感，叫她不要想些不著邊際的事情，也不要小題大做。

在這之前，溫以凡也不覺得車雁琴會站在她這邊。這條路行不通後，她又跟趙媛冬說起這件事，大致上是說想自己在外面租一間公寓住。

趙媛冬聽了也覺得擔憂，卻又不放心她自己一個人住在外面。說到最後，她只跟溫以凡說，會跟車雁琴再提提看，然後就再無後續。

似乎是察覺到溫以凡的躲避和忍讓，車興德極為猖狂，開始在深夜時試圖撬開她房間的門鎖。偶爾還會藉著醉酒的狀態，用力地拍打她的房門，裝作自己走錯房間。

溫以凡警告過他幾次，卻毫無效果，得到的只有他愈發囂張的拍門聲。

每當有這種事情發生，溫以凡只期盼淩晨三點的到來。溫良賢和車雁琴一起開了家燒烤攤，每晚營業到淩晨兩點半，走回家要半個小時，每天差不多淩晨三點會到家。

車興德怕溫良賢，有溫良賢在，他會收斂不少，做事情也不敢這麼明目張膽。

儘管有門鎖，儘管溫以凡回房間後會把書桌抵在門前，她依然毫無安全感。她開始在枕頭下藏剪刀和美工刀，在家不到淩晨三點就不敢睡覺，生怕在她不經意間，車興德就會破門進來。

這樣的日子，一直持續到大考結束。

在這段期間，溫以凡又陸續打過幾次電話給趙媛冬。趙媛冬表示，鄭可佳已經漸漸接受她了，等她再勸說一段時間，應該就能讓溫以凡搬回來住。

成績出來後，在溫以凡準備填報志願時，趙媛冬也提出要她填南蕪大學的要求。意思是讓溫以凡離得近一點，以後好照顧她。

儘管當時趙媛冬因為新家庭，把她暫時安置在大伯家，但在很多事情上，溫以凡還是極為依賴她。她只想脫離現在的生活，趕緊讓現在的日子成為過去，她也想試試跟新家庭和諧相處。

也因此，溫以凡答應了趙媛冬。因為對於她來說，除了北榆這個城市，其餘的地方對她來說差別都不大。再加上溫以凡想到桑延也在南蕪，他可能會比較想待在這個城市。

開始填報志願的那一週，桑延陸續傳來幾封訊息，全都是在問她志願的事情。

怕他會因為自己而去填不感興趣的學校，溫以凡嘗試問過他想報哪一所，但他一直沒提。最後她只能明確地告訴他，自己會報南蕪大學。

她會回南蕪，會當作這兩年的痛苦都只是過往雲煙，他們也不需要再隔著兩座城市，不需要再讓他每次都那麼辛苦地跨越一座城市來找她。之後，他們可以每天都見面，可以變回高一時那樣，所有的日子都像在漸漸好轉。

直到大學志願填報截止那天。

那天淩晨，家裡只有溫以凡一個人在。那段時間車興德找到工作，一週有好幾天不在家。她不清楚車興德的工作時間，也不太確定他今天回不回來。

不到三點鐘，溫以凡也不太敢睡。

溫以凡用手機跟桑延傳訊息，邊注意著床頭櫃上鬧鐘的時間。

桑延：我明天去找妳，好不好？

溫以凡想了想，回道：我過段時間要去南蕪，你別過來了。

桑延：什麼時候？

溫以凡：等錄取通知書寄到吧，我們得回學校拿。

桑延：那都七月多了。

過了一會兒，桑延又傳來：錄取結果出來那天我過去一趟吧。

直至淩晨一點半，車興德都沒有回來。

溫以凡覺得車興德可能不回來了，但又有些不安，像是山雨欲來。她躺在床上，跟桑延聊著聊著就開始犯睏。她強撐著眼皮，想撐到淩晨三點再睡，最後還是敵不過睡意。

只覺得，都這個時間了，再過一會兒大伯應該也要到家了。

之後，溫以凡是被門的聲音驚醒的。

這次門鎖傳來的不再是被撬動的金屬聲，而是被鑰匙打開的喀嚓聲。她睜開眼，在一片黑暗中看到門前的書桌因門的開啟倒下。

溫以凡抬眼，隨之對上車興德的臉。

車興德用一根手指晃著手中的鑰匙，笑聲猥瑣又令人恐懼。他的身材偏胖，一進來就把鑰匙扔開，往她身上壓，帶著鋪天蓋地的汗臭和酒氣。極其強勢地，用男女間懸殊的力氣壓制住她。

溫以凡瞬間清醒，感受到他拉開她身上的被子。他的來意極為明顯，一手用力扯住她的頭髮，另一隻手試圖將她的褲子往下扯。

她無法控制地尖叫了一聲，邊掙扎邊開始求救。

溫以凡覺得自己在那一刻像是從軀體裡脫離出來，成為一個旁觀者。她看到自己瘋狂抵抗，從枕頭下摸到剪刀，毫無理智地往車興德身上捅。

車興德吃痛地後退，很快又往上撲，奪過她手上的剪刀。

「妳這個可惡的婊子！」

溫以凡紅著眼，身子往後退，再度從枕頭底下摸到美工刀。她的身體緊繃至極，全副身心都在防備。她控制著聲音裡的顫抖，一字一字地說：「你這樣是要坐牢的。」

車興德笑了：「妳敢報警嗎？」

「……」

「讓人知道妳被妳舅舅上啦？」車興德嘖了一聲，「霜降，這件事要是被別人知道了，妳以後怎麼嫁得出去？這是很丟臉、很羞恥的事情，知道嗎？」

溫以凡像是沒聽見一樣，眼睛眨也不眨地盯著他，唯恐他會再度上前。

少女頭髮凌亂，膚白唇紅，五官極為豔麗。她的四肢白皙纖細，隨著舉動勾勒出曲線，全身柔軟至極。她縮在角落裡，像隻長了刺的小奶貓。

因為她這副樣子，車興德那未消退的欲火再度湧起：「沒關係，舅舅娶妳，別去上大學了，霜降，來當舅舅的老婆……」

說著，車興德再度壓到溫以凡身上。這次他像是早已察覺，眼明手快地從她手裡扯過那把美工刀。他再度把她的褲子向下扯，粗重的氣息一下又一下地噴到她的身上。

溫以凡用盡全部力氣掙扎。那是她覺得最崩潰、最無力、最絕望的時候，也是她覺得自己最髒、最想直接死掉的時候。

那個房間黑暗至極，窗簾明明半開著，可在那一刻，溫以凡覺得自己再也看不到光了。她希望自己可以立刻死去。

如果活在這個世界上要承受這種事情，那麼她寧可不要活了。

在車興德壓著她的雙手，把她的衣服往上推的時候，玄關處傳來聲響。

溫以凡的眼裡含著淚，像是意識到了什麼，轉頭盯著床頭櫃上的時鐘——淩晨三點。

溫以凡原本空洞下來的雙眼漸漸亮起，再度開始求救。因為長時間的叫喊，她的聲音變得沙啞，還帶著哭腔：「大伯！救救我！」

車興德的舉動停住，暗暗罵了一句髒話。

接著，客廳的燈大亮。

傳來溫良賢的聲音：「怎麼回事？」

車雁琴也道：「霜降，那麼晚了，妳在吵什麼——」

看到房間裡的場景時，車雁琴瞬間無言。

溫良賢對車興德不滿很久了，看到這個狀況瞬間暴怒。他走過來把車興德拉下床，大聲吼：「你在幹什麼？這孩子多大你不知道？」

脫離了地獄，溫以凡立刻用被子包住自己的身體，她低下頭，盯著手上的血，是用剪刀弄傷車興德時沾上的。

她用盡全身力氣憋住眼淚。她絕對不會為這種人渣流半滴眼淚，絕對不會。

「不是，姊夫。」車興德解釋，「我喝多了，我只是走錯房間，我什麼都沒做……」

聞言，車雁琴鬆了一口氣，過來勸：「老公，這不是什麼都沒發生嗎？你也不用生那麼大的氣。德仔就是喝多了，弄不清楚……」

沒等她說完，溫以凡出聲：「我要報警。」

「妳這孩子說什麼啊？報什麼警！」車雁琴皺眉，「妳舅舅就是喝多了，妳看妳的衣服不是還穿得好好的？被鄰居聽到了多丟臉。」

溫良賢極要面子，怕被人知道自己照顧侄女照顧成這樣：「阿降，沒事就好，大伯會給妳一個交代的，但這件事沒必要鬧到人盡皆知。」

溫以凡抬頭，目光從車雁琴和溫良賢的臉上滑過，然後定在車興德那張略帶得意的臉。她想起他剛剛的話，情緒很平，身上還在發抖，重複了一次：「我要報警。」

「妳有沒有良心！想讓妳舅舅坐牢是吧！」車雁琴火了，「他只是喝醉酒走錯房間。還有，妳是生怕以後別人不會說妳閒話——」

溫以凡打斷她的話：「隨便。」

「……」

「我隨便別人怎麼說，」溫以凡從旁邊翻到手機，邊說邊打給一一〇，舉動僵硬，「別人怎麼傳我都無所謂，我只要報警。」

聞言，車興德想去搶她的手機，但手機那頭已經接通了。

溫以凡坐在床上，身子不受控地發抖，試圖讓自己冷靜下來，如實把情況說了一遍。

車興德立刻看向車雁琴，表情有點慌了。

車雁琴安撫道：「沒事。」

說完，溫以凡不再看另外三人，手上還在發抖，開始打電話給趙媛冬。

可能是還在睡覺，過了半分鐘，趙媛冬才接了起來。

『阿降？』

溫以凡的鼻子一酸，聽到她的聲音，強忍著的眼淚在這個時候才掉了下來。沒等她出聲，車雁琴已經過來奪走她的手機，冷笑道：「趙媛冬，看妳生出來的好女兒！」

『……』

「我幫妳盡心盡力地帶孩子，結果呢？她現在想把我弟搞進監獄裡！我告訴妳，妳今天不解決這件事，妳別想好過！」車雁琴說，「我弟做什麼了？他只不過是喝醉走錯房間！什麼事情都沒做！妳女兒硬想給他冠上一個強姦罪！這心肝有多黑啊！」

車雁琴像是極為惱火，自顧自地罵了好一陣子。

溫以凡也沒力氣去把手機搶回來。半晌，車雁琴才把手機扔回給她。

溫以凡盯著還在通話中的螢幕，突然不太敢接聽了。想起上次，她想要趙媛冬把自己接回去時，她連話都沒聽就掛斷的反應。

她捏捏拳頭，緩慢地把手機貼到耳邊。

拜託了，媽媽。求妳了，我求求妳，妳救救我吧。妳別再拋下我了。

下一刻，那頭再度傳來趙媛冬極為為難的聲音：『阿降，是不是有什麼誤會？妳大伯母說她弟弟不是那樣的人……妳不要想太多，過兩天媽媽就來──』

溫以凡沒再聽下去，直接掛斷電話。

很難用言語形容溫以凡那一刻的心情，她不知道自己原來有那一面。那一刻，她只希望全世界都去死。

那個兵荒馬亂的淩晨，溫以凡和車興德被警察帶走，她把這整個晚上，再加上這一年的所有事情都說出來。之後，她沒再回大伯家，住在一個女警家裡。

女警很同情她的遭遇，幫她做心理輔導，還說她想住在那裡多久都可以。女警有個女兒，名叫陳惜，恰好是溫以凡的同班同學。兩人在學校的交集不多，但陳惜的性格非常好相處，從來不提溫以凡發生的這些事情，只是跟她聊著各種亂七八糟的話題。

到了晚上，陳惜跟她說著話，突然跳起來往房間跑：「對了，我改一下我的志願，我不想選人力資源了！天啊，現在幾點了！」

聽到「志願」兩個字，溫以凡眨眨眼。想起自己因為趙媛冬的提議才選擇了南蕪大學，又想起前不久，趙媛冬在電話裡說的話。

她低著頭，看著自己手上被車興德勒出的痕跡，神色愣愣的。沒多久，溫以凡也起身走進陳惜的房間。

此時陳惜正坐在桌前，剛打開電腦。餘光注意到溫以凡的身影，她轉過頭來，笑嘻嘻地問：「怎麼啦？」

溫以凡盯著電腦螢幕：「陳惜，我可以用一下妳的電腦嗎？」

「可以啊。」陳惜爽快地說，「妳要幹嘛？」

房間裡安靜幾秒。

溫以凡眼裡的光像是消失了，輕聲道：「我想改志願。」

接下來的一段時間，溫以凡一直住在陳惜家。

儘管脫離了車興德這一號人物，但不到淩晨三點她依然睡不著。她極其沒安全感，總會睡著睡著就驚醒，覺得有人壓在她身上，每天都覺得喘不過氣。

溫以凡不想跟任何人聯繫，每天都龜縮在自己的殼裡，只依照女警的吩咐，要去派出所補做筆錄時才會出門一趟。但因為溫以凡的身上沒有被侵害的痕跡，也沒有證據，再加上溫良賢和車雁琴都替車興德說話，最後車興德也沒受到太大的懲罰，只是被拘留了幾天。

但這件事情仍是在北榆某區鬧得沸沸揚揚，全都在傳有一家的舅舅強姦了親外甥女。

溫以凡每天都在陳惜家裡，也不知道這些事情。她吃不下東西也睡不著，覺得日子痛苦難熬，以肉眼可見的速度消瘦了下去。

她覺得自己這樣很不對勁。溫以凡不想再去管這些事情，她不想再待在這個地方，也什麼都不想再去想。她只希望錄取結果快點出來，拿到錄取通知書後，就離開這個城市，離這些事遠遠的。

那段時間，溫以凡過得渾渾噩噩。她不跟外界溝通，手機長期處於關機狀態，每天只顧著在角落發呆。

溫以凡覺得自己好奇怪，明明前段時間還以為曙光在即，明明先前還以為所有事情都在朝好的一面發展；然而，她現在卻完全控制不住自己的負面想法，每天都想著車興德壓在自己身上時，腦子裡冒出的那個念頭。

——每天都想死。

錄取結果出來的那一週，北榆接連下了幾天的細雨。

那天，查完錄取結果後，陳惜極為高興，興奮地抱住她：「太好了，我跟我男朋友錄取同一所學校，我們可以去念同一所大學了！」

那一瞬間，溫以凡的思緒從黑暗裡掙脫。她突然想起來，自己這段時間忘了什麼事情——她跟桑延約好了要念同一所大學。但她忘記了，她改了志願，她沒有跟桑延說。

這個念頭冒出來時，溫以凡的心情依然很平靜。像是覺得這應該是理所當然的一個結果，過了半晌，她才站了起來，從書包裡翻出自己這段時間一直沒拿出來過的手機。

長按開機，跳出一大堆未讀訊息和未接電話。

桑延在這段時間傳了幾十封訊息來，最新一封是一個小時前傳來的。

桑延：我去找妳。

溫以凡盯著看了很久。

注意到她的失神，旁邊的陳惜打斷她的注意力：「妳怎麼啦？」

溫以凡抬頭：「我出門一趟。」

「啊？」這是這半個月以來，溫以凡第一次主動提出要出門，陳惜有點驚訝，「怎麼了？妳要去哪裡？要我陪妳去嗎？」

溫以凡笑了一下：「不用，我去見個朋友。」

陳惜：「好。」

溫以凡起身走到玄關，打開門，後頭又傳來陳惜的聲音：「噯！對了以凡，外面在下雨，妳帶把傘出門吧！」

說著，陳惜跑過來塞了把傘到她手裡。

她看向陳惜，低聲道：「謝謝。」

「謝什麼啊！」陳惜笑，「跟朋友玩得開心一點啊。」

聽到這句話，溫以凡沉默了幾秒才道：「好。」

溫以凡出了門。外頭的天色已經半暗了，雨勢不大，像是細細碎碎的針，落下來也無聲無息。眼前的霧氣很重，水泥地一塊深一塊淺。

想著桑延平時下車的地方，溫以凡往大伯家的方向走。

剛走到那條小巷，溫以凡再度碰到車興德。像是沒想過會碰到她，他愣了一下，再度拽住她的手臂，像個得志的小人：「喲，霜降啊。」

溫以凡的痛苦感再度冒起，用力地想掙脫他的手。

「報警是吧？妳說妳報警之後，對誰的損失更大？我沒什麼事，妳被傳成什麼樣子了？」可能是因為在拘留所裡關了幾天，車興德的眉眼漸漸帶了陰狠，「還有，這件事也不能全怪我吧？妳就長了一副騷貨樣，天天在家就穿短袖短褲的，不就是想勾——」

還沒等他說完，桑延忽地從車興德背後出現，被他的手扯開。

他的臉上帶著極重的戾氣，用力地往車興德臉上揍了一拳，然後桑延用膝蓋踢上車興德的肚子，模樣像是失去理智，力道極重，發出很大的聲響。

車興德完全沒有還手的餘地，被打得開始求饒。

溫以凡回過神來。她不希望桑延被攪和進這些事情裡，也不想要他因為自己而惹上麻煩，立刻過去拉住他的手腕，往另一個方向走。

桑延跟著她：「那個人是誰？」

溫以凡沒回頭：「我不認識。」

兩人繼續往前走。

桑延又道：「妳沒事吧？」

溫以凡輕輕應了聲。

「溫霜降，以後這麼晚的話，妳不要提前下來。」因為剛才的男人，桑延忍不住說，「我直接到妳家樓下找妳。」

溫以凡沒說話。

「妳這段時間很忙嗎？」注意到她的不對勁，桑延停了兩秒，「我一直聯繫不上妳，出什麼事了？」

「沒有，我手機壞了。」溫以凡把傘舉高了一點，幫他遮雨，「你怎麼過來了？」

「啊？」桑延順勢接過她手裡的傘，很自然地說，「我們之前不是說好了嗎？錄取結果出來時我會過來一趟。」

不知不覺間，兩人走到那條巷子裡。

裡頭空無一人，路燈也昏暗，能隱約看到幾隻小飛蟻在眼前飛過。雨聲撲簌簌地，在這燥熱的夏天裡，似乎帶了幾分涼意。

可能是怕剛剛那個男人影響到她的心情，桑延的話比平時多了一點：「我錄取結果出來了，南大資管。妳成績比我低一點，但妳填的科系應該也綽綽有……」

溫以凡看著眼前的少年，像是聽進了他的話，又像是一句都沒聽進去。

腦子裡反反覆覆地迴盪著車興德的話。

——『這是很丟臉、很羞恥的事情，知道嗎？』

反反覆覆地想起婊子、騷貨這些詞。

溫以凡也想不起來自己當時的感受了，只記得，當時那件事她不介意讓任何人知道，就算別人怎麼傳都無所謂，可是她不想讓桑延知道，半分都不想。

她不想露出半點破綻，也不知道該怎麼解釋他才不會懷疑。她只能想到用狠話來將他擊垮，溫以凡也不想讓桑延像現在這樣，總是要花時間特地跑到那麼遠的地方，只為了見她一面。

這是她犯下的錯，無論有什麼原因，追根究底，就只不過是她忘記了，沒必要讓桑延承擔。她這樣的人，承受不起他這樣的對待。

他們應該要早一點斷掉的。在上一次，她在電話裡叫他別再煩自己時，他們就應該結束。早就應該，結束了。

溫以凡忽地打斷他的話：「桑延。」

「嗯？」

「我沒有填南大。」

聽到這句話，桑延的目光一愣，像是沒聽懂她的話，他扯起唇角笑了：「妳跟我開玩笑吧？」

溫以凡的語氣很認真：「沒有。」

觀察著溫以凡的神情，過了好幾秒後，桑延才意識到她說的是實話。他臉上的笑意漸收，半晌後才問：「妳填了什麼學校？」

溫以凡如實道：「宜大。」

「為什麼？」桑延盯著她，喉結緩慢地滑動了一下，語氣有些艱難：「妳為什麼報了宜大？」

溫以凡逼迫自己與他對視。那一刻，她想不到自己改志願的其他理由，胡亂地扯了一個理由：「我跟別人約好了。」

「那我呢？」桑延像是覺得很荒謬，看著她，「妳沒什麼想跟我說的嗎？」

溫以凡抿唇，沒出聲。巷子裡安靜得過分。

桑延沉默地看她，像是在等她的答覆。片刻後，他輕輕閉了一下眼，第一次用稱呼將兩人的距離拉開：「溫以凡，我是妳的備胎嗎？」

「你要那麼想也可以，」溫以凡抬頭，只覺得眼前的少年乾淨到了極致，完全不該跟她這樣的人牽扯在一起，「錄取結果也出來了，你待在南蕪滿好的。」

「妳要是不願意，妳可以直接跟我說。」桑延的聲音很輕，「沒必要用這種方式。」

「那我就直接說了，桑延，我就是非常討厭……」溫以凡平靜地說，「我很不喜歡你一直來北榆找我，也很討厭每次都要出來跟你見面。」

「……」

「北榆離南蕪近，那我去遠一點的地方，可以嗎？」溫以凡的眼睛連眨都不眨，把所有的話都說完，「以後我到宜荷了，希望你別再像現在這樣過來找我了。」
那大概是溫以凡長那麼大以來，跟其他人說過最狠的話。
她沒有想過對象會是桑延。
桑延的眼睫和髮梢都沾著水珠，上衣被打濕大半。他的眼眸漆黑，看不出情緒，嘴唇動了動，卻一句話都沒說。
不知從哪裡傳來水滴的聲響，啪嗒一聲，像是眼淚墜下的聲音。
不知過了多久，桑延像是猜到了什麼，輕輕扯了一下唇角，表情有點僵：「所以這段時間，妳是因為這樣才不回我的訊息？」
溫以凡：「嗯。」
「溫以凡。」桑延最後叫了她一聲，喉結再度滑動著，彷彿是在克制情緒。他慢慢地垂下頭，自嘲般地說，「我也沒那麼差吧。」
溫以凡喉嚨乾澀，挪開視線，不再看他。
像是要維持住最後的自尊，桑延淡淡地笑了一下：「放心，我不會再纏著你。」
之後，兩人都沒再說話。
像往常一樣，桑延繼續往前走，把她送到她家樓下。他把傘遞回溫以凡手裡，像是還想說些什麼，卻什麼都沒說。
他看向她，聲音很輕：「我走了。」

溫以凡嗯了一聲。

他走了幾步，又回頭：「再見。」

說完，桑延轉過身，往那條巷子走。他的背影瘦高，走路時脊梁挺得很直，像是從未為誰彎過腰，再也沒有回過頭。

一如當年那個站在飲水機旁，傲慢地叫她「學妹」的少年。

溫以凡安靜地站在原地，看著他滿懷期待地從另一個城市趕來這裡，卻以這樣的姿態離開她的視野。

恍惚間，溫以凡有種錯覺，這雨像是帶了無形的力量，一點一點地砸在他的身上，也將他骨子裡生來的驕傲一寸又一寸地澆熄。

她愣愣地盯著自己手裡的傘，不受控地往前走了一步。然後，溫以凡就看到他徹底消失在這雨幕之中，在那條漫長又黑暗到像是沒有盡頭的小巷中。

溫以凡停了下來，眼眶漸漸發紅，也輕聲道：「再見。」

再見，我親愛的少年。

希望你一世順利，也希望你再也不會遇見像我這樣的人，自此之後，依然是當年那個意氣風發又驕傲耀眼的少年。

◇

溫以凡拿好行李下了飛機，按照桑延在電話裡說的位置，溫以凡在出口找到他。她的緊張在此刻才冒出來，走了過去：「你怎麼在機場？」

桑延接過她手裡的行李，隨意道：「本來準備回去了。」

「……」

「走吧。」桑延往前走，「先去找個飯店。」

溫以凡跟了上去，盯著他空著的另一隻手，遲疑地伸手握住。

桑延轉頭看她，回握住她的手。

「我昨天翻後車廂才看到你沒拿行李，」溫以凡舔舔唇，低聲解釋，「我主任剛好給了三天假給我，我就過來一趟，順便幫你把衣服拿過來。」

桑延輕輕嗯了聲，兩人走出機場後，桑延才發現不知從何時開始，外頭已經下起細細的雨。他頓了一下，看向溫以凡：「妳在這裡等著，我去裡面買把傘。」

溫以凡點頭。她盯著桑延的背影看，過了一會兒才收回視線。

接著，溫以凡看著外頭零零碎碎的雨。沒多久，她注意到有個人穿著黑色的T恤，個高且瘦，直接忽略這場雨，直接往機場巴士的方向走。

再度回想起那段回憶，溫以凡的模樣恍惚，下意識想跟過去。

下一刻，桑延就從後面拉住她：「妳要去哪裡？」

溫以凡回過神看他。

桑延皺眉：「我不是叫妳在這裡等我嗎？」

溫以凡神色呆滯，叫他：「桑延。」

桑延：「怎麼了？」

「對不起，」溫以凡看著他，隔了那麼多年，再度跟他提起當年的事情，「我那個時候應該把傘給你的。」

桑延沒反應過來：「什麼？」

遲來的悔意一絲一縷地鑽進她的骨子，溫以凡低下頭，忍著顫抖把話說完。

「……我不應該就讓你那樣淋著雨回去。」

第六十八章　我只看得上最好的

察覺到她的語氣，桑延湊過來，伸手捏住她的下巴往上抬。他的眸色似點漆，看起來似乎還沒聽懂她的話：「什麼時候？」

「大考錄取結果出來，」溫以凡對上他的眉眼，聲音輕而慢，「你來北榆找我那天。」

也許沒想到會是這個答案，桑延停下動作，表情看不出情緒。過了幾秒，他輕扯唇角，懶洋洋道，「那天下雨了？」

溫以凡沒出聲，只是點點頭。

「淋就淋了，道什麼歉。」桑延用力捏了一下她的臉，像是沒把那件事當成一回事，他眉梢輕佻，「我一個大男人淋個雨又怎麼樣？我有那麼嬌弱嗎？」

溫以凡喉嚨乾澀，安靜地看著他。

桑延語調閒散：「怎麼成天把妳男友當成一朵嬌花。」

「……」

「走吧，」桑延沒再繼續這個話題，打開傘，順口問道，「吃晚餐了沒？」

溫以凡跟在他旁邊：「吃了飛機餐。」

「那會飽？」桑延說，「晚點再吃一些。」

「好。」

這兩天兩人都沒怎麼聯繫，僅有的對話都是透過文字，再加上他們最後的談話不算愉快，現在氣氛還有點不自在。

溫以凡忍不住偷看他：「我們現在是要去宜大那邊嗎？」

桑延嗯了一聲。

算上大學和工作，溫以凡在這個城市待了六年。儘管已經離開了兩年，但她對這座城市依然熟悉：「可以坐機場巴士，有直達車。不過我們兩個人，直接坐計程車到宜大的價格也——」

還沒說完，溫以凡才注意到此時根本是桑延在帶路。她訥訥地道：「喔，你剛從那邊過來，應該認得路……」

桑延：「嗯，攔一輛車吧。」

溫以凡：「好。」

兩人上了一輛停在機場旁邊的計程車。

溫以凡先上車，坐在靠裡面的位子，跟司機報了「宜荷大學」。下一刻，桑延也上車，瞥了她一眼後，又習慣性地湊過來幫她繫好安全帶再坐回去。

溫以凡看了他兩眼。也許是察覺到她的目光，桑延也拉過安全帶幫自己繫上。

見狀，溫以凡想起她喝醉的那一天，兩人在車上的對話。她舔舔唇，主動出聲跟他聊天：「只只在宜荷怎麼樣？」

這句話像是讓桑延想到了什麼，聲線冷冷地道：「很好。」

溫以凡關切道：「那你跟她和好了嗎？」

先前溫以凡偶然間聽到桑延在跟桑稚講電話，談話的內容大概是，桑稚在宜荷找了個研究生男朋友，暑假還為此留校不回家，兩人也因此爭吵了一番，之後開始了一段漫長的冷戰。

「她那個男朋友怎麼樣？」溫以凡有點好奇，又問，「你見過了嗎？」

過了半天，桑延才冒出一句，「見到了。」

溫以凡啊了一聲：「人怎麼樣？」

桑延：「妳看過照片。」

車內光線很暗，溫以凡看不清楚桑延的神色。她記得桑延沒有主動給她看過男人的照片，有點愣住：「什麼時候？」

這次桑延直接說出人名：「段嘉許。」

過了半晌，溫以凡才似是而非地反應過來，得出一個結論，「只只的男友是你大學室友嗎？就是你的緋聞對象。」

桑延隨意地嗯了聲。

溫以凡又問：「所以你室友現在是在宜荷大學讀研究所嗎？」

桑延冷笑。

「我記得，」溫以凡想起他之前在家裡跟段嘉許講過幾次電話，「你之前不是還拜託他幫你照顧妹妹嗎？」

這像是源源不絕地往桑延胸口補刀，他沒說話，再度看向她。

溫以凡不太明白，茫然地回瞪著他。沒多久，她漸漸地明白狀況：「難道他們都沒告訴你嗎？你過來這裡才發現的？」

桑延仍然看著她。

溫以凡又想到他來宜荷前兩人吵架的原因，也是因為她什麼都不告訴他，把他蒙在鼓裡。結果他飛了幾小時過來宜荷，在室友和妹妹這邊又受到相同的待遇……

她立刻噤了聲，車內再度陷入沉默。

過了一會兒，桑延主動提：「挑飯店。」

溫以凡抬眼。

桑延：「妳之前不是幫我挑了幾家嗎？」

這是溫以凡當時在車上跟桑延說的，她還以為他根本沒聽進去。她連忙點頭，從口袋裡掏出手機，「那你看看喜歡哪一家。」

桑延滑滑手機，從裡頭隨意挑了一家，又把手機還給她。

溫以凡：「這家嗎？」

桑延：「嗯。」

溫以凡猶豫了半晌，才選了雙床房：「那我訂一間？」

桑延立刻看向她。怕他不樂意，溫以凡又補充：「兩張床。」

桑延的眼神意味深長，過了一會兒才應道：「好。」

訂好飯店後，溫以凡又跟司機報了飯店名字，讓他直接把車子開到飯店樓下。

桑延轉頭，目光下滑，停在她被長褲掩蓋著的大腿上：「有帶藥？」

溫以凡還沒反應過來：「什麼藥？」

「腿傷。」

溫以凡訥訥地說：「我忘了。」

桑延點頭，沒再說話。

臨近目的地時，桑延往窗外看著，忽然叫司機停車，兩人直接下了車。溫以凡有點茫然：「怎麼在這裡下車？」

桑延打開傘，用眼神示意了一下：「去買藥。」

順著他的目光，溫以凡抬眼才注意到旁邊就是一家藥局。

走出了藥局，兩人並肩走向飯店。

溫以凡垂下頭，盯著自己空蕩蕩的手，有點不習慣這樣的狀態，掌心稍稍收攏了一些又張開：「桑延。」

桑延看著前方：「嗯？」

溫以凡小聲道：「你怎麼不牽我？」

桑延的腳步停下，轉頭看她，「我要拿行李和傘，沒手了。」

「那我來拿行李好嗎？」溫以凡認真地道，「我想要你牽著我。」

桑延直勾勾地盯著她，沉默三秒後，忽地低頭笑了起來。他的眉眼舒展開來，唇邊的梨窩也若隱若現：「溫霜降，妳撒什麼嬌？」

僵硬的氣氛似乎都隨著她的話消失殆盡，變回以往的模樣。

溫以凡愣了一下，這才意識到自己的行為是在撒嬌，臉有點燙和緊張。她保持著鎮定自若的模樣，強裝自己這個要求是合理的。

「噢。」桑延挑眉，拉長語尾，語氣有點欠揍，「所以妳來宜荷是想過來跟我牽個手。」

「……」

說著，桑延把傘遞給她：「拿著。」

溫以凡下意識地接過。

桑延提醒：「用那隻手拿，不然我怎麼牽？」

溫以凡順從地換了一隻手。

下一刻，桑延就握住她的手，捏在手心裡。他的手掌寬厚溫熱，牽人的力道重，卻也不會讓她覺得痛，只覺得安全感十足。

溫以凡比他矮一顆頭，這個姿勢拿傘有點費勁。她注意著桑延的神情，暗暗想著，他看起來好像還滿喜歡自己撒嬌的。

所幸這間藥局離兩人訂的飯店不遠，走路不到五分鐘就到了。兩人走進飯店大門，拿出身分證到櫃臺辦理入住手續。

此時，桑延忽地問：「怎麼過來前不跟我說一聲？」

溫以凡誠實地說：「我怕你不讓我過來。」

「……」桑延看她。

「怕你現在還不是很想看到我。」

桑延用力捏了一下她的手：「說點好聽的話。」

想了想，溫以凡又禮尚往來地問：「那你怎麼突然要回去了？」

桑延：「看妳不回訊息。」

溫以凡愣住：「因為我在飛機上……」

「我知道，下回記得跟我說一聲。」桑延用力揉揉她的腦袋，悠哉地說，「妳要是再晚一點打電話給我，我就已經搭上回南蕪的飛機了。」

兩人拿到房卡便搭電梯回到房間。

桑延放下行李，掃了一眼腕錶上的時間：「想出去外面吃，還是叫個外送？」

一進房間，溫以凡就不想動了：「叫外送吧。」

「好。」桑延把手機遞給她，打開空調，「點完就去洗澡，該上藥了。」

溫以凡聽桑延的意見點了兩份餐，隨後打開行李袋，從裡頭拿出自己的換洗衣物。她走進廁所裡，漸漸開始恍神，想起自己這次過來的目的。

拖了一整路，到現在都還沒說，剛開始提了一下，最後還是被他扯開話題。

從昨晚到現在，溫以凡就一直在思考要怎麼跟他說。話題過了，她也不知道該怎麼再提起，只覺得這不是會讓人覺得愉快的事情，怎麼說都會導致氣氛沉重。

她嘆了口氣，心情越發緊張和忐忑。溫以凡不知道桑延知道之後，會做出怎樣的反應。但她知道，桑延跟其他人不同。

他一定是不一樣的。

等溫以凡從浴室出來時，晚餐也已經送到了。

此時桑延正坐在其中一張床上，手裡拿著藥袋：「過來，擦完藥再吃。」

溫以凡走過去坐在他旁邊，看著他從藥袋裡拿出藥瓶和棉花棒。她垂下眼，盯著他右手手腕上的紅繩，以及上面的雪花小吊墜。

她有點失神，又回想起了桑延的話。

──『溫以凡，妳可不可以考慮一下我的感受？』

──『妳信不過我是嗎？』

想到桑延最後沉默地整理好她的褲管，他低著頭，背脊微彎，臉上的情緒平淡至極，卻又讓人感受到他深藏著的無力感，與他平時不可一世的模樣完全不同。
桑延握住她的小腿，盯著她腿上的傷，皺眉：「又碰水了？」
溫以凡回過神：「啊，剛剛不小心弄到的。」
桑延的語氣不太好：「明天不要洗了。」
接著，桑延拿起棉花棒，一下又一下地擦掉她傷口上的水。他的唇線拉直，看起來心情明顯不佳，動作卻輕到極致，像是怕再重一點就會弄痛她。
溫以凡盯著他微低著的頭，掌心漸漸收緊，鼓起勇氣開口：「桑延，這傷口是前幾天弄的。我那天在公司停車場遇到車興德了，就是那個說是我舅舅的人。」
聞言，桑延抬眼：「嗯。」
「在南蕪，我第一次見到他是在年前，我有一次半夜加班，」溫以凡說，「他是當事人，酒駕撞車了。但當時沒出什麼事，後來就是跟你一起在『加班』看到他。」
「然後他可能知道我在南蕪廣電上班，就開始一直來公司樓下等我，但我也沒碰到他幾次。那天他想跟我要錢，我沒理他，他就搶了我的包包，然後推了我一下。」說這些事情的時候，溫以凡的語氣很平靜，「之後我就報警了，沒發生什麼大事。」
桑延安靜聽著，手上的動作也未停，輕輕地幫她上著藥。
過了好一會兒。
「我之前也沒跟你說實話。」溫以凡很少跟人傾訴，說話的語速緩慢，「我爸爸去世後，我繼妹不是很喜歡我，我媽就把我送到我奶奶那裡養了。」

「但後來我奶奶身體不好，我就被送到我大伯家。」溫以凡低聲說，「我大伯一家也不是很喜歡我。

高中的時候，我們第二次因為談戀愛被請家長，是我大伯過去的。我那天回家之後心情不太好，所以在電話裡跟你發脾氣了。」溫以凡用力抿抿唇，不敢看他，「對不起，但我那時說的不是真心話，我並沒有覺得你煩。」

桑延的動作停住。

「我搬到北榆之後，車興德是在我高三時搬進來住的。」提到這裡，溫以凡的語氣變得有些艱難，「就是，他一直……騷擾我。」

聽到這裡，桑延放下手裡的棉花棒。他的喉結滾動了一下，聲音也沙啞：「溫霜降，不想說就不要說了。」

「沒有不想說，」溫以凡搖頭，繼續說完，「填志願的那週，他有一晚闖進我房間……」溫以凡低頭，眼神有點空，把這段略過：「但沒發生什麼大事情，因為我大伯他們每晚都是淩晨三點回來，那天也準時回來了。」

桑延閉上眼，把她抱進懷裡，一句話都說不出來。

他一點都不敢想，完全不敢去想那段時間她是怎麼熬過來的。

那個沒任何脾氣，性格軟，對待任何人都溫和至極的女孩，在遇到這種事情之後，是怎麼熬過來的。

「我一開始是真的填了南大，我想跟你念同一所大學，我沒有騙你。」溫以凡的眼眶泛紅，開始有點語無倫次，「但是就是，發生了不好的事。我就是……我當時也不知道怎麼辦，沒有人幫我。」

溫以凡忍著眼淚：「桑延，沒有一個人站在我這邊。」

她一點都不想哭，只覺得，她是不應該哭的。因為就算她碰到了不好的事情，也不是她可以用來傷害桑延的理由。

「我當時什麼都沒想，就是不想再待在北榆和南蕪了，想去遠一點的地方。」溫以凡說，「對不起，我忘記跟你說了。」

「……」

「對不起，我跟你說了那麼不好聽的話。」

那麼多年，她沒再去回想那個時候的事。只記得她當時語氣很重，跟桑延說了不好的話，卻也隨著時間流逝，漸漸地淡忘了。

今天努力回想，她才想起來原來她說過這種話，原來她說過這麼不好的話。

桑延加重力道，把她抱到腿上。他的嗓音沙啞，輕撫著她發紅的眼角，語氣像是認真又像是漫不經心：「記得我當時跟妳說的話嗎？」

溫以凡抬頭：「什麼？」

在這一刻，像是回到那條黑暗的巷子裡。兩人站在漆黑的雨幕之下，被一把小傘覆蓋，距離拉得很近。周圍的一切都在拉遠，雨聲簌簌，那些黑暗也逐漸消散。

眼前少年的面容長開，五官比當初硬朗成熟，低聲重複：

「妳沒有什麼想跟我說的嗎？」

那一年，那個將自己封閉起來，沉默著沒給出任何答覆的少女，在此時也給出不一樣的答案。

「有。」

桑延扯起唇角：「那現在說。」

溫以凡吸了一下鼻子：「我很喜歡你過來北榆找我，我不覺得出來見你很煩。」

桑延：「嗯，還有嗎？」

「我只是覺得我改志願了是我不對，是我忘了跟你說。」溫以凡說，「而且宜荷離南蕪好遠，我不想要你跟高中的時候一樣一直過來找我。」

「還有呢？」

「我沒有跟別人約定過，我只跟你約好。」

「嗯。」

「我覺得，」溫以凡看著他的眉眼，眼淚終於忍不住掉了下來，「我配不上你。」

桑延擦掉她的眼淚：「這句收回去。」

「……」

「溫霜降，妳覺得我這麼多年來為什麼不找對象？」桑延盯著她，語氣傲慢又眼高於頂，「我只看得上最好的，懂嗎？」

溫以凡愣愣地看著他，腦子裡被他所說的「最好的」三個字占據。她繼續把想說的話全部都說完：「我沒有把你當備胎。」

「嗯。」

「這麼多年，除了你之外，我沒有喜歡過別人。」

「嗯。」

「對不起，桑延。」像是把胸口積壓多年的大石移開，溫以凡慢慢地，忍著哽咽，說完最後一句話，「是我失約了。」

桑延低頭看她：「嗯。」

安靜至極的房間裡燈光大亮，窗外的雨點漸大，卻也無法影響到他們半分。

那個刺骨的雨夜，被泥濘和深不見底的暗黑覆蓋的時光，那段兩人都不願意再提起的過去在此刻，也終究成為過去。

半晌後，溫以凡感覺到有什麼溫熱而柔軟的東西落在自己額頭上，伴隨著桑延鄭重又清晰的一句話。

「我原諒妳了。」

第六十九章　嫖我嗎？

這像是在夢境深處上演過千萬遍的話，又像是曾經絲毫不敢妄想的場景，讓溫以帆覺得虛浮的世界終於踏實安定，卻又像是進入不真切的幻境。彷彿再一睜眼，兩人就回到大考後的那個盛夏，所有事情都尚未發生。

那個夜晚，車興德沒有回來，一切按部就班，她沒有經歷過那樣的事，也沒有改大學志願。那晚，她只是跟桑延約定好要見面，沒有發生其他事情。

溫以凡每天都過得很期待，每天都在等著錄取結果出來，桑延再次來到北榆的日子。想著，他會過來跟她說什麼話。或許是告白，或許是來跟她聊聊大學的事情，也或許還是跟以往一樣，僅僅只是來見她一面。不管怎樣，一定不會像當初那樣，一定不會揭開兩人從此天涯一方的序幕。

溫以凡眼睫稍抬，對上他凸起明顯的喉結，弧度極為分明。他的吻還落在她的額頭上，力道很輕，帶著極為珍視的意味。

她慢慢地眨眨眼，看到眼淚順著往下掉，下意識地用手背抹眼淚：「當時車興德跟我說，這是很丟臉、很羞恥的事。我那些親戚也叫我不要報警，傳出去不好聽……我就不想讓你知道。」

在那之前，溫以凡從來沒聽過有人跟她說那麼難聽的話，從來沒有人用那種詞來形容她。

所以即使是受害者，也會讓她覺得，她在其他人眼裡是不是真的就是那個樣子。

溫以凡用力抿抿下唇，用盡全力道：「如果我當時也這麼說就好了。」

把這些事情都說出來，都告訴他，那現在的他們又會是什麼樣子？

桑延拉住她的手，把她臉上的淚一點一點地擦掉：「溫霜降，妳聽那個人渣說什麼狗屁歪理？」

溫以凡盯著他的雙眼。

「聽好了，這件事不丟臉，也不羞恥，知道嗎？」桑延也回視著她，一字一字地說：「妳沒有做錯，妳做得很好。妳保護了妳自己，妳很勇敢。」

妳是坦坦蕩蕩的，可以肆無忌憚地站在陽光之下，那種人渣才應該活在陰溝裡。

溫以凡沒有說話，桑延又道：「聽到沒有？」

她抿唇，點點頭。

桑延的唇角勾了起來，悠哉地說：「好，那我跟妳道個謝。」

溫以凡吸了一下鼻子：「謝什麼？」

他低頭親親她的唇角，低聲道：「謝謝妳，保護了我的阿降。」

溫以凡愣住。

「還有，現在說這些哪裡遲了？」桑延眼眸漆黑，拉長語尾地扯開話題，「說不定那時候我還不想談戀愛，妳追我我也不打算同意。」

溫以凡回過神，唇線微抿，過了幾秒後忍不住笑出來。她的壞心情隨著他的話漸漸消散，說話帶著輕微的鼻音：「以前明明是你追我的。」

桑延揚眉：「妳不也喜歡我嗎？」

溫以凡微微一愣，非常認真地點頭：「嗯。」

「喜歡就好好追，」桑延笑了，又低頭幫她上藥，語調又恢復以往的欠揍，「喜歡還等著人家來追妳，妳這女生怎麼那麼愛面子？」

溫以凡看著他：「我不懂要怎麼追人。」

桑延動作停住，抬頭：「難道我就懂了？」

回想了一下他以前的行為，溫以凡老實道：「嗯，你看起來還滿有經驗的。」

桑延直直地盯著她，見她確實就是這麼想的，莫名覺得牙有點癢。他忍不住捏了一下她的臉，涼涼地說：「妳這沒脾氣的有時候還滿氣人的。」

溫以凡今天被他捏了好幾次，感覺自己的臉都要被他捏大了。秉持你來我往的原則，她也抬手反擊似的捏住他的臉。

桑延非常雙標，瞥她：「幹什麼？」

「我就，」溫以凡停住，也沒收回手，「摸一下你的臉。」

桑延沒跟她計較，繼續幫她處理傷口，順口問：「這幾天有沒有好好擦藥？」

溫以凡：「嗯。」

「睡前鎖門了？」

「嗯。」

兩人有一搭沒一搭地說著話，處理完後，溫以凡從他身上爬了起來。

桑延把藥瓶整理好：「去洗個臉吃飯。」

溫以凡點頭，順從地起了身。

等溫以凡從浴室出來，桑延也已經把床上的東西整理好了。他起身，彎腰從行李袋裡拿出一套換洗衣服，很快便走進浴室裡洗澡。

浴室的空間不大，感覺有點狹窄。桑延把衣服放好，心不在焉地開始脫衣服。沒幾秒，他的動作又停下。

時間在這一刻像是靜止了。桑延停在原地，像是一座石化的雕塑。他盯著鏡子裡的自己，腦子裡再度浮現溫以凡剛剛說的話。每一個字都像是利刃，往他身上的每一個角落刺著。

潛伏在骨子裡的暴戾在此刻完全掩蓋不住。

——『我當時也不知道怎麼辦，沒有人幫我。』

——『桑延，沒有一個人站在我這邊。』

他的喉結上下滾動，輕輕閉上眼。

坐在桌前，溫以凡慢吞吞地咬著飯，感覺桑延這次洗澡比以往還久。她時不時看向浴室，又回想起剛剛兩人的對話。

她說完後覺得安定和輕鬆，但現在又後知後覺地擔心起來——不知道會不會影響他的心情？

溫以凡在飛機上吃了一些，她胃口也不大，此時其實不太餓，沒幾口就放下筷子。她把飯盒收拾好，又稍微整理了一下房間，然後爬回床上百無聊賴地玩了一會兒手機。

過了好一陣子，桑延從浴室裡出來了。他的腦袋上蓋著一條毛巾，頭髮濕漉漉的，髮梢還滴著水，一出來便掃了她一眼：「吃飽了？」

溫以凡抬眼，注意著他的表情：「吃飽了。」

桑延嗯了聲，拿著手機坐到她旁邊。

溫以凡還趴在床上，又觀察了好一會兒他的模樣，確認他沒什麼不妥後，才稍微鬆了口氣，默默地收回視線。

她繼續看著微博，主動問：「那你明天要不要去找只只？」

桑延語氣隨意：「再看吧，我已經跟那小鬼說我要回南蕪了。」

他的模樣顯得有些無所謂，跟還沒來宜荷之前的對比格外強烈。溫以凡覺得有些奇怪，但很快又得出結論：「只只跟段嘉許在一起，你是不是還滿放心的？」

「是。」想到這裡件事，桑延皮笑肉不笑地說，「那畜生確實會照顧孩子，對那小鬼比我這親哥還勞心勞力，讓我自嘆不如。」

溫以凡傻了，「你怎麼這樣說？」

桑延低頭看手機，恰好看到不久前段嘉許傳來的慰問。

段嘉許：沒出什麼事吧？

「敢做就得敢擔，」桑延似乎也覺得有什麼問題，邊回覆訊息邊說，「他現在做的就是畜生的行為，懂？」

溫以凡忍不住說：「這不是滿順其自然的事嗎？」

「溫霜降，妳知道這個畜生認識我妹的時候她才多大嗎？」桑延看向她，像是想找認同感，說話的語速很慢，「只是一個小學生，不到十歲。」

溫以凡沒被他帶進去，計算著兩人的年齡：「只只十歲的時候，你上大學了嗎？」

桑延語氣涼涼：「沒差多少。」

他這模樣似乎很不痛快，溫以凡沒再繼續提。她掃了一眼他的手機螢幕，正好看見他像是要轉帳給誰。

溫以凡瞬間明白過來：「你要轉生活費給只只嗎？」

「那小鬼胳膊重度往外彎，現在手肘已經折斷了。」桑延懶洋洋地道，「我懶得管她，只能給她多一點錢去醫院看病。」

溫以凡覺得他這個樣子有點好笑。

她半趴在床上，盯著他的臉看。沒多久，溫以凡突然注意到不對勁的地方。剛剛在外面沒看清楚，室內光線一亮，加上他洗完澡後膚色又白了些，一切瞬間都清晰了起來。

她立刻坐了起來，盯著他的右眼角，抬手碰了碰：「你這邊眼角怎麼破皮了？」

聞言，桑延忽地想起了什麼：「噢。」

溫以凡有耐心地問：「怎麼弄的？」

桑延直接說：「段嘉許打的。」

溫以凡還沒反應過來，「他為什麼打你？」

「不知道，」桑延頓了一下，慢吞吞地說，「他脾氣不太好。」

想到他剛剛一直罵人家畜生，又突然要回南蕪，溫以凡也不太相信他的話。她看向他，遲疑地猜測：「你跟他打架了？」

桑延側頭看她：「沒。」

「那……」溫以凡問，「你打他了？」

桑延下巴稍抬，不置可否。

但這姿態明顯是默認了的意思，想到這對兄妹平時感情不太好的樣子，溫以凡總覺得這樣反而算是風平浪靜了：「只只沒跟你生氣嗎？」

桑延依然沒吭聲，溫以凡就明白了：「你是因為這樣才要回南蕪的嗎？」

房間裡安靜下來。

桑延盯著她近在咫尺的眉眼。此時她的指腹還放在他的眼角處，專注而認真地盯著他的傷口。她剛洗完澡，穿著短袖短褲，領口拉得低，四肢也裸露在空氣之中，白嫩而柔軟，像是不動聲色的誘惑。

見他不說話，溫以凡的目光一挪，對上他的眼眸，瞬間注意到兩人曖昧至極的距離。定格三秒。

下一刻，像是再也無法克制情欲般，桑延猛地把她扯到懷裡。他的吻直接碰上她的唇，輕輕貼合，伴隨著含糊不清的話。

「什麼叫我是因為這樣才要回南蕪？妳有沒有良心？」

「一天到晚就知道氣我，」桑延很直接，捏著她的下巴往下扣，舌尖探入，掃過每個角落，慢慢舔舐著，「把我氣得行李都忘了拿，還得跟段嘉許那老狗借內褲。」

溫以凡本來被他親得有些迷糊，又因為這段話笑了起來。

桑延停下來，生氣道：「妳可不可以認真一點？」

「你真的穿了別人的內褲啊？」像是不想打壞氣氛，溫以凡忍耐了一下，但又覺得這件事很好笑，還是止不住地笑，「你就不能去買一條嗎？」

「新的，」桑延盯著她笑，莫名也笑了，「那不就算是買的嗎？」

溫以凡想了想，又問：「尺寸合嗎？」

此話一出，桑延的眼裡多了幾分意味深長。半晌，他低低笑起來，語氣格外不正經，聽不出真假：「……有點緊。」

他再度抬起她的下巴，低頭繼續吻她，附帶著含糊不清的話：

「妳幫我脫了？」

他親人的力道重，手漸漸上挪，改托著她的臉。一下又一下咬著她的唇舌，像是要把她吞進腹中，動作帶著濃濃的欲望。

男人身上有極為熟悉的檀木香，身體寬厚而溫熱，所有氣息都像是帶了攻擊性，無孔不入地侵占她。他的髮絲還滴著水，砸到她的脖頸處，順著滑落。冰冰涼涼的，卻又像是帶了電流，惹得溫以凡不由自主地瑟縮。

桑延的掌心滾燙，似有若無地碰觸著她。他的指腹長了繭，滑過之處，都像是被點燃般地燒了起來。溫以凡不自覺喘著氣，身體僵硬，下意識勾住他的脖子，有點緊張，卻沒有絲毫抗拒的意思。

但很快，可能是注意到她的狀態，桑延直接停下來，手也隨之退了出去。他仍舊親著她，力道漸重，像是在發洩。從臉側，到耳垂，順著脖頸輕輕啃咬著。

溫以凡抱著他的腦袋，能清晰感受到他的溫度。她有點不敢動，僵在原地承受著。

良久，桑延停下動作，發洩般地咬了一下她的嘴唇。

溫以凡茫然地看他：「怎麼停了？」

桑延盯著她紅得發豔的嘴唇，喉結滑動著，嗓音低啞：「妳不是生理期？」

這句話瞬間讓溫以凡想到她之前用來應付桑延的藉口。提起來又覺得心虛，她再度吻他的唇，小聲道：「我騙你的。」

這句話等同於默許。

狹小的飯店房間，旖旎的氛圍在漸漸發酵和擴散。

桑延張著嘴，任由她親著。半晌後，他慢慢地放開她的唇，指尖從她的後頸下滑，順著背脊一路往下，直到衣襬處。

他調情似的打了個轉，然後慢慢地將她的衣服往上勾。

「噢，所以才費盡心思地跟我住同一間房——」桑延邊說，指尖邊順勢往上。

「那怎麼還……」他眼底欲念深沉，勾著唇續道，「欲蓋彌彰地訂兩張床呢？」

再繼續往上。

溫以凡看著眼前的男人，腦子一片空白，莫名覺得口乾舌燥。她的身子下意識地往他身上靠，不自覺渴求著更多，卻又帶著未知的緊張和不安。

下一瞬間，桑延的吻落到她的鎖骨上，帶出一點又一點的痕跡。

「溫霜降，嫖我嗎？」

感官都在放大。

溫以凡勾著他的脖頸，力道漸漸加重，忍著喉間的聲音。能感覺到他唇舌在繼續下滑，帶著低沉又性感到像是催化劑的喘息聲。

「算妳便宜一點。」

第七十章　該享用了，客人

眼前是明亮的暖黃色燈光，打在房間裡，有點刺眼。耳邊還能聽到空調運作的聲音、細雨的簌簌聲，以及曖昧的吞咽聲。

溫以凡微仰著頭，承受著這陌生又難言的觸感，覺得思緒都變得遲緩。她分不出精力去思考桑延的話，全副身心都隨著他的舉動而遊移。

桑延的身體堅硬，像是無聲的籠罩，夾雜著熟悉又令她沉迷的氣息。身上還帶著水氣，髮梢處的水彙聚，時不時落下幾點，略帶涼意。

溫熱到令人不受控地向下沉淪，卻又因為冰涼而分出幾分清醒。

溫以凡的目光迷茫，盯著眼前的燈光又順著往下挪。注意到桑延身上的衣服還很整齊，她扶住他的腦袋，聲音發抖：「桑延，你沒關燈……」

聞聲，桑延順勢抬頭。

明亮的燈光之下，男人膚色冷白，嘴唇顏色加深，帶著旖旎的水漬。眉眼帶著鋒芒，淺薄的內雙，瞳色是高純度的黑。此時染上情欲，五官銳利卻半分不減，侵占性似乎是成倍地疊加，就像個明目張膽的侵略者。

「關燈？」桑延放開手，被他勾起的衣襬順著下墜，又落回原處。他的聲音低沉，帶點笑意，「那妳要怎麼看我？」

話落，桑延的身體隨之向後躺，整個人躺到床上。他還扯著她的手腕，往自己的方向帶。她毫無防備，上身順勢前傾，半趴在他的身上。

這時，溫以凡右腿上的傷不經意被他的褲子磨到，帶出輕輕的刺痛感，讓她下意識地皺眉。

注意到她的模樣，桑延放開她的手腕，目光下滑，忽地反應過來：「碰到傷口了？」

還沒等溫以凡出聲，他就已經坐了起來。

「過來我看看。」

溫以凡低聲說：「沒怎麼碰到，不痛。」

桑延沒說話，只是握著她的膝蓋，盯著她大腿上的傷。

已經三四天了，好幾處都已經結痂，顏色加深，但因為沾了水有點紅腫，只剩兩道傷勢深一點的傷口還能看到淺淺的血絲。她的膚色白到反光，襯得這傷口看起來既猖狂又怵目驚心。

在這一瞬間，桑延覺得自己才是他剛剛所說的「畜生」。

她的腿傷還沒好，而且才跟自己說了那種經歷，也還沒考慮過她會不會對這種事反感……片刻後，桑延漸漸直起身，眼裡的欲念半點未消，在此刻又帶了幾分懊悔。他的唇線拉直，盯著溫以凡的眼睛，直接道：「睡覺。」

溫以凡愣住。

像是不打算再繼續下去了，桑延慢條斯理地整理著她額前的碎髮。他的眼眸沉如墨，盯著她身上被自己弄出來的痕跡：「我去洗個澡。」

溫以凡回視著他。在這一刻，覺得這情況尤為荒謬。

她的身上還濕潤黏膩，感覺身上的每個角落都被他吻過，全是他的氣息。像是用羽毛在她身上持續搔癢，最後卻只經歷了這個過程。那被他撩撥起來、無法言喻的渴望，也因他而化作無聲無息，又沒得到半點回應的東西。

溫以凡還坐在他身上，目光一動也不動。她也不知道到底是自己有問題，還是桑延有問題。主動的人是他，抱著她親來親去的人是他，最後莫名其妙因為一點無關緊要的小事中斷的人，也是他。

溫以凡感覺自己像個工具人，只能一味地承受，卻不能提出半點意見。想到桑延剛剛的話，她抿抿唇，忍不住說：「那我還要給錢嗎？」

桑延還沒反應過來：「嗯？」

「我覺得你這樣的服務我還要給錢的話，」溫以凡的眼尾微勾，天生自帶媚態，此時眼中的情意還未消退。她吸了一下鼻子，語速溫吞，「我有點吃虧。」

說完，溫以凡的腿一挪，想從他身上下去。

下一瞬間就被他的手壓住，溫以凡抬眸，對上他似笑非笑的眼：「妳說什麼？」

像是沒想過會聽到這樣的話，桑延的神色也多了幾分不可思議。他抵著她的後腰，往自己身上靠，一字一字地說：「說來聽聽，哪裡吃虧？」

因為這距離，溫以凡屏住呼吸，也有點後悔自己一時衝動說的話。

她也不知道該怎麼說了，乾脆自暴自棄：「你這樣本來就沒達到收費的標準……」

聽到這句話，桑延的眼睫輕抬，扯了一下唇角。他抱著她，又將兩人帶回剛剛的姿勢，這次力道比剛才輕柔了一點。

他抓著她的手腕，順著往下滑，停在自己衣襬的位置。

「怎樣才算收費的標準？」

接下來的所有行為，都是桑延在引導。溫以凡的手被他抓著，將他的衣服往上推，露出塊狀有力的腹肌。他的聲音沙啞，帶著顯而易見的蠱惑：「得讓妳看這裡？」

繼續往上。

「還是這裡？」

溫以凡感覺到自己的手被他固定住，從他身上一一滑過。她的耳後漸漸燒了起來，除了聽著他跟自己調情，不知道該做出怎樣的反應，直至拉到鎖骨的位置。

桑延看著她，語氣像是在挑釁：「看完了？」

溫以凡慢一拍地啊了一聲。

「下一步呢？」桑延把她的腦袋往下壓，嘴唇貼到她的耳邊，聲音漸輕，像是在用氣音說話，「該享用了——」

話音一落，溫以凡的腦子瞬間炸開，伴隨著他接下來的兩個字。

「客人。」

溫以凡坐在原地，不知道該做出什麼反應。她輕舔了一下唇角，盯著男人近在眼前的喉結和鎖骨，沒有其他動作。

桑延低聲道：「怎麼不親？」

「……」

「花了錢不碰，不覺得虧嗎？」

這句話像是在引誘，溫以凡也不受控地上了鉤。她低頭輕吻住他的喉結，後腰被他固定著，能清晰感受到他的滾燙。

桑延輕喘著氣，覺得她的所有舉動都像是在折磨他，持續地挑戰他的耐性。很快，他便克制不住地抬起她的腦袋，用力咬住她的唇齒，掌心下滑，碰觸著她身體的每一處。

不知不覺間，兩人的位置對調。溫以凡躺在床上，在他的言行下，恍惚之際還真的有種自己砸重金買了個紅牌回來嫖的感覺。

最後關頭，桑延伸手關掉燈，順便拿起床頭櫃上的盒子。

昏沉的房間裡，溫以凡聽到撕包裝的聲音。

周圍的一切都變得不真實，唯有眼前的人清晰至極。

桑延的動作輕而極富耐心，安撫地吻著她的唇，然後慢慢地、一寸一寸地侵占她。她覺得痛，嘴裡不自覺地發出輕輕的嗚咽聲，卻又沒半點想退縮的意思。

她不喜歡任何男人的碰觸，只除了他。在桑延面前，溫以凡只想跟他靠得更近一點。

外頭的雨聲似乎更大了些，劈哩啪啦地落下，拍打著窗戶。從緩慢到急促，墜落的聲音也從輕到重，在這無邊的黑夜裡擴散。

桑延禁錮著她，力道漸漸加重，只想將她徹底據為己有。多年的渴望在這一刻化為陰暗的暴戾感，徹徹底底地吞噬了他的理智。

下一刻，桑延聽到溫以凡帶著鼻音的聲音。

「桑延，痛……」

他回過神，啞聲道：「哪裡痛？」

溫以凡眼角發紅，抱著他的背，完全說不出口。

「怎麼不說話？」桑延低頭吻了一下她的下巴，動作明顯放輕，但話裡的惡劣卻半分未藏，「妳不說，我怎麼知道哪裡痛？」

溫以凡依然不吭聲。

「不說是吧？」

他的腦袋側著，貼近溫以凡耳邊，啃咬著她的耳垂。

「——那就先忍著。」

第七十一章　咬破了

最後一次結束後，窗外的雨聲似乎也停了下來。

溫以凡將臉靠在桑延的胸膛上，抱著他的力道仍然未放開。她感覺自己渾身上下一點力氣都沒有，還出了一身汗，格外不舒服，只覺得又熱又睏又累。

在這樣的情況下，溫以凡還察覺到桑延拿起一旁的遙控器，關掉空調。

她立刻抬頭，嗓子有點啞：「怎麼關了？」

「等一下再開。」桑延額前的碎髮仍顯濕潤，眸色暗沉，眉眼還帶著性事過後未褪去的情欲，「出汗了，怕妳感冒。」

盯著他辛苦了大半個晚上後仍舊充滿精神的樣子，溫以凡的心情有點難言。她思考了一下，還是叫了他一聲：「桑延。」

「嗯？」桑延拉過旁邊的衣服，正想幫她套上。

溫以凡慢吞吞地提出請求：「你可不可以幫我洗個澡？」

上一次聽到這句話，是她醉到不清醒的時候。桑延垂眼直勾勾地看她，過了兩秒後笑了：

「溫霜降，妳不會害臊？」

你剛剛不關燈的時候也沒見到你害臊，溫以凡暗暗想著。想到得自己去洗澡，溫以凡甚至想直接睡了。但她實在受不了這黏答答的感覺，抬起眼瞪他：「但是我沒力氣了。」

桑延懶懶地盯著她，似乎是想看她還能說出怎樣的話。

感覺這個理由還不夠有說服力，溫以凡又補充：「而且我自己洗澡會弄到傷口。」

「溫霜降，妳就是撒嬌鬼。」桑延隨意套上褲子，抱著她走向廁所，「多大了，還要人家幫忙洗澡。」

溫以凡忍不住說，「還不是你——」

她忽地反應過來，吞回剩下的話，不好意思繼續說下去。

桑延笑：「不是我什麼？說完。」

溫以凡沒吭聲。

進了廁所，桑延瞥了一圈，感覺這撒嬌鬼連站都不想站著。他乾脆拉下一條毛巾，鋪在洗手台上，把她抱了上去。

桑延拿起溫以凡的毛巾，沾了溫水，慢條斯理地幫她清理了一番。

溫以凡被他伺候得有點舒服，眼皮漸沉。她撐著睏意，看著他的臉，咕噥道：「桑延，你以前是不是真的幹過這一行？」

桑延抬手捏她的臉，「妳說什麼？」

「我剛剛真的覺得，」溫以凡感覺自己總該給點評價，想了想，慢慢地說出剛剛的感受，「我是來嫖的。」

「還不是妳說我的服務沒達到收費標準？」桑延扯了一下唇角，吊兒郎當地道，「那我總得發揮一下，不然失業了怎麼辦？」

「……」

「還有，」桑延言簡意賅，「我是第一次接客。」

溫以凡輕輕眨眨眼。

「這輩子呢，」桑延抬眼，用指腹抹著她還發紅的眼角，低頭親她，「也只有妳一個客人。」

走出廁所後，桑延從行李袋裡抽出一件衣服幫溫以凡套上。他把她放到另外一張床上，然後又走到桌前，像是在拿什麼東西，發出細小的聲音。

溫以凡小聲說：「你早點睡。」

之後就沒去管他，自顧自地拉起被子，鑽進被窩裡。

這兩天因為跟桑延吵架，溫以凡一個人在家根本就睡不著。現在精神鬆懈後，極為強烈的睏意向她襲捲而來。此時此刻，溫以凡唯一的渴望就是睡覺。

但她剛閉上眼睛，被窩都還沒躺暖，下一刻就感覺到自己又被人抓了出來。

溫以凡費勁地睜開眼，見到桑延又抓著她的衣襬往上拉。

「……」

溫以凡愣住了。她真的不知道桑延哪來那麼多精力。

不是剛洗完澡嗎！！！

「桑延，」溫以凡委婉地說，「你知道現在幾點了嗎？」

「嗯？三點。」大概是聽出她話裡的意思，桑延看了她一眼，手上的動作仍然未停，「妳在想什麼？快點睡。」

溫以凡不知道他想做什麼，看他片刻，但也沒跟他計較，很快就任由他去了。

她睏到一閉上眼睛就幾乎要睡著的程度，迷迷糊糊之際，溫以凡感覺到桑延把她的衣服拉到鎖骨處，旁邊的檯燈也被他打開。不知過了多久，她聽到他拖著尾音，自言自語般地低喃：「怎麼辦？咬破了……又得上藥了。」

◇

這一覺，溫以凡睡了個昏天暗地，只覺得把這幾天的覺都補了回來，疲倦也驅散了大半。

溫以凡緩慢地睜開眼，感覺渾身痠痛，但腿間的不適感已經消散不少。她稍稍抬頭，就見到自己現在正躺在桑延的懷裡。

他不知醒來多久了，此時一手抱著她，另一隻手正漫不經心地玩著手機，像是在打發時間。

察覺到她的動作，桑延低頭看她：「醒了？」

溫以凡下意識問：「幾點了。」

桑延：「四點。」

像是不敢相信自己的耳朵，溫以凡眨眨眼，過了半天才道，「下午四點？你不餓嗎？你為什麼不叫我？」

「哪裡沒叫？妳的起床氣也太重了，叫三次跟我生十次氣。」桑延眉尾稍揚，放下手機，「快點去洗漱，然後我們出去吃個飯。」

聽他這麼一說，溫以凡回想了一下，自己半睡半醒間似乎被他叫過幾次。她有點窘迫，順從地爬起來走進廁所。

拿起牙刷，溫以凡往上面擠了點牙膏。她邊刷著牙邊抬頭看向鏡子，突然注意到自己鎖骨那塊的皮膚被大片的吻痕覆蓋，連帶著脖子上也落下零星幾點。

溫以凡盯著看了好一會兒，硬著頭皮繼續刷牙。剛把臉洗乾淨，桑延恰好也在這個時候進了廁所。

溫以凡看著他，桑延似乎早早就洗漱過了，此時只是進來洗個手。注意到她的視線，他偏頭看她，目光從上至下，然後悠哉地說：「看我幹嘛？」

「這裡有痕跡，衣服擋不住。」溫以凡不信他看不到，但還是好脾氣地指指脖子，提醒道，「我無法出門。」

「噢。」桑延盯著她指的地方，抽了張衛生紙，擦乾手上的水，「妳這是在怪罪我的意思？」

溫以凡覺得自己只是想提醒他一下，這樣以後他就會注意一點，不要在這些地方親出痕跡，怎麼他就表現出一副，她是睡過就翻臉的人一樣？

接著，桑延把她抱起來，再度放到洗手台上。他稍稍彎腰，湊近一些，繼續看著她脖子上的痕跡，玩味般地說：「那怎麼辦？」

溫以凡故作鎮定：「我等一下看看——」

「親都親了，怎麼還秋後算帳呢？」桑延聲線低沉，抬手抵著她的後頸，不動聲色地往自己的方向推，「不過也好，我很公平的。」

「……」

「要不然這樣？」

溫以凡抬頭，對上他喉結的位置。跟她完全不一樣，他身上沒落下半點痕跡，看起來白皙而乾淨。

「嗯？」

桑延繼續壓著她，一寸一寸推向自己，輕輕笑了一聲。

「妳現在幫我親一個出來。」

兩人換了身衣服，之後也沒再拖延，走出房間。

溫以凡悄悄看向桑延，注意到他喉結右邊的吻痕，頓時回想起剛剛在廁所裡的事情。她心虛地挪開眼，主動問：「你想吃點什麼？」

「妳以前不是在這裡念大學？」桑延懶洋洋地說，「妳推薦。」

「我推薦嗎？」溫以凡忽然想起了什麼，笑著說，「我大學時很喜歡附近的一家粿條店。因為煮得很好吃，又很便宜，所以我當時經常會來。」

桑延嗯了聲：「那就吃這家。」

走出飯店，溫以凡牽著他走在前面，幫他帶路。

本以為會很順利，但大學畢業之後，溫以凡搬離學校便離開這片區域。幾年過去，附近許多店面都轉讓重建，連馬路都翻修了，有諸多變化。

也因此，雖然這個地段溫以凡曾經走過上百次，現在也有點茫然。

一路往前，走到一個交叉路口時，溫以凡糾結了一下，還是決定憑著感覺往右邊走。

後面的桑延忽地出聲：「走錯了。」

溫以凡回頭，「啊？」

「來的時候我看到附近有家粿條店，不知道是不是妳說的那家。」桑延往另一個方向抬起下巴，輕描淡寫地道，「往那邊走。」

「是嗎？」溫以凡本就不確定，被他一說就動搖了起來，往他說的方向走，「那就走這邊吧。我太久沒來了，也不太認得路。」

順著這條街道一直向前，再穿過兩三條小巷，兩人在一條巷子裡找到粿條店。店面很舊，店內光線昏暗，氣氛看起來不太好，生意卻很好。

現在接近五點半，裡面已經坐了不少學生。

兩人找了個位子坐下。

老闆是個中年女人，笑容很和藹。一見到有客人就走了過來，問道：「同學，吃點什麼啊？」

很快，老闆注意到溫以凡，似乎還記得她，笑著跟她打了聲招呼：「噯，好久不見。畢業那麼多年了，還來關照我的生意啊？」

溫以凡也笑著點點頭：「剛好過來了。」

說著，溫以凡指了指牆上的菜單，讓他看看想吃點什麼。

桑延散漫地說：「妳點就好。」

聞言，老闆看向旁邊的桑延，打量了他一會兒，樂呵呵地問：「帥哥，你以前是不是也來這裡吃過飯啊？」

桑延抬頭。

溫以凡愣了一下：「沒有，他第一次來。」

「啊。」老闆也沒太在意，「我感覺有點眼熟，可能是記錯了吧。」

桑延輕輕頷首，沒有說話。

點完菜後，兩人有一搭沒一搭地聊著，桑延意味不明地問：「還痛不痛？」

溫以凡一頓，立刻懂了他話裡的意思。

她不自在地低下頭：「還好。」

在此刻還後知後覺地，再度後悔起自己昨晚挑釁似的言論。

沒多久，桑延接了個電話，聽他的口吻似乎是同事打來的。他還坐在位子上，懶散地聽著，說話卻比平時的腔調多了幾分認真。

溫以凡沒打擾他，但也沒事做，乾脆滑起手機。

過了半晌，桑延結束電話：「妳在看什麼？」

溫以凡恰好滑到一篇好笑的文章，遞過去給他看：「你看這個，還滿搞笑的。」

桑延接過手機，在這個過程中，指尖不經意碰到「訊息」欄。他垂眸，對上溫以凡微博的訊息欄，注意到其中一封訊息，他眉眼動了動，下意識點了進去，就看到溫以凡傳的兩封私訊，桑延邊看邊挑眉。

第一封被博主回了個「收到」，但最新的一封沒得到回應。

看起來可憐兮兮的。

『匿名希望。要怎麼追自己得罪過的人？』

桑延沉吟片刻，然後慢吞吞地輸入三個字後，按下傳送。

坐在對面的溫以凡注意到他的舉動。見到他似乎還開始打字，她有點愣住了，但又覺得自己的手機裡沒什麼見不得人的。她納悶地問道：「你在打字嗎？」

桑延勾唇，理直氣壯地嗯了一聲，把手機遞回給她。

溫以凡垂眸一看，立刻看到自己跟那個樹洞帳號的私訊視窗。

一瞬間，溫以凡想起她之前傳的那些話。她有點尷尬，只來得及看到桑延傳的最後兩個字是「到了」，下意識就認為是「追到了」。

她立刻退出視窗，恰好菜也在這個時候上桌了。溫以凡鬆了一口氣，又覺得有什麼不對勁。

趁著桑延在倒水，溫以凡又拿起手機，再度打開螢幕，剛剛的介面還沒關掉。

溫以凡一眼就看到桑延傳送的是——

『睡到了。』

第七十二章　延不由衷

溫以凡盯著看了三秒又抬起頭，看向對面的桑延。察覺到她的目光，他氣定神閒地看了過來，依然是那副傲慢的模樣，眉尾稍稍一揚，看起來正直至極，彷彿不覺得自己的作為有什麼不妥，反倒讓她覺得是不是自己有點問題。

這兩封私訊結合起來，看起來有點像是在耀武揚威。

溫以凡糾結了一下，在輸入框裡輸入「剛剛那句是我男朋友傳的」，還沒傳送出去，又突然覺得這句話更像是在炫耀。她又全數刪掉，乾脆不管了。

想到自己之前說的話，都是依照實際情況說的，沒有任何誇大。而且都被他看到了，溫以凡覺得好奇，重提起當時的事情：「你都看到了嗎？」

桑延倒了杯水放到她面前：「什麼？」

溫以凡補充：「第一封訊息。」

「噢。」桑延卻不配合，慢條斯理地複述，「妳跟朋友去KTV，被抱了。」

溫以凡盯著他裝模作樣的表情，就著這個發展繼續採訪，「那你從男性的角度來看，我這個異性朋友的所作所為正常嗎？」

桑延看著她，很快便妥協地接受採訪：「一般來說不正常。」

溫以凡頓了頓：「那會是什麼原因呢？」

「我也不太知情。不過呢，如果妳這個異性朋友叫桑延，」桑延的指尖在桌上輕敲，下巴微抬著，「我更偏向於，是妳這個當事人心懷不軌。」

沉默幾秒，溫以凡忽然叫他，「桑延。」

「嗯？」

「我覺得，」回想起他高中時說過，他的名字是家人經過深思熟慮後取的，溫以凡很認真地說，「你的名字確實取得很符合你的個性。」

桑延抬眼：「怎麼說？」

溫以凡與他對視，又吐出一個詞：「延不由衷。」

吃完飯，兩人走出店家。溫以凡不知道後續的行程，只知道桑延來宜荷的主要目的就是來看桑稚，也沒打算影響他：「現在去找只只嗎？」

桑延看了一眼手機：「你想見她一面嗎？」

「當然想——」話還沒說完，溫以凡忽地注意到他喉結旁的吻痕。她瞬間把話吞了回去，改口道，「等她回南蕪的時候吧。」

這一路上沒碰到幾個認識的人，溫以凡一直也不太在意。但如果是被認識的人看到，而且還是桑延的妹妹桑稚，她總覺得有點尷尬。

「我後天得上班了，來的時候就是訂來回的機票。」溫以凡跟他報備了一下，「明天中午的飛機，我到時候坐機場巴士過去就好了。」

桑延嗯了聲：「我跟妳一起回去。」

溫以凡愣住：「難得過來一趟，你不多待幾天嗎？」

「本來想，」桑延語氣懶散，「看到那個畜生就不想了。」

「……」

「而且那小鬼在實習，也很忙，又得兼顧著跟畜生談戀愛。」桑延說，「哪裡還擠得出時間給我這個親哥哥。」

溫以凡忍不住幫桑稚說幾句：「你的室友好像也沒比只只大很多。」

桑延：「不同概念。」

溫以凡不太知道他們之間發生了什麼事，也不便發表評論。她再次看向桑延的眼角，又問：「那你跟段嘉許是打架了嗎？」

「沒，」桑延很直接，「我把他打慘了。」

「……」

「看他可憐，」桑延指了指臉，悠哉地說，「讓他打了一拳。」

「……」

「這畜生早點跟我說實話不就得了，難道我攔得住？前陣子我就知道他在追人——」說到這裡，桑延突然想到了什麼，冷笑了一聲，「噢，錢飛幫忙追的。」

溫以凡保持沉默。

「怪不得他會否認，」桑延涼涼地道，「厲害。」

她大致透過桑延的話搞清楚了狀況。

應該是，桑稚很小的時候就認識了段嘉許，然後因為桑稚的大學離家太遠，恰好段嘉許在宜荷，桑延便託付他幫忙照顧桑稚。得知桑稚最近似乎在跟一個研究生談戀愛，桑延更是交代段嘉許幫忙注意一下，別讓她被騙了，段嘉許欣然同意。

在這段期間，桑延還得知段嘉許在追人，而且還是在另一個好友錢飛的幫助下追到的。他只覺得有趣，沒把這件事放在心上。最後的結果就是，他千里迢迢從南蕪趕來宜荷後，發現段嘉許追的人是桑稚，而桑稚說的研究生是段嘉許。

溫以凡莫名覺得他有點慘，也沒再反駁他的話。她往四周看了看，注意到來來往往的學生，扯開話題：「那我們現在去哪裡？」

桑延瞥她：「溫霜降，這是妳念大學的地方，不是應該妳挑個地方？」

「那我們進宜大裡轉轉？我也好久沒回來了。」溫以凡算了算，「我畢業四年了。畢業之後在宜荷日報工作，搬到另外一區，也很少經過這裡了。」

桑延笑：「好。」

進了校門，溫以凡的心情還不錯，跟他介紹起來：「宜大沒有南大的占地面積那麼大，只有一個校區，不過也滿大的。」然後她朝某個方向指了指：「我以前住的宿舍在那邊。」

桑延看了過去，點頭：「嗯。」

夜幕順著太陽下山而降臨，夏天的夜晚，天空綴著幾點星碎。沿途能看到一個小型的人工湖，但吹來的風仍舊帶著燥熱之氣。

這個時間，校園裡的學生並不少。多是剛下課，準備到校外吃晚飯或是參加什麼活動，看起來熱鬧至極。

兩人手牽手，繼續往前走。

溫以凡邊說邊指給他看：「那裡是我常去的學生餐廳，再旁邊是我們學校的圖書館……那個是禮堂，是我那一屆新建好的，我當時是在那裡舉辦畢業典禮。」

桑延安靜地聽著，順著她說的看，時不時應幾句。

大致逛了一圈下來，溫以凡說到有點口渴，帶他到校內的一家飲料店。

店外隊伍不長，只有兩三個人。但此時只有一個店員在店裡，看起來還是個新手，點單和做飲料的速度都很慢，等了好一陣子才輪到他們。

因為要拿手機付款，溫以凡下意識地放開桑延的手，低頭看著菜單，糾結了好一陣子。店員正在做飲料，也沒有催促她。

溫以凡不知道要喝什麼，正想問問桑延的意見時，突然聽到旁邊的聲音，她順勢看去。

只見不知從什麼時候開始，桑延的旁邊站著一個長相甜美的女生。女生個子不高，紅著臉把手機遞給他：「學長，可以跟你要個微信嗎？」

桑延手插口袋站在原地，神色很淡。聽到這個稱呼，他像是想到了什麼，偏頭看向溫以凡，眉眼間帶了幾分玩味：「抱歉。」

下一刻，溫以凡的手重新被他抓住。

「我在跟這個學妹談戀愛。」桑延彎了一下唇，捏捏她的指尖，「不太方便。」

這句話讓溫以凡想起兩人第一天見面時，她被桑延「詐欺」的事件。買完飲料後，溫以凡捧著喝，邊提起那件事：「你明明跟我一樣大，當時怎麼總是叫我『學妹』？」

桑延語氣痞痞的：「不是妳先這樣叫我的嗎？」

「我當時是覺得，都已經打上課鐘聲，已經遲到了，」溫以凡老實說，「你還那麼囂張地在那裡裝水，看起來一點都不像新生。」

「反正都遲到了，」桑延慢吞吞地說，「著急也還是遲到啊。」

溫以凡第一次見到這種人。做什麼都理直氣壯的，彷彿全天下的道理都在他那一邊。但她聽著他的話，又覺得他說的確實很有道理。

逛一圈下來也得花上兩個小時，走久了溫以凡覺得累，加上身體因為昨晚的事情有點不適，走出校外她就不太想動了。她被桑延牽著，走路的速度漸漸變慢。

發現她的狀態，桑延回頭：「怎麼了？」
溫以凡看他：「累。」
兩人的目光對上，定格好幾秒後，桑延忽然懂了她的意思。他覺得好笑，扯了一下唇角，然後半蹲下來：「上來。」
溫以凡沒立刻上去：「你不累嗎？」
桑延：「才走幾步路而已。」
聽到這句話，溫以凡才毫無負擔地趴了上去：「喔。」
下一瞬間，就聽到桑延懶懶地吐出三個字：「撒嬌鬼。」
溫以凡想澄清一下，按照她以往的體力，走兩個小時也不會覺得累。但這句話不太好說出口，她勾著他的脖子，忍不住咬了一下他的耳朵。
她的力道很輕，桑延覺得癢，皺眉道：「回去再咬。」
溫以凡笑：「回去得睡覺了。」
「那妳繼續吧，」桑延說，「注意有沒有人。」
溫以凡沒聽他的，溫吞道：「你揹我走五分鐘，我們就攔計程車回去。」
桑延：「怎麼不現在攔？」
溫以凡誠實地說：「我想要你揹我一下。」
「……」

「桑延，我剛剛帶你走完了。」溫以凡把下巴靠上他肩膀，輕聲道，「宜大是不是滿好的？」

「還可以。」

「那回南蕪之後，等我們兩個都有空的時候，」溫以凡也想聽他說點大學的事情，「我們也去南大逛一下，好不好？」

桑延瞇起眼睛笑了一下，「好。」

想到桑延昨晚比她晚睡，又比她早起來，走不到五分鐘，溫以凡就掙扎著從他身上跳下來。恰好來了輛空計程車，她伸手攔下。

兩人回到飯店，房間被收拾了一番，床單換新了，變得整整齊齊。

溫以凡直接躺到床上，自顧自地玩了一會兒手機。她習慣性地又打開微博，看到那個樹洞博主發了篇貼文，仍然是個投稿截圖。

這次文案很簡單，只有一個問號。

上面的截圖內容，溫以凡格外熟悉。

明顯是自己傳給這個帳號的話。

——匿名希望。要怎麼追自己得罪過的人？

——睡到了。

中間時隔差不多一年。

溫以凡頭皮發麻，做好準備才點進去看了一眼留言。她的視野瞬間被大片的問號覆蓋，往下滑也看不到別的詞。

也因此，其中一條平常的回覆就變得格外顯眼。

『恭喜！』

「在看什麼？去洗澡。」桑延拉長語尾，一字一字地說，「學、妹。」

溫以凡收起手機：「我再躺一會兒。」

桑延挑眉：「又想要我幫妳洗？」

溫以凡頓了一下，認真想想，感覺這建議還不錯。

「可以嗎？」

桑延愣住，垂下眼，要笑不笑地說，「妳的臉皮怎麼變得這麼厚？」

昨晚還可以說是睏到不想動，現在這麼清醒，還能理直氣壯地說出這樣的話。

溫以凡湊過去趴在他腿上，模樣慵懶：「反正你都看完了。」

桑延沒出聲，不過溫以凡也只是隨口一說，很快她便坐了起來，嘀咕道：「我去洗澡了。」

下一刻，桑延把她拉回去，單手固定住：「幹嘛跑？」

溫以凡有點茫然：「不是你叫我去洗澡的嗎？」

「妳不是叫我幫妳洗？」

「……」

「那學妹，」桑延站起身，直接把她抱起來，聲音從她的耳邊壓下，帶著勾引的意味，「今晚睡學長嗎？」

◇

隔天，兩人又睡到中午才起來。

退房之後，溫以凡帶著他在附近吃午餐，之後便出發去宜荷機場。坐上飛機，到南蕪已經是下午五點的事情了，已經到了晚餐時間。

搭上機場外的計程車後，桑延沒立刻回家，直接讓司機開到家附近的一家烤肉店。

這家店是最近新開的，溫以凡聽蘇恬推薦過很多次，但一直沒時間過來。先前她跟桑延約好，等他從宜荷回來就一起來吃。

下了車後，兩人一前一後地走進店裡，被服務生帶到其中一桌。溫以凡還來不及坐下，突然在這吵雜的環境中聽到熟悉的聲音。

「以凡？」

溫以凡順著聲音看去，立刻就對上蘇恬的臉。

烤肉店裡熱鬧至極。

蘇恬也坐在一張兩人桌上，對面坐著一個陌生男人。他們似乎也是剛來，此時桌上空蕩蕩的，還沒有上菜。蘇恬看著她，臉上掛著明朗的笑容，似乎是因為在這裡見到她有些驚喜。

「妳也來這裡吃飯啊？」

溫以凡笑著點頭：「對。」

蘇恬還想說點什麼，視線一挪，突然看到站在溫以凡身後的桑延，她瞬間閉嘴。

看見桑延出眾至極的五官，蘇恬又看向溫以凡。注意到他們此時正交握著的手，她忽地明白了什麼，又看向桑延，話沒經過大腦就脫口說出：「以凡，這就是妳的鴨中之王啊？」

溫以凡：「……」

桑延：「？」

第七十三章　專挑鴨來選

此話一出，場面似乎靜了幾秒。

這氛圍讓蘇恬感覺到不對勁，很快就反應到自己說了什麼。她表情僵住，訕訕地改口：「啊，這是妳男朋友啊？」

溫以凡下意識看向桑延。此時他的目光也放在她身上，居高臨下的，看不出在想些什麼。也不知道他有沒有聽到，溫以凡只能硬著頭皮說：「對，我男朋友，桑延。」說完，她又轉頭幫桑延介紹：「這是我同事，蘇恬。」

桑延嗯了一聲。

在這個時候，坐在蘇恬對面的男人笑著開口：「小恬，是妳朋友嗎？」

蘇恬點頭：「我同事溫以凡。」

男人神色溫潤，禮貌性地邀請：「既然碰到了，要不要一起吃個飯？」

溫以凡對這件事沒什麼太大的意見。她回頭看向桑延，用眼神詢問了一下他的意見。

桑延神色意味深長，又盯著她看了幾秒，然後看向男人，頷首道：「嗯，我請服務生幫我們換大一點的桌子。」

坐下之後，溫以凡看到蘇恬朝她投來歉意的眼神。她頓了一下，覺得有些好笑，只朝她安撫般地搖搖頭，示意這不是什麼大事，蘇恬的表情才像是稍微放下心來。

四個人都自我介紹了一番。

蘇恬帶來的那個男人是她的男朋友，叫林隼。依照先前溫以凡聽蘇恬說的話，這似乎是她新交的男朋友，才在一起一個月左右的時間。

兩個男人有一搭沒一搭地閒聊。

聊天的期間，桑延倒了杯溫水放到溫以凡面前。她拿起來喝了一口，恰好聽到旁邊的手機響了一聲，她打開手機螢幕，是蘇恬的訊息。

蘇恬：天啊！我想起來了！

蘇恬：這個人不是墮落街那個紅牌嗎？

溫以凡差點嗆到。

桑延因此看過來，抬手幫她拍背。他的神色沒什麼變化，說話的語氣也很淡：「喝慢點。」

說完他便收回視線，繼續跟林隼說話。

手上的動作輕輕地，仍然繼續著。

溫以凡舔舔唇角，點點頭。她抬眼，撞上蘇恬忍笑的模樣，然後又繼續看向手機。

蘇恬：我之前去加班的時候見過好幾次。

蘇恬：哈哈哈哈笑死我了，怪不得妳說是鴨中之王。

蘇恬：嗚嗚嗚真的極品，我終於明白妳為什麼要追了！

蘇恬：他怎麼又酷又溫柔，看妳被嗆到就只無情地說喝慢一點，但還一直幫妳拍背！

溫以凡也不知道蘇恬怎麼突然間就變成了桑延的迷妹，但在這一瞬間，她突然意識到，桑延在墮落街確實滿有名的，還是以這種不知該如何形容的方式成名。

溫以凡又喝了一口水。

很快，蘇恬又傳來了一封：不過，他知不知道妳這樣叫他？

溫以凡回：他不知道，不過我不確定他剛剛有沒有聽見。

蘇恬：一定有聽見 qwq

蘇恬：嘿嘿嘿你們的脖子，看起來很激烈啊。

溫以凡立刻想起自己脖子上的吻痕，面不改色地解釋：蚊子咬的。

沒等蘇恬再回覆，桑延忽地看向她，笑得很有禮貌：「蘇恬，我聽以凡提過妳好幾次，說妳在公司裡經常照顧她，謝謝妳。」

蘇恬立刻放下手機，不好意思地搖搖手：「沒有沒有，以凡性格好又溫柔，我才是被照顧的那個人。」說完，她又禮尚往來地提了一句：「我也經常聽以凡提起你。」

桑延挑眉，饒有興致地問：「喔？她說我什麼？」

「就說你長得帥，稱得上是鴨——」蘇恬輕咳一聲，立刻把話吞回去，「是她見過最帥的男人了，還說你個性也很好，很照顧她。」

「是嗎？」桑延看向溫以凡，笑了一下，那克制著的傲慢還是在不經意間洩露了幾分，「她也經常這麼說我。」

溫以凡：「……」

飯後，四人又聊了一會兒便各自回家。

回家的路上，溫以凡一直忐忑著，卻也沒聽桑延提及「鴨中之王」的事情。她不敢主動說，等了一陣子，見他模樣如常才漸漸放下心來。

回到家後，溫以凡換上拖鞋，順口提了一句：「我覺得你跟男生還滿容易玩在一起的，高中的時候也是。你今天第一次見到林隼，就可以跟他聊那麼多。」

桑延懶懶地嗯了聲。

「不過林隼看起來人滿好的，很溫和。」溫以凡坐到沙發上，繼續說，「我覺得蘇恬應該很喜歡這種成熟穩重的類型。」

「噢。」桑延慢條斯理地道，「還真是新鮮。」

溫以凡愣了一下：「什麼？」

桑延傾身，倒了一杯水塞進她的手裡。他稍側著頭，直勾勾地盯著她：「一般人的擇偶標準，前提條件都至少得是個人。」

他還沒把剩下的話說完，溫以凡就已經聽懂了他的意思。
「我女友呢，就比較獵奇，」桑延似笑非笑，「專挑鴨來選。」
溫以凡頭皮發麻，只能裝作沒聽見，把水遞回給他，「要喝嗎？」
桑延笑：「不要。」
溫以凡喔了聲，只好自己繼續喝水。
「我倒也不知情，」桑延靠回椅背上，在兩人的私人空間裡，緩緩地跟她算起帳，「我的資質原來這麼優秀，甚至達到鴨中之王的水準。」
「……」
「那怎麼有個人還能說出，」桑延的指尖勾住她的手指，再順著手腕漸漸往上，語調帶了點挑釁，「我沒達到收費標準的話呢？」
溫以凡忍不住了：「你剛剛怎麼不提？」
桑延眉梢輕揚，尾音拖著：「這有點難以啟齒吧？」
溫以凡並沒感覺到他哪裡覺得難以啟齒，反倒每次代入角色最快的就是他。
「那你出去買東西，就算對商品滿意，」溫以凡放下水杯，裝作淡定至極的樣子，「也會忍不住討價還價吧……」
兩人四目對視，桑延沒對她這句話發表評論。
看著他，溫以凡眨眨眼，忽地湊過去親了他一下。她莫名覺得有點好笑，很快就停下，自顧自地笑了起來。

桑延看著她，「笑什麼？」

「我當時不知道怎麼形容你，然後又怕蘇恬聽過『紅牌』這個稱呼，認出你來。」溫以凡跟他解釋，「我就勉強找了個同義詞。」

桑延捏了一下她的指尖。

「我告訴蘇恬我們在一起之後，」溫以凡繼續說，又笑起來，「她還說，我是鴨中之后。」

聽到這個稱呼，桑延眉心動了動。

說完，溫以凡繼續親他，聲音含糊不清，「我沾了你的光。」

◇

接下來的幾天，溫以凡又去了一次派出所，是桑延陪她一起過去的，恰好還見到車雁琴一次。她在溫以凡面前碰了太多次壁，也沒再主動跟她搭腔。

注意到溫以凡旁邊的桑延，車雁琴似乎想到了什麼。她的目光時不時投來，朝桑延的方向：「小夥子，你是霜降的男友？」

桑延眼也不抬，完全沒有要搭理她的意思。

車雁琴又陰陽怪氣地說：「我看你條件很好啊，怎麼找了我侄女呢？」

桑延彎起嘴角，像是輕輕笑了一聲，但仍然沒有理她。

車雁琴又陸續說了幾句，可能是一直得不到回應，也火大了。她轉頭看向溫以凡，冷笑道：「霜降啊，妳找的這是什麼對象？有沒有家教？」

溫以凡平靜地道：「他家教很好，不勞妳費心。」

車雁琴翻了個白眼：「長輩說話都當沒聽見，這也叫好？」

溫以凡看她：「妳有那個功夫，還不如先看看妳自己，打掉重練都救不了。」

走出派出所後，因為第一次讓桑延感受到自己這邊的親戚，溫以凡覺得有些不自在。她看向桑延，語氣軟弱：「我家的親戚還都很奇葩吧？你可能沒看過這樣的……」

「還知道護著我。」桑延第一次看到她這種帶刺的狀態，用力揉揉她的腦袋，好笑道，「溫霜降，原來妳還會罵人？」

溫以凡這才有些尷尬。

桑延又繼續說：「很好。」

她一頓。

「這世上人格扭曲的人很多，別讓這種人欺負妳，也別讓他們得意忘形。」桑延彎腰盯著她，認真地說，「遇到他們的時候，要像護著我一樣，護著妳自己，知道嗎？」

溫以凡回視他，抿抿唇，「嗯。」

「不管遇到什麼事情，」桑延習慣性地捏她的臉，偏冷的聲線裡難得帶了幾分安撫，「解決了也就算了，解決不了的就要記得來找我。」
溫以凡眼睛一眨不眨地只盯著他。
桑延沒再說話，目光仍然放在她的身上，像是在等著她的回答。
派出所外來往的人很多。
溫以凡忽地笑起來，眼眸也稍稍彎起。
「知道了。」
聽到這個答案，桑延彎了一下唇角，梨窩很淺。他抬手，漫不經心地幫她整理了一下臉側的碎髮，然後鄭重地把話說完。
「要記得，我是妳的後盾。」
車興德這件事之後怎麼發展，溫以凡也沒什麼去管。畢竟她也知道，車興德做的這件事並不算嚴重，也不會判什麼重刑。
透過付壯，溫以凡得知他似乎一直是想強調這只是「家務事」，搶她的包包也只是在爭執之下的拉拉扯扯。並且當時她包包裡並沒有什麼貴重物品，所以也稱不上是搶奪。有人報警他也沒跑，之後的一切流程都配合至極，最後似乎只被關了大半個月，交了點罰款就被放出來了。
溫以凡沒太在意。因為她只是想讓車興德覺得，他做的事情是一定會付出代價的，無論輕重。再加上她其實也一點都不怕這一家人，先前只是擔心會影響到她跟桑延。如果沒有這方面的問題，她不會再在意這些人，也不會再被他們影響心情。

轉眼間，盛夏隨著月曆的翻面而步入尾聲。炎熱到有點難耐的氣溫散去，南蕪市的溫度下滑，伴隨著秋天的到來。

從宜荷回來之後，桑延聯繫過錢飛好幾次。但可能是知道桑延去過宜荷，還得知他把段嘉許痛揍了一頓，錢飛每次都能找到新的理由，不是這邊有事就是那邊有事，總之死都不肯出來。

桑延不知道他在害怕些什麼，也沒耐心跟他耗。

「今天不來，以後都別來。」

過了好一會兒，錢飛才傳來一句：我老婆今天有空。

錢飛：我帶她一起去。

見狀，桑延嗤笑了一聲，把手裡的菸捻熄。他直起身，懶洋洋地用語音回了句「你想讓你老婆看你鼻青臉腫的樣子就帶」，然後轉頭回去「加班」裡。

週末的墮落街格外熱鬧，酒吧裡更是人聲鼎沸。

桑延正打算走到吧檯喝點酒，突然就注意到那裡有個熟悉的人物。他唇角的弧度漸收，腳步半分未停地走了過去。

轟炸耳朵的音樂，吵雜至極的喧囂聲。車興德坐在吧檯旁，跟隔壁一個陌生女人說著話。他的臉很紅，看起來又喝多了，說話的音量很大：「那臭娘們又想搞死我，作夢！」

女人的表情很嫌棄，似乎是想趕快離開。

車興德卻伸手拉住她，繼續說：「我啥都沒幹，錢也一毛都沒拿到，還被我姊罵了一頓。等著吧，臭騷貨，老子找到妳就……」

女人火大了，用力掙脫：「神經病吧你！你放手！」

下一刻，桑延直接抓住車興德的後衣領，神色極其冰冷。他誰都不看，不吭一聲地拖著他就往外走，手上青筋冒起，看起來卻輕輕鬆鬆的。

車興德嚷嚷著：「你他媽誰啊！」

後頭還隱約聽到何明博的聲音，「這個人來這裡鬧過好幾次了。抱歉，小姐，影響妳……」察覺到他這邊的動靜，警衛走了過來，問道：「延哥，我來處理吧？」

桑延看他：「你忙你的。」

可能是酒喝多了，車興德的四肢極為疲軟，想掙扎卻完全抵不過他的力氣。他被領子勒著脖子，連話都說不清楚。

桑延把他拖到酒吧後面的巷子裡，用力甩到牆上。車興德的背撞在堅硬的牆上，吃痛地哀嚎了幾聲，然後睜開眼睛。

桑延半蹲下來，模樣隱沒在黑暗之中：「出來了？」

車興德聲音混沌：「又是你……」

「我沒找你，」桑延伸手抓住他的頭髮，用力壓在地上。他笑了一下，那堆積許久的暴虐在此刻完全控制不住，「你還敢來我這裡？」

——『就是，他一直……騷擾我。』

回想起她所說的每個字，桑延用力把車興德的腦袋往地上撞，平靜地說：「說來聽聽。」

「……」

「你想找誰的麻煩？」

第七十四章　嫌疑犯

「你有毛病吧！我、我說什麼了！」車興德一手撐著地，另一隻手用力把桑延的手掙開，大著舌頭說，「我他媽就來喝、喝個酒！誰找誰麻煩！」

桑延放開手，神色不明地看著他。

「誰像你這樣對待客人的？」車興德勉強坐了起來，吃痛地揉著自己的腦袋，「媽的，你給老子等著，什麼玩意兒……」

像是覺得髒，桑延沒說話，站了起來。

車興德仰頭看他，額頭上沾了點灰塵，有幾處破了皮。他露出暗黃的牙，得意地笑了一下：「喔，我明白了，我摸過你的女人，不高興了是吧？」

聞言，桑延的眼神垂下。

「有必要嗎？都是男人，你應該也能理解吧？」車興德依然笑著，「而且不就是個女人？霜降這貨色確實——」

沒等他說完，桑延往他肚子上用力踹了一下。

車興德毫無防備，身子瞬間又撞到後面的牆上，肉體發出巨大的碰撞聲。他趴在地上，雙手撐地，不受控地乾嘔起來。

桑延面無表情地盯著他，碎髮落於額前，看不清眉眼間的情緒。

「我去你媽的……」車興德難受到聲音都顫抖了起來，但注意到這條街上沒別的人，也不敢再說一些激怒他的話，「我要報警……」

桑延再次蹲下，發狠地抓住他的頭髮，往上扯。

「報什麼警？」

「……」

「你不是自己喝醉了站不穩，跌在地上嗎？」桑延輕扯了一下嘴角，漫不經心地說，「我只是想扶你站起來，你怎麼還恩將仇報呢？」

說著，桑延站起身，輕而易舉地把他拎起來，又往牆上推。

車興德的身子再度撞到堅硬的水泥牆，感覺自己的五臟六腑都要被震碎了。

桑延直直地盯著他，身上的戾氣沒有半點掩飾。看著車興德的狼狽模樣，他的表情沒有變，聲音不輕不重：「怎麼又沒站穩了？」

「……」

「車興德？」桑延在記憶裡找到他的名字，語速很慢，像是一個字一個字地從牙關裡擠出來，「還要不要我扶你起來？」

車興德說不出話來，只搖著手，往另一側挪著身子。

在這個時候，桑延聽到手機振動了一聲，他停下動作，隨意從口袋裡拿出手機掃了一眼。是溫以凡的訊息。

溫霜降：你今天什麼時候回家？

溫霜降：我已經到家了，採訪完，同事直接送我到樓下了。

桑延看了幾秒，回一句：今天晚一點。

桑延：先睡。

回覆完後，桑延轉轉脖子，把玩著手機。他沒有多餘的舉動，站在原地居高臨下地看著他：「真希望這是你最後一次見到我。」

車興德被打怕了，只覺得眼前的男人像惡魔一樣，他毫無招架之力。他下意識抬手，手臂擋在腦袋上保護自己。

「不然，」桑延聲線冷硬，輕描淡寫地道，「你又要吃苦頭了。」

等桑延走遠後，車興德在原地坐了一會兒，直到不那麼痛了，才扶著牆慢慢地站起來。他的表情陰狠，嘴裡碎念著，順著街道走出去，攔了一輛車回家。

從趙媛冬那裡搬出來後，溫良賢一家在南蕪租了間小房子。這裡地理位置不錯，人潮也多，唯一的缺點就是治安不太好。

到家後，車雁琴來幫他開門。注意到他臉上的傷，她皺眉：「怎麼回事？」

車興德立刻破口大罵：「還不是霜降找的那個沒教養的玩意兒！我到他酒吧喝酒，就把我抓出來打了一頓！姊，妳要幫我——」

主臥裡的溫良賢聽到聲音，大聲吼道：「可不可以不要吵了？」

車興德立刻噤聲。

車雁琴表情也很不好看，按捺著怒火說：「德仔！我之前還沒跟你說清楚嗎？可不可以別再給我到處找麻煩了？你才出來多久，為了這件事，你姊夫已經跟我吵很多次了！」

車興德囁嚅道：「我就是咽不下這口氣。」

「就這樣吧，不要再去找他們了。」因為車興德的各種行為，車雁琴連帶遭殃，在家裡也很不好受，「霜降那野丫頭沒良心，忘恩負義，我們有什麼辦法？」

車興德嘖了一聲。

車雁琴癟著嘴，又陰陽怪氣地說：「人家現在在電視台工作，權力可大了，我們這些普通老百姓可鬥不過她。」

兩人坐回沙發上，注意到此時正坐在另一側沙發上看電視的清秀女人，車興德臉上的火氣漸消，擠出個笑臉：「小霖回來啦？」

鄭霖眼裡閃過一絲厭惡，一聲不吭。

恰好在這個時候，溫銘從廁所裡走出來。他的神色溫和，走過來坐到女人旁邊，攬住她的肩膀問：「舅舅又怎麼了？」

鄭霖呵呵笑了一聲：「又找你堂妹麻煩去了。」

「舅舅，」聞言，溫銘的表情也不太好看，「您別再做這種事情了。」

車興德才收回自己的視線，不痛快地說：「怎麼一個個都怪我？我找什麼麻煩了！我臉上還受傷了呢！」

鄭霖沒再說話，只是看向溫銘，翻了個白眼。

◇

回家的路上，錢衛華停車在路邊的水果攤買了顆西瓜。溫以凡也跟著買了一個，到家後把西瓜冰進冰箱裡，回房間洗了個澡。出來後，溫以凡又回到廚房裡，打算打西瓜汁。

剛把西瓜抱出來，玄關處也恰好有聲響。

溫以凡繼續動作。沒多久，桑延走進廚房，靠在流理臺上看她。她像是剛洗完澡，穿著簡單的短袖短褲，頭髮隨意紮起來，髮尾還有點濕潤，露出光潔白嫩的後頸。

她回頭看了他一眼，心情看起來還不錯：「回來了？」很快便收回視線：「我還以為你得再晚一點。」

看見車興德的那點殘暴和戾氣，像是隨著她的模樣和身影慢慢消散。桑延腦子裡那根緊繃的弦漸漸鬆了下來，他站直身子，湊過去從背後抱住她。

溫以凡愣住，再度回頭，鼻尖摩娑他的臉頰。

「怎麼了？」

桑延沒答：「妳在幹嘛？」

溫以凡指著西瓜：「打西瓜汁，你要喝嗎？」

桑延笑：「喝。」

「那切半個是不是差不多了？這西瓜有點小。」溫以凡沖洗著菜刀，邊比畫著，「對了，你今天去『加班』幹嘛？」

桑延又抱了她一會兒，才接過她手裡的刀：「看一下錢飛。」

溫以凡：「他這次出來了嗎？」

「嗯。」

溫以凡下意識看向他的眼角，小聲道：「那你打他了？」

對於她的第一反應，桑延覺得荒謬：「我是暴力狂？」

「不是，」雖然覺得干涉他跟他朋友的事情不太好，但想到他先前也受了傷，溫以凡還是忍不住說，「你不要打架。」

「……」

「別人痛不痛我不在意，但你不要受傷。」溫以凡看著他開始切西瓜，又繼續說，「你受傷了我會幫你擦藥，但我也會生氣的。」

聽到她的威脅，桑延轉頭看她，忽地笑出聲。

溫以凡：「……笑什麼？」

「那我倒想試試，」桑延挑眉，像是來了興致，「看看妳生起氣來會怎麼嚇唬我。」

下一秒，桑延往她嘴裡塞了一塊西瓜，沒再開玩笑：「好了，我知道。」

溫以凡正想再開口，剩下的話順勢止住。

似乎沒把這件事放在心上，桑延語氣懶散，「我會注意的。」

◇

不知是不是報警起了作用，之後的好一段時間，溫以凡都沒再見到車雁琴和車興德。也不知是不是她的心理作用，跟桑延說開了之後，一切似乎都在往正軌發展。

九月的最後一天，溫以凡收到房東的訊息。意思是女兒準備要結婚了，要把這間房子回收當成新房，請他們按照合約上的期限，在明年三月前搬出去。

看到這封訊息，溫以凡才恍惚地察覺到她跟桑延已經合租了快兩年。她收回思緒，迅速回了個「好的」。

坐在她旁邊的蘇恬過來跟她閒聊：「以凡。」

溫以凡抬眼：「嗯？」

「我突然想起一件事。」蘇恬撐著臉頰，問道，「妳之前不是在跟一個男的一起合租嗎？那妳現在跟桑鴨王在一起了，他沒意見嗎？」

溫以凡頓了一下，直接承認：「他就是我的室友。」

過了好一陣子，蘇恬才說：「哇！妳去哪裡找的室友？我也想找一個。」

溫以凡好笑地道：「妳也不怕被林隼聽見。」

「他早就習慣了，」蘇恬笑嘻嘻地道，「噯，那你們現在就算同居了吧？」

溫以凡想了想：「不算吧。」

蘇恬：「怎麼不算！你們不睡同一間嗎？」

「嗯。」溫以凡誠實地說，「我們還是各睡各的。」

蘇恬驚呆了，完全不敢相信，「我記得，妳跟他在一起的時間好像也不短了吧……還保持在柏拉圖的階段嗎？」

溫以凡沒直接回答：「只是不同居。」

蘇恬：「為什麼？」

溫以凡很正直：「不合法。」

明白之後，蘇恬覺得有點好笑。她自顧自地笑了一會兒，又道：「那你們打算什麼時候合法一下？妳見過他父母了嗎？」

溫以凡下意識地說：「沒——」還沒說完，又突然改口：「我見過他媽媽。」

「啊？」

沒等溫以凡再解釋，放在桌上的手機忽地響了起來。看見來電顯示是「錢衛華」，她跟蘇恬說了句「妳等一下」便接起電話。

錢衛華的聲音順著電流傳來：『妳現在在公司？』

溫以凡：「是的。」

錢衛華：『大壯呢？』

聞言，溫以凡往另一側看了一眼：「在旁邊寫稿。」

錢衛華俐落地道：『好。下樓，叫大壯一起來，跟我到北榆出差。』

這種情況也不是一次兩次了，兩人駕輕就熟地拿好裝備便下了樓。

溫以凡習慣性坐上副駕，問著情況：「老師，北榆那邊出了什麼突發事件嗎？」

錢衛華發動車子，說著：「剛接到的爆料，警方那邊的消息都還封鎖著。北榆那邊四年前有個女大學生失蹤案，前段時間有個女人帶著錄音檔到派出所舉報，是關於這個案子的事情。」

溫以凡邊聽邊打開筆記型電腦打字。

「這個女大學生當初是被姦殺的，已經找到屍體了，在北榆郊區後山那塊地。」錢衛華說，「現在已經成立專案小組，正在通緝這個嫌疑犯。」

說到這裡，錢衛華突然想起一件事：「對了以凡，這嫌疑犯妳應該也認識。」

溫以凡的動作停住，抬頭：「嗯？」

「是之前一直來找妳麻煩的那個，」錢衛華看她一眼，「車興德。」

第七十五章　照例會幫妳實現

聽到這句話，坐在後頭的付壯把腦袋探到前面來，震驚道：「這麼巧？不是吧，我之前覺得這個人是壞，但居然還殺過人？我還跟他交過手！我現在頭皮發麻……」

這個消息也讓溫以凡覺得不可思議。但再仔細一想，又覺得這的確是車興德會做的事情。

「具體情況還不清楚。」錢衛華說，「現在人也還沒抓到，可能是提前聽到風聲跑了，但他身邊的人都被帶去審問了，埋屍地點還是車興德的姊姊爆出來的。」

溫以凡思考了一下，問道：「是誰舉報的，什麼錄音？」

聽錢衛華說完所有的情況，溫以凡才慢慢地弄懂情況。

去派出所舉報的女人叫鄭霖，是車雁琴的媳婦，也就是溫銘的妻子。前幾週的一個晚上，她被喝醉酒的車興德猥褻，也因此一家人吵了起來，周圍鄰居街坊全都知道這件事。

在車雁琴聲淚俱下的懇求中，鄭霖才勉強同意不把這件事鬧到派出所。但兩夫妻當晚就從家裡搬出去，像是要跟他們斷絕來往，之後沒再回家過。

也因此，車雁琴多次聯繫溫銘，試圖緩和母子之間的關係。某次通話結束後，溫銘這邊沒掛好電話。緊接著車雁琴又跟車興德吵了起來，氣急敗壞之下，說了不少以前的事情。

說車興德狗改不了吃屎，之前把隔壁郭家的女兒強姦弄死了，搞出人命，最後她還得幫他擦屁股，現在還恩將仇報，連她媳婦都搞。

當時鄭霖在旁邊，直接把這段對話錄下來了。後來聽溫銘說，這個郭家女兒他認識，沒記錯的話，的確失蹤好幾年了，讓這段對話更具真實性。

雖然離開了溫家，但鄭霖一直咽不下被車興德騷擾加猥褻的這口氣。再三考慮後，還是選擇到派出所報案。

溫以凡沉默地繼續在鍵盤上打字。

這個郭家女兒，溫以凡應該認識，就住在溫良賢家附近。名叫郭鈴，生得秀麗高挑，看起來孤僻寡言，個性卻很好。溫以凡有一次搭公車錢不夠，郭鈴看到之後，一聲不吭地幫她投了錢。在那之前，兩人一句話都沒有說過，之後也沒再有什麼交集。

這趟差出得急，溫以凡沒回家，只帶了一些長期放在公司的簡易行李。路上，她抽空傳訊息給桑延，說明自己要到北榆出差的事。

錢衛華把車子開到發現屍體的那片後山，現場已經被封鎖起來了，入口處還有兩個警員看著。錢衛華下車跟員警溝通一番，但他們都一副無可奉告的姿態，三人只能大致拍下附近的狀況，之後開車到附近的派出所。

路上，付壯還覺得這件事荒謬又令人憎惡：「所以車興德的姊姊還幫他一起處理屍體？要不是因為媳婦爆料，這女孩得在荒郊野嶺待多久啊……」

錢衛華嘆息：「這個世上什麼樣的人都有。」

溫以凡的心情也不太好。

北榆是個小城，設施設備都比較落後，除了之前的隧道坍塌，也沒出過什麼太大的事件。這次這個案子，大部分的警力都是從南蕪調配過來的。

一整天下來，一行人也沒問出什麼新的情報來。

但很巧的是，溫以凡在派出所裡遇見了當初收留她的女警。幾年過去，女警的模樣沒有太大的變化，只是鬢間的白髮多了點。見到溫以凡，女警也很快認出她來，卻已經不記得她的名字了。

溫以凡笑著主動跟她打了聲招呼：「陳姨，我是以凡。」

陳姨眉眼和藹，也笑：「都幾年不見了，妳現在在當記者啊？」

「嗯，我是過來出差的，我在南蕪電視台當新聞記者。」溫以凡說，「您過得還好嗎？」

「很好很好。」陳姨嘮叨著，「陳惜過得也好，剛跟男朋友定下來，快結婚了。妳們那時候感情是不是還滿好的？妳走了之後，她還想妳想了一段時間，整天跟我碎念。」

「我看到了，她朋友圈有寫。」溫以凡彎起唇，「等她結婚，我一定會來參加。」

「好，到時候妳一定要過來。」陳姨抬手摸摸她的腦袋，「很好，我那時還怕妳走不出來，誰知道這麼厲害，當上記者了。」

溫以凡一頓，眼眶莫名有些熱：「您放心，那件事沒怎麼影響到我。」

陳姨又笑：「那就好，要好好的。」

從派出所出來後，時間已晚。

三人打算在附近找一間小民宿住下，隔天再去採訪郭鈴的家屬或街坊鄰居。上車後，付壯好奇地問了一句：「以凡姊，妳認識剛剛那個女警嗎？」

溫以凡點頭：「我以前在這裡住過兩年。」

付壯恍然地啊了一聲，也沒繼續問。

回到民宿裡，溫以凡趴在床上，也不急著去洗澡。她從包包裡翻出手機打開，恰好看到桑延傳來訊息：工作完打電話給我。

溫以凡立刻打通他的電話，那頭很快就接起。

桑延的聲音順著話筒傳來，比平時多了幾分磁性：『到飯店了？』

溫以凡：「對，訂了一間民宿。」

『睏不睏？』

「還好，」溫以凡把抱枕塞進懷裡，輕聲道，「桑延。」

『怎麼了？』

「車興德這邊出事了，他現在是殺人案的嫌疑犯，還在逃逸中。」溫以凡囑咐，「雖然可能是我想太多，但我怕他會去找你，你這幾天出門的時候注意一點。」

聞言，桑延沉默幾秒：『妳到北榆出差是為了這件事？』

溫以凡嗯了聲。

『好，知道了，怎麼成天怕我這個大男人出事？』桑延覺得好笑，『溫霜降，妳自己才要注意一點，多聽聽錄音筆裡的話。』

聽到他答應，溫以凡才放心：「有你這個真人在，我為什麼要聽錄音筆裡的？」

桑延：『直接說不是還滿做作的嗎？』

溫以凡忍不住笑起來，也沒強求。

畢竟錄音筆裡的那段話，她都聽到能倒背如流了。

「桑延，我今天遇到我以前認識的一位女警，就是，我那個時候報警了。」溫以凡跟他分享今天的事情，「後來從我大伯家搬出來，這個女警就收留了我一段時間。」

桑延安靜地聽著：『嗯。』

「我也沒想過會遇到她，還滿開心的。」溫以凡的唇角彎起來，「她女兒陳惜剛好是我高中的同班同學，當時也很照顧我。」

『是嗎？』桑延說，『那我們找機會去拜訪她們。』

「嗯，我們可以等陳惜結婚的時候一起去。」溫以凡說，「我看她前段時間發的朋友圈，男朋友求婚了，應該也快結婚了。」

此話一出，桑延那頭立刻安靜下來。

溫以凡繼續說：「不過也不知道具體是什麼時候，得看看你到時有沒有時間。」

桑延拖著尾調『噢』了聲，笑著叫她：『溫霜降。』

溫以凡眨眼：「怎麼了？」

他的語氣帶了幾分玩味：『妳在暗示我？』

溫以凡還沒反應過來，「什麼？」

『妳生日不是快到了嗎？這次願望記得好好許。』桑延低笑幾聲，遊刃有餘似的，悠哉地說，『放心，我呢，照例會幫妳實現。』

掛了電話，溫以凡還在床上想了好一陣子，想起去年生日時桑延跟她說的話。

——『許了什麼願？』

——『妳不說，我怎麼幫妳實現？』

她當時隨口搪塞了一句，是關於自己工作的，然後桑延又說：『我還以為是想叫我當妳的男朋友呢。』

溫以凡抓抓頭，思考著剛剛說了什麼話，讓桑延說出了「暗示」這樣的詞。過了好幾秒，她突然想起陳惜即將要結婚的事情。

結婚。

抓到這個詞，溫以凡愣住，臉瞬間燒了起來。

◇

隔天，三人到郭鈴父母家。

因為現在受害者親屬的情緒還在崩潰當中，完全沒心情跟媒體記者交涉。本以為會像以往的採訪一樣吃閉門羹，然而聽到來意後，郭父沉默片刻，還是側身讓他們進去了。

全程的採訪，郭父都格外配合，按照回憶說起郭鈴出事那天的情況。

郭鈴的母親早逝，一直是被父親帶大的，但郭父個性暴躁，不太懂得怎麼跟郭鈴這個年紀的女孩相處，所以父女倆的關係一直很僵。

郭父最後一次見到郭鈴，是在家裡。兩人因為某件事大吵一架，郭鈴紅著眼，憤怒地甩下一句「我再也不會回這個家了」，之後便摔門而出。

說到這裡，郭父低下頭，單手捂住眼睛。他高大壯實，在此刻像是瞬間蒼老了十歲：「我沒想到她說完那些話之後，就真的沒有回來過了。」

「……」

「這些年，我一直以為她是在生我的氣，不願意回來見我。」郭父聲音哽咽，「如果是這樣該多好，我女兒怎麼會發生這樣的事……」

其他人都說不出話。在此刻，不論是什麼安慰的話，都是沉重的。

「我聽警察說，那個禽獸還沒抓到。」郭父忽地抓住溫以凡的手臂，懇求似的說，「麻煩你們了，可不可以在電視上放出那個禽獸的照片，讓大家都注意一下，讓我女兒早點安息……」

溫以凡安撫著：「我們會如實報導的。」

離開郭家，三人情緒都受到影響。

半天後，付壯才冒出一句：「唉，太難過了。」

「……」

「看來郭爸爸是希望我們多播放車興德的照片，才這麼配合地接受採訪。但這個哪能放到新聞上，打草驚蛇之外又引人恐慌。」付壯說，「不過也不好意思跟他說。」

溫以凡看著窗外的公車站，有些失神。

錢衛華：「把我們該做的做了，就好了。」

「嗯。」溫以凡回過神，慢慢地說，「在這方面無法幫忙，我們只能等嫌疑犯落網了，事情水落石出後，把真相公諸於眾。」

希望這是另外一種告慰受害者在天之靈的方式。

三人在北榆又待了幾天。採訪車興德當時的朋友和同事，再陸續跟警方交接了幾次，之後才啟程回去南蕪。根據負責南蕪情況的同事所說，車興德還在逃逸中；車雁琴因為幫忙毀滅證據，也正在被拘留，他身邊的親屬都成了重點觀察對象。

◇

回南蕪之後，溫以凡也被叫去派出所做了筆錄，之後又繼續追蹤這起事件的後續報導，整個國慶假期都被各種事情纏身，讓她連一天假都沒有放道。

溫以凡有一天還接到趙媛冬的電話。可能是因為發生了那麼大的事情，趙媛冬想找溫以凡提一下。但那時她正在忙，沒有及時接到，之後也沒再打回去。

這幾天，溫以凡到家都已經很晚了，她洗了個澡就立刻閉眼睡覺，一起床又得出門，跟桑延也沒什麼相處的時間。他對此倒是沒有任何怨言，也不找她聊天，只催她趕緊去睡。

國慶假期過後，溫以凡才被准了一天假。桑延的假期也同時結束，兩人完美地錯開來。

溫以凡只能自己在家裡補眠一整天，睡了個天昏地暗，連他下班回來都沒察覺到。醒來後，她迷迷糊糊地走出房間，就見到桑延正坐在沙發上喝水。

察覺到她的身影，桑延抬眸：「醒了？」

溫以凡嗯了聲，走過去趴在他身上，像隻無尾熊。她的思緒還被殘留的睏意侵占，連話都說得緩慢：「你什麼時候回來的？」

「剛回來沒多久。」桑延回抱住她，繼續喝著水，「妳睡了多久？」

「不知道，睡一下又醒來一下。」溫以凡說，「你吃晚餐了嗎？」

「嗯。」桑延說，「妳這樣晚上還睡得著？」

聽到這句話，溫以凡眨眨眼睛，抬頭強調一句：「我沒力氣。」

桑延瞬間聽懂了她話裡的意思，「妳沒力氣是什麼意思？」

「喔。」溫以凡老實認錯，「那我理解錯誤。」

「把我當成什麼人了？」桑延捏她的臉，盯著她眼皮下方的青灰，「好了，還睏的話就趕快去洗個澡睡覺，不是只放一天假嗎？」

溫以凡還趴在他身上：「嗯。」

兩人就這麼安靜地待了好一會兒。

溫以凡忽地出聲：「桑延。」

桑延：「嗯？」

「你說車興德跑去哪裡了？都多久了，」溫以凡的思緒飄忽，小聲嘀咕，「他又沒錢，現在也沒人幫他，怎麼一直抓不到人？」

「會抓到的。」不知怎的，桑延總有種不好的預感，又補了一句，「這段時間別自己一個人回家。」

「嗯。」

「等我去接妳。」

這個案子一直沒抓到嫌疑犯，加上警方那邊一直封鎖消息，也無法繼續下去，組內只能先擱置這個報導，先去做別的專題。

儘管每天都在盼望車興德這樣的人渣能早點被繩之於法，但溫以凡也不能把所有精力都放在這上面。

週六下午，因為要補國慶多放一天的假，這天桑延也要上班。臨近六點時，溫以凡收到他的訊息，還是像往常一樣問她什麼時候下班。

瞥了一眼剩餘的工作量，溫以凡估算了個時間：八點半。

桑延：好。

注意到時間差不多之後，桑延拿起車鑰匙走出公司。他習慣性地把車子開到上安那邊，想開到電視台樓下找個地方停車。但不知為何，今天上安這塊很多人，就連車位也沒剩幾個。

桑延在周圍繞了一圈，輕抬了一下眉梢，正思考著要不要把車子停到墮落街時，忽地瞥見附近有個小巷子。雖然沒什麼機會，但他還是發動車子往裡頭開。

還沒開進去，桑延突然注意到牆邊站了一個男人。

男人個頭不高，身材偏胖。在這樣的大熱天還戴著帽子和口罩，把自己的樣子完全遮住。他似是在躲著什麼人，又像是在找人，時不時探頭往電視台門口看。

桑延的指尖在方向盤上輕敲著。

巷子內道路狹窄，注意到這輛車，男人下意識地靠邊讓他過。

在這舉動中，桑延瞥見他略顯熟悉的眉眼，漸漸地跟腦子裡的猜測重疊。

是車興德。

桑延眉目稍斂，戾氣再度升了起來。他從一旁拿起手機，迅速地打了一一〇。他別過頭，壓著聲音，平靜地把情況敘述完，然後掛了電話。

注意到這輛車一直沒動靜，車興德慢慢地也察覺到不對勁。他靠近幾步，察覺到車內桑延的臉時，立刻後退兩步，拔腿就跑。

怕他跑了，桑延也下了車，追向車興德。

桑延的個頭比車興德高，沒多久從後面抓住他的手臂，將他鉗制住。他的胸膛起伏，把車興德往牆上壓，極為火大：「你來這裡幹什麼？」

「去你的混帳東西！」車興德的臉被壓在水泥牆上，用力掙扎著，「不要碰我！你是不是有毛病！」

桑延恐懼的心情漸消，反而極為慶幸自己來這一趟。他盯著車興德，也沒因他的汙言穢語再生氣：「喂。」

車興德費勁地扭頭看他。

「跑那麼久也累了吧？幹嘛給自己找罪受呢？」桑延垂眼，咬著字句，「安安穩穩地去吃牢飯不是滿好的？」

聞言，車興德瞬間變了臉色：「你他媽才坐牢，我才不要坐牢！」

桑延懶得多跟他廢話，將他的雙臂固定住，用力往巷子外扯。

車興德完全敵不過他的力氣，辱罵幾句之後又開始求饒：「求你了，我也沒做什麼吧？我什麼都沒做！我是被冤枉的！」

「這些話，」桑延懶散地道，「你去跟警察說。」

看見自己即將要被他扯出巷子，車興德越發恐慌，逃亡的欲望激發了他的潛能。某個瞬間，他用力甩開桑延的手。

桑延順勢後退幾步，過程中，有什麼東西從口袋裡掉出來，滾動了幾圈，發出輕微的聲響。桑延正對著他，瞬間對上他陰狠的眼眸。

「去你的賤人！」車興德從口袋裡掏出一把刀子，撲向他，銀色的刀鋒被路燈照耀，晃過一道光，「我倒要看看誰才是找罪受！」

◇

整理好東西，溫以凡習慣性地打電話給桑延，但這次那頭不像往常一樣響一聲就接起。

溫以凡邊等邊往桌上瞥了一眼，突然注意到漏拿了桌上的錄音筆。她下意識拿起來，與此同時，那邊也接了起來。

她正想說話，那邊傳來的卻是個陌生的女聲：『您好？』

溫以凡愣住：「您好，請問您是？」

『啊，我剛撿到這支手機。』女人說，『手機的主人剛抓到一個什麼犯人，被刀刺傷了，現在送到醫院去了。妳是他朋友嗎？手機要不要拿去給妳？』

溫以凡茫然地啊了聲，像是沒聽懂她的話：「什麼？」
女人：『我也不知道具體是什麼情況，但還流了滿多血的……』
沉默幾秒，溫以凡的聲音開始顫抖：「傷者是叫桑延嗎？」
『我不知道啊。』女人說，『高高瘦瘦的，好像長得很帥。』
聽到這句話，溫以凡用指尖掐了一下手心，抬腳往外頭跑：「您現在在哪裡？」
到了女人所說的那條巷子裡，溫以凡往裡面掃了一眼，立刻看到地上的血跡。她渾身冰冷，一路的不敢相信在此刻也成真，她腦子一片空白，接過女人手上的桑延手機。
螢幕已經裂開幾道痕跡，邊角還沾染了灰塵。
溫以凡打開螢幕，看到兩人在摩天輪上的合照。
又問了幾句狀況後，溫以凡輕聲地說了一句「謝謝」。她轉頭，看到桑延停在巷子口的車。她繼續往前走，到路邊攔了一輛計程車，上車前往市立醫院。
所有可怕的念頭在此刻衝進腦子裡，讓她絲毫不敢去聯想。
溫以凡想到父親去世的那一天。可是那一天，路途上她有桑延陪著，而這一次她只有自己一個人。
溫以凡不想自己嚇自己。她相信桑延的承諾，努力控制著自己的情緒，手仍然不受控地顫抖。她手上的力道收緊，眼前漸漸被霧氣彌漫，一滴又一滴的眼淚順勢掉在手背上。
冰冰涼涼的，在這大熱天似乎能透過皮膚，凍到她的骨子裡。

視野糊成一團。

溫以凡盯著手上的錄音筆和桑延的手機，在這個時候，不知道是碰到錄音筆的哪個按鍵，靜謐的車裡頓時響起男人冷淡又傲慢的聲音：

『溫霜降，工作注意安全，妳男朋友叫妳平安回家。』

第七十六章　只剩下光

看到車興德手上的刀時，桑延瞬間明白他過來的原因。像是想玉石俱焚，車興德揮刀的力道發了狠，毫無理智地胡亂揮舞，不經意地在桑延的手臂和腰際都劃出傷口。

因為他的舉動，桑延的唇線拉直，模樣在這光線下顯得半明半暗。當車興德再一次把刀刺過來時，桑延眼明手快地抓住他的守備，用力一掰，他的骨頭發出移位的喀嗟聲。

車興德痛苦地叫了一聲，手上的力道消失，刀也掉到地上。

桑延的肚子和手上都還流著血。黑衣服看不出暗紅的顏色，但他手上的傷痕很深，血液像蜿蜒的蛇纏繞手臂，沾染到手腕的紅繩，再順勢一滴一滴落到地上。

「你運氣很好，」桑延仍然固定著他脫臼了的手臂，將他壓在牆上，壓低聲音說，「如果那一年真的出了什麼事，今天這把刀就不會是在地上了。」

如果那一天，溫以凡的大伯再晚點回家，如果她跟郭鈴得到了同樣的結局，如果她也在那麼暗無天日的黑暗和寒冷裡，獨自一人度過那麼多年……

想到這裡，桑延手上的力道漸漸加重，聽著車興德的慘叫聲，恨不得將他千刀萬剮。他的眼眸暗黑，脖子上青筋凸起，所有嗜血的念頭在腦間冒起。

在下一瞬，又想起溫以凡前段時間說的話。

──『你受傷了我會幫你擦藥，但我也會生氣的。』

桑延回過神來，後知後覺地感覺到痛。他垂眸瞥了一眼自己身上的血，又拉著車興德往外頭走：「你倒是很會找地方。」

「……」

「大熱天的，劃在我手上，要我怎麼遮！」

車興德完全沒力氣掙扎，像麻袋一樣被他往外拖。他痛得說話都不清楚了，又開始求饒：「大哥……求你了，我不想坐牢……」

「你不想坐牢？」桑延冷笑，「人家女生也不想死。」

注意到這邊的動靜，陸續有路人過來圍觀。在附近巡邏的警察也恰巧在這個時候趕來，了解了情況之後，他們把車興德押上警車。

警察主動提出送桑延去醫院，順便做筆錄。

桑延很配合，只是要他們先等等。他回到車上，想拿車鑰匙和手機，翻了一遍卻沒看到手機。他眉梢輕揚，也沒太放在心上，轉頭跟警察上了警車。

一路上，警察邊幫他簡單處理傷口，邊問著大致的情況。

桑延的傷口還流著血，他捂著肚子，平靜地回答著。

過了半晌，即將到市立醫院時，警察又問：「您跟嫌疑犯——」
沒等他問完，桑延忽地打斷他的話，問道：「現在幾點了？」
警察：「差不多八點四十了，怎麼了？」
聽到這個時間，桑延頓了一下，轉頭問：「不好意思，我可以借用一下您的手機嗎？」

◇

這個時間點，上安這一帶還有點塞車。
隨著時間的推移，溫以凡的心情越發焦慮。她用手背擦擦眼淚，把桑延的手機和錄音筆都放回包包裡，出聲問：「大哥，還要塞多久？」
司機回：「過了這段路就好了。」
溫以凡正想再問問，這個時候手機突然響了起來。她低下頭，從口袋裡拿出手機，是南蕪的陌生號碼。
她的呼吸屏住，腦中有個猜測，立刻接了起來。
如她所料，那頭瞬間傳來桑延的聲音：『溫霜降。』
聽到這個聲音的同時，溫以凡一直緊繃著的情緒也終於放鬆下來。她用力抿抿唇，直接問他的情況，話裡還帶著淺淺的鼻音：「你沒事吧？哪裡受傷了？」

這番話明顯是知道了，桑延也不找理由搪塞：『沒事，手破了點皮。』

溫以凡根本不相信他說的話，吸了一下鼻子：「我看到好多血。」

『那大概是車興德的，我什麼事都沒有。』桑延懶散地道，『好了，真的沒事。溫霜降，今天自己回家。我還得做筆錄，沒那麼快回去。』

溫以凡低聲說：「我去找你。」

桑延沉默幾秒，像是因為無法再隱瞞過去而嘆了一聲：『好，那妳攔個計程車，來市立醫院急診室。』

溫以凡到急診室的時候，桑延身上的傷已經縫合完了。此時醫院的人不算多，他旁邊站了兩個警察，像是在問他問題。

她快步走到桑延面前，盯著他手臂上的傷。

桑延轉頭：「來得還真快。」

溫以凡臉上沒什麼表情，轉頭跟兩個警察打了聲招呼，然後警察主動說：「那差不多就是這樣，之後如果還有什麼問題的話，我們會再聯繫您的。」

桑延看向他們，點頭：「嗯，辛苦了。」

兩個警察走後，溫以凡重新盯著桑延。他的臉色比平時蒼白了些，原本偏淡的唇色在此刻也沒有半點血色，整個人多了幾分病態。她垂眼，慢慢地說：「手破了點皮。」

「……」

「然後縫了六針。」

桑延抬眼瞥她，沒再說話辯解，耐心等待著她之前提及的，會朝他生氣發火的話。他靠在椅背上，手上麻醉還沒退，習慣性地抬起另一隻手去握她的手。

沉默片刻，沒等到她的怒火，桑延就看到她眼眶紅了，啪嗒啪嗒地開始掉眼淚。

桑延愣住，「不是，妳都還沒罵我，怎麼反而自己哭了？」

溫以凡坐在他旁邊，忍著聲音裡的顫抖，試圖讓自己冷靜一些。她又伸手把眼淚擦掉，問道：「你幹嘛去抓他？」

桑延倒是覺得好笑：「是我做錯了嗎？」

「你看到他之後，報警就好了，」溫以凡的語氣強硬，「多餘的事情不需要你來做。」

桑延耐心道：「可是他就要跑了。」

「跑就跑，跑了又怎樣！」溫以凡真的跟他發起脾氣，「他就算跑掉也跟你沒關係，你幹嘛管這件事！就你會見義勇為啊？」

安靜下來。

被她這麼罵了一頓，桑延也不生氣，低頭看她，「妳怎麼了？」

「我不喜歡你這樣……」溫以凡低著頭，哽咽地說，「你可不可以不要管這些事，你不要讓我後悔我告訴你這件事好不好？你就每天好好上班，好好下班，然後平安地回來跟我見面……」

溫以凡真的已經不在意別的事情了。

就算她厭惡車興德，恨不得他在牢裡關一輩子，可那些想法，都抵不過桑延的半分絲毫。

「我哪裡不平安了？」過了幾秒，桑延反倒笑起來，「現在還會這麼直接地在我面前哭，之前不是都躲起來哭嗎？」

溫以凡依然保持原來的姿勢沒動。

「溫霜降，妳為什麼不開心？」桑延捏捏她的指尖，力道不輕不重，「車興德被抓了，妳大伯母付出了代價，那個女孩也找到了。」

「……」

「還有，」桑延慢慢地說，「這次，我保護妳了。」

聽到這句話，溫以凡立刻看向他，眼眶還紅著。

兩人四目對視，彷彿定格。

「我其實非常在意，在意極了，當時說不纏著妳就真的不纏了的這件事。」桑延眸色純黑，喉結輕滑著，「我一個大男人幹嘛那麼要面子！」

溫以凡動了動唇，話還沒說出來，桑延扯了一下唇角，又道：

「就這點小事，幹嘛跟妳計較這麼多年。」

那時年少氣盛，愛一個人時就為她掏空心思，再三低頭，卻也會被她的話語輕易擊垮，從此再也不踏入她的世界，了斷得極為乾脆。

明知忘不掉，明知自己還在無望地等，卻還是為了體面和爭一口氣，絕不再成為主動的一方。

在那漫長的兩年裡，他只知道自己在感情裡是卑微的那一方，從未察覺到她情緒的不對，從未抓到她那紮紮實實藏起來的痛苦和絕望，從未試圖把她救出來。

溫以凡訥訥道：「本來就是我的問題。」

「跟妳有什麼關係？」桑延抬手，輕抹了一下她的眼角，「是車興德那個人渣的問題。」

「……」

「妳不能為我高興一下嗎？」桑延笑，「我把那個人渣抓進去了。」

是我親手，抓住了妳的陰影，從此以後，妳的世界就只剩下光了。

像是聽進去了，過了半晌，溫以凡才收回視線。她盯著自己的雙手，腦袋低垂著，眼淚仍在往下掉，像是流不盡一樣。

桑延湊過去看她哭，眼眸微微瞇起：「不是，受傷的人不是我嗎？妳哭什麼？」

聽到這句話，溫以凡又往他手臂上看了一眼，眼淚掉得更凶了。

桑延不擅長哄人，莫名還有種是自己把她弄哭的感覺。他有點頭痛，認認真真地幫她擦掉眼淚：「好好好，我一點都不痛。」

溫以凡吸吸鼻子。

又過了好幾秒，桑延盯著她紅通通的眼睛，聲音很輕，似有若無地哄了一句。

「別哭了。」

急診科室內安安靜靜。

溫以凡用手背擦掉淚水，勉強止住眼淚。

見狀，桑延才鬆了口氣，又突然想起一件事情：「溫霜降，妳怎麼回事？」

她小聲應：「嗯？」

桑延：「不採訪我嗎？妳不是在追蹤這個新聞嗎？」

溫以凡瞪他：「我哪有心情。」

桑延將手臂放在她的靠背上，指尖在其上輕敲，悠哉地開始翻舊帳：「怎麼沒有？之前我房子燒掉，妳不是很開心地去做了報導嗎？」

溫以凡又看向他的傷口，嘀咕道，「情況不一樣。」

桑延自顧自地笑了一會兒：「好了，回家吧。」

兩人起身走出急診室。

溫以凡被他牽著往前走，想到他的傷，還是忍不住說：「桑延。」

「怎麼了？」

「你怎麼這麼慘？」溫以凡嘆了口氣，「這輩子遇到我。」

桑延回頭：「哪裡慘？」

「就是一直遇到不好的事情。」說到這裡，溫以凡想了想，「你上輩子是不是做了什麼對不起我的事情，比如說——」

「比如說？」

「可能我上輩子單身到七老八十，終於有個老爺子跟我看對眼了，結果新婚之夜時，那個老爺子跟你私奔了。」溫以凡合理推測，「所以這輩子，我就是來找你麻煩的。」

桑延沉默幾秒，忽地笑了：「妳這是在舉例還是在暗示我？」

溫以凡慢一拍地抬頭：「啊？」

「好吧，」桑延當作是在舉例，挑眉，「那我把債還了，妳這輩子對我好一點。」

「什麼債？」

「我不是欠妳一個男人嗎？」

「……」

「這輩子呢，我用自己來還妳。」桑延笑了，用指尖勾了一下她的掌心，像是在搔癢，「好不好？」

第七十七章　不是還有妳嗎？

他的語氣看似詢問，聽起來卻跟通知沒什麼兩樣。

溫以凡歪頭，盯著他矜貴傲氣的模樣，先前殘存的恐慌感也漸漸地隨之消散。她用力握住他的手指，唇角彎了起來：「可以是可以。」

桑延看過來：「怎麼？」

「不過，」溫以凡忍著笑，「你欠我的不是個老爺子嗎？」

沉默幾秒。

桑延氣定神閒地收回視線，聲音緩慢而悠哉：「那就先欠著吧。」

溫以凡：「嗯？」

醫院的走廊靜謐而明亮。

男人的手臂上綁著紗布，身上的黑T恤沾了一點灰塵，看起來卻絲毫不顯狼狽。他生得高大清瘦，眉眼輪廓鋒利冷然，在她面前卻像是柔和了幾分。

「過五十年再還妳。」

兩人到一樓去拿藥。

溫以凡接過桑延手上的各種單據，認真看著。看到某張單時，她的視線停住，忽地問道：

「你腰上也受傷了？」

「啊。」桑延這才想起來，「也破了點皮，沒縫針。」

溫以凡的視線定住，直直地看著他，又莫名有點生氣：「醫生說什麼？你聽了嗎？」

桑延隨意說：「一週後來換藥，兩週拆線。」

溫以凡：「那有什麼忌口的？」

「沒有，照常吃吧。」桑延全程一副置身事外的態度，宛如剛剛流了那麼多血的人不是他，

「就這點小傷，不用這麼細心呵護。」

溫以凡用力抿唇，收回視線，「我還是自己查吧。」

聽到她的語氣，桑延一頓，意味深長地道：「溫霜降，妳現在跟我說話語氣很衝。」

溫以凡沒看他，拿好藥劑師給的藥，確認一下每天服用的量才回頭跟他說：「喔，衝嗎？」

桑延垂眼，溫以凡抓住他的手腕往前走：「我還怕你聽不出來。」

桑延覺得她這樣子很新鮮，任由她拖著：「沒脾氣，妳今天怎麼這麼凶啊？」

溫以凡生硬地道：「我說了我會生氣的。」

言下之意就是，她早就提醒過他了，如果還犯，他就得承受她的「衝」。

「妳剛剛不是已經把我罵一頓了，」桑延似乎在試圖把自己放在一個可憐蟲的位置，但說出

來的語調格外欠揍，「我們不是和好了嗎？妳怎麼現在又來算帳？」

溫以凡變得很快：「我沒跟你和好。」

桑延跟在她身後，安靜幾秒，忽然低低笑了幾聲。

他的笑聲猶如在火上添油。溫以凡的唇線抿得更直，覺得他完全不知道問題的嚴重性，一句話都不想再跟他說。

走出了醫院，溫以凡就攔了輛車，讓司機開回上安那邊。

路上，溫以凡自顧自地拿著手機，搜索著刀傷縫針後的注意事項。她的長相本就銳利，現在板著臉不說話，看起來更顯得冷漠。

桑延靠在旁邊盯著她的舉動：「那妳要怎樣才能跟我和好？」

溫以凡眼也不抬：「等你傷好了。」

桑延差點咬到舌頭，有點懷疑自己的耳朵，「不是啊溫霜降，妳受傷的時候，我是怎麼把妳當成祖宗供起來的？怎麼換成我就變成這種待遇？」

聞言，溫以凡瞪他：「你哪有供我？」

明明每次也都板著臉嚇唬人。

「沒有？好。」桑延勾起唇角，開始示弱，「那妳來供我。」

溫以凡不理他。

桑延又笑了一聲，痞痞地說：「我好痛喔。」

溫以凡絲毫不心軟，又繼續查縫針後的疤痕怎麼去掉。

瞥見她螢幕上的內容，桑延是真的有點納悶了，伸手去搶她手機：「去什麼疤，別查了，我一的大男人，留個疤也不會怎樣。」

溫以凡的手一空，順著這舉動，她再度看向桑延。盯著他悠哉的模樣，她忍著衝上去捏他臉的衝動，故意氣他：「留疤了就很醜。」

「……」

「那你就得退休了，」怕他沒聽懂，溫以凡提醒，「紅牌。」

桑延皺眉：「臉不是好好的嗎？」

溫以凡：「還是有影響。」

「這樣不也滿好的？」桑延眉梢挑起，懶散地說，「反正我有家室了，該從良了。」

「不行。」溫以凡怕他根本不把這件事放在心上，以後可能還會受這麼嚴重的傷，「你要是收山，不再是『墮落街紅牌』，那我就沒面子了。」

◇

車子開回南蕪廣電附近的巷子。

兩人下了車。溫以凡拿著車鑰匙，走回桑延的車旁，坐上駕駛座。擔心桑延會牽動到傷口，她先湊過去幫他繫上安全帶。

桑延安靜地坐著，看著她還緊繃著的臉，彎了一下唇。

溫以凡生氣的次數屈指可數，在其他人的眼裡一直是一副好脾氣，不在意任何事情的樣子，偶爾被他的話弄得有點鬱悶，情緒也轉眼就消逝，像是根本無法為她的心情造成任何影響。

所以現在，桑延覺得自己有點受虐傾向。看到她因為他受的傷跟他發脾氣，在他面前變得肆無忌憚，不再像先前一樣總是小心翼翼，他反倒覺得心情很好。

繫好安全帶，溫以凡也沒急著退回去，輕輕地掀開他的衣服。

桑延愣住，「妳幹嘛？」

溫以凡的動作未停，直到看到他腰際的紗布以及上面微微滲出的血，她盯著看了幾秒，才放開手，坐直回去，默不作聲地開始繫安全帶。

「結束了？」桑延吊兒郎當地問，「不想摸一下？」

溫以凡不跟他開玩笑，但也沒再繼續生悶氣。她坐著沉默了一會兒，才似有若無地冒出一句：「回去再說。」

回到家已經接近十一點了。

桑延習慣性地坐在沙發上。沒一會兒，溫以凡也坐到他旁邊，又開始掀他的衣服，像是在找找別的地方還有沒有傷口。

他垂著眼皮，靠在椅背上，任由她去。
過了好一陣子，溫以凡才停下動作，倒了杯水塞進他手裡：「你吃晚餐了嗎？」
桑延接過喝了幾口：「嗯。」
溫以凡又問：「那你餓不餓？」
「不餓。」
她又劈哩啪啦地問了一串，桑延都看著她一一回應。問到最後，溫以凡感覺沒什麼要說的了，又想起一件事情：「對了，你手機在我包包裡，被路人撿到了。」
桑延嗯了聲。
溫以凡半起身，把包包勾了過來，拿出手機放到桌上：「螢幕摔壞了，但還可以用。你先打電話給你主管，請幾天假休息一下。」
桑延：「好。妳不睏嗎？先去睡吧。」
溫以凡搖頭。
桑延掃了一眼時間：「我先去洗個澡。」
溫以凡皺眉：「你不能碰到水。」
「知道。」桑延站起身，用力揉她腦袋，「我擦身體。」
「喔。」
桑延剛走到房間門口，就注意到溫以凡也跟了過來。他開門走進房間，她也跟著進來。他走到衣櫃前，她也跟著。

走到哪跟到哪，他像是長了一根尾巴。

桑延翻了翻衣櫃，又轉頭走出房間，往陽臺走。身後還能聽到溫以凡跟著他的聲音，他回頭叫她：「溫霜降。」

溫以凡應：「嗯？」

桑延覺得好笑：「妳還要黏著我多久？」

「我想想看，」雖然主要是想跟他待在一起，但溫以凡還是沒承認。她眨眨眼，聲音溫溫和和的，「我有什麼能幫你的嗎？」

桑延的腳步停下，指尖順著她的手臂上滑，話裡帶了幾分調情。

「我剛剛不是跟妳說我要去洗澡嗎？」

他低下嗓音，暗示意味十足：「所以妳要幫我什麼？」

沉默下來。溫以凡面色如常，盯著他看。

幫他什麼？喔，洗澡。

洗澡……好，不就洗個澡？不然他要是碰到水了怎麼辦？

過了半晌，溫以凡做好心理準備，溫吞地冒出一句：「也可以。」

桑延極為無言，現在是真的覺得車興德很會找地方捅刀了。他收回手，看著她好一會兒，無情至極地收回視線：「誰跟妳可以了，趕快睡覺。」說完，他沒再跟她交談，到陽臺拿好衣服便走進浴室。

避開傷口，桑延脫掉上衣、扔到一旁的桶子裡，然後解開皮帶。

在這個時候，浴室門把被人從外頭轉開。

桑延動作停住。

兩人合租之後，廁所都是分開使用的。溫以凡一直是用主臥的衛浴，從沒進過這個廁所，所以桑延每次洗澡還是幹嘛，都沒有鎖門的習慣。

下一刻，門被推開。

溫以凡鎮定自若地走進來，關上門：「我要幫你洗澡。」

桑延氣到笑出來。

這次還是命令式發言，是我要，而不是我想。

桑延抽出皮帶掛在一旁，之後沒有多餘的動作。他靠在洗手台旁，神色漫不經心又帶了幾分挑釁：「好，妳來。」

從桑延住進來後，溫以凡還是第一次進這個廁所。

此時桑延赤裸著上身，腰上和左臂上都纏了一圈紗布。他的髮色純黑，臉看起來比往常更顯蒼白，多了幾分病態和禁欲的氣息。

溫以凡慢吞吞地拿起一旁的毛巾，打開水龍頭調成溫水。

她抽空看了桑延一眼，只是突然想到他現在根本無法自己擦身體，背上也擦不到，可能還會在這過程中扯到傷口，那就得不償失了。

溫以凡洗好毛巾，擰乾，開始順著他的喉結、胸膛、腹部，認真仔細地往下擦。她努力讓自己心無旁鶩，不去想別的事情，只當眼前的男人是一堵牆。

廁所內靜謐得過分，兩人都沒有其他交流。

擦到第二次時，溫以凡看到他的喉結上下滾動了幾下。

下一刻，桑延懶懶地喊她：「溫霜降。」

溫以凡抬頭：「啊？」

桑延眼眸深沉，帶著極為明顯的欲念。

「我硬了。」

溫以凡舔了一下嘴唇，當作沒聽見，重新垂下頭，這次加快速度。把他的上半身都擦了一遍後，她把毛巾洗乾淨，小聲說：「那你自己沖一下——」

注意到他的某個部位，溫以凡莫名說不出「下半身」這個詞，她淡定地改口：「腿，然後準備睡覺吧？」

桑延還靠在原本的地方，眼中的情欲絲毫未褪。

「要睡覺了？」

「嗯？」不知怎的，溫以凡莫名有點心虛，「怎麼了？」

「溫霜降，」桑延全身都被她摸遍了，觸感卻只若即若離的，像是漫長的折磨，「覺得我腰受傷了，沒本事了是吧？」

溫以凡脫口而出：「不是這樣嗎？」

狹小的廁所內再度沉默。過了好幾秒，桑延看著她，不怒反笑：「不是還有妳嗎？」

桑延慢吞吞地，極為無恥地把話說完。

「自己靠過來讓我親。」

第七十八章　就親一下

語畢，溫以凡的目光下挪，定格在桑延的唇上。她停了幾秒，認真考慮過後，往後退了一步，慢吞吞地把毛巾掛回原來的地方。

她用餘光掃著桑延身上的紗布。在此刻，溫以凡莫名有種，要是真的親上去了，就成了禽獸不如的那一方的感覺。覺得剛剛的話有點直接，她想著該如何婉拒，乾脆也貶低自己一番。

「不過我也沒什麼本事。」

桑延半倚著洗手台，眼眸低垂著，細密的睫毛覆蓋其上。浴室裡的燈光足，空間又狹隘，兩人間的距離又近，帶著循序漸進、令人無法忽略的曖昧。

溫以凡吞口口水，找了個藉口：「十二點了，我去洗澡了。」

剛走兩步，桑延就抓住她的手腕往回拉。她腦子裡的念頭只有別碰到他的傷口，掌心下意識地撐在一旁的洗手台台面。

她的腦袋稍側著，跟他的距離再度拉近。

「妳在想什麼？」桑延低頭，直勾勾地盯著她，話裡多了幾分浪蕩，「我還能幹什麼？」

「……」

「就親一下，」桑延的指腹輕輕摩娑著她的手腕，語速緩而慢，似有若無地帶著指責，「這樣也不行？」

溫以凡啊了聲，像是被他催眠了，又開始覺得如果不做別的，親一下似乎也不影響什麼。她沉默幾秒，擠出一句：「……這倒是可以。」

他揚眉，保持著原來的姿勢沒動。

沒多久，溫以凡感覺到他抓著自己的手腕，貼到他腹部的位置，慢慢往下帶。然後她聽到男人的喘息聲，茫然地抬起頭，撞上他隱晦深沉的眼。

「頭抬高一點。」

還沒聽懂他這句話的意圖，溫以凡就已經順從地踮起腳尖。

桑延的唇順著滾燙的氣息落下，從她的唇角輕挪。她幾乎是把自己送了上去，腦袋仰著，腳掌也半著地，有種不踏實的感覺。

察覺到她的狀態，桑延抬手抵著她的腰，用力咬住她的唇。

「——不然親不到。」

回到房間，再打開手機時，溫以凡才察覺到兩小時前錢衛華打了電話給她。她頓了一下，立刻打開微信，想跟他道歉，解釋一下狀況。

但可能錢衛華那邊也知道情況，傳來一句：我帶大壯去現場就可以了。妳先去醫院吧，採訪了目擊者，應該沒什麼大事。

付壯也傳來訊息：姊，妳好好照顧桑延哥。我替妳衝鋒上陣！

付壯：我聽警察說桑延哥受傷之後還生龍活虎的，看起來還能打八百個，妳別太擔心了。

看到這句，溫以凡忍不住笑了一下。她一一回覆，又是道歉又是道謝的，過了半晌才放下手機躺到床上。

溫以凡的情感認知尤為遲鈍。到電視台上班之後，一直對這個團隊沒什麼感覺，只覺得比之前的工作環境好很多。雖然工作量跟從前相比不減反增，但總覺得比在宜荷廣電工作時輕鬆。

但這一瞬間，溫以凡突然察覺到，她好像滿喜歡這個團隊的。

自顧自地想了好一會兒，溫以凡的思緒從這頭神遊到那一頭，再回到這一頭。不知過了多久，她後知後覺地想起剛剛在浴室裡發生的事情。

以及桑延的話。

——『就親一下。』

明明說了只是親一下。

溫以凡的耳後慢一拍地燒了起來，有點不自在地爬起來洗澡。她盯著鏡子裡的自己，腦子很快就被剛剛的畫面一寸寸侵占。

男人的嘴唇漸漸多了幾分血色，吻如碎雨般落下。他的髮絲被汗水浸得濕潤，眼眸沾染上情意，帶著性感又沉到無法忽視的喘息。

不知過了多久，帶著檀木香的浴室內，彌漫著旖旎的氣味。

「過來。」見她像是要往後退，桑延抓住她，聲音有些低啞，「幫妳洗手。」

◇

因為受傷，桑延請了一週在家休息。

溫以凡這邊照常要上下班，手上只有追蹤車興德案件的報導。她儘量擠出時間，每天早起幫桑延做早餐，中午也抽空回來一趟，晚上回家前也會問他晚飯想吃什麼，像照顧小朋友一樣。

桑延倒是過得很痛快，但只享受了三天皇帝的日子，桑延就開始覺得這樣來回跑會累死她。加上他的傷本就不太影響正常生活，很快就銷假回去上班了。

在主任的瘋狂催促下，溫以凡又開始每天加班的日子，採訪警察和專家，往警局和現場跑。嫌疑犯家屬那邊的採訪由另一個同事負責。

車興德被緝捕後，警方調查他的經歷過往，經多次審問後，再加上已經在郭鈴體內找到了他的毛髮，他才承認犯罪事實，招認所有罪行。

四年前的那個晚上，車興德被車雁琴叫去燒烤攤幫忙，快到目的地時，在一條偏僻的巷子碰見郭鈴。他認得這個女生，記得她總是沉默孤僻，看起來軟弱無能，對任何事情都會忍氣吞聲。

他起了色心，上前跟她交談幾句後，便捂住她的嘴往巷子深處拖。事情過後，車興德本以為郭鈴會忍著，不敢告訴任何人。哪知跟他想的完全不同，她邊哭邊往一旁找手機，作勢要報警。他威脅了幾句，嘴裡說著各種骯髒的話，郭鈴卻不為所動，怎樣都要報警。她像是有依靠，有個支柱在，雖然痛苦至極，仍然哽咽地說：「我要告訴我爸爸，他一定會殺了你的……」

最後，車興德在恐慌之下，錯手將她掐死。

再之後，他找了在附近的車雁琴幫忙。車雁琴從小將車興德帶大，對這弟弟極為包容，做什麼都有求必應，是典型的「扶弟魔」。所以她就算再害怕、再生氣，也不想看到他坐牢，不得不幫他一起處理屍體。兩人用店裡的大黑色塑膠袋裝起郭鈴，又在外面裹了好幾層，再塞進行李箱裡。兩姊弟沒跟任何人提及這件事，以為能瞞天過海。

敲下新聞稿的最後一個字，溫以凡檢查了一遍，寄給編輯。

編輯室內安靜平常，盯著螢幕，溫以凡有點失神，莫名回想起多年前將自己困在陳惜家的自己。

聽到陳姨說，車興德被放出來的那一瞬間，自己內心是在想什麼？溫以凡也記不太清楚了，但這一刻，溫以凡很想回到過去，回到那個時候的自己面前。她想摸摸那個少女的頭，想告訴她，她做的一切都是正確的。

不管結果如何，這絕對不是羞恥的事情。不要不小心沾上壞人身上的汙漬，就覺得自己也是髒的。沒關係的，妳喜歡的那個人，他也會覺得妳很勇敢。

他會謝謝妳，保護了他的女孩。

◇

這篇報導在隔天的晨間節目中播出。

當天下班前，溫以凡接到郭鈴爸爸的電話。她回南蕪之後陸續接過他幾次電話，都是提供消息給她和詢問各種事情。

可能是看到了新聞，這次他是來道謝的。

掛了電話，溫以凡坐著發了一會兒呆，才收拾東西走出公司。她到停車場找到桑延的車，上了駕駛座，往他公司的方向開。

這段時間兩人的立場完全顛倒過來。

怕桑延的狀態開車不安全，溫以凡開始每天接送他上下班。

溫以凡開到桑延公司門口時，就看到他恰好出來，旁邊還跟著鄭可佳，像是在跟他說話。沒多久，桑延就走過來上了車。

她側過頭，直直地盯著他。

桑延沒注意到她的目光，繫上安全帶，倒是單刀直入：「溫霜降，妳繼妹剛剛要我轉告妳，妳有空回她家一趟。」

溫以凡倒是沒想過會是這種事，只喔了聲，沒說什麼。

桑延瞥她：「要去嗎？」

溫以凡搖頭：「沒打算。」

桑延也沒再說什麼。

今天早下班，又想起付壯說過附近有個廣場在辦美食節，問了桑延意見後，溫以凡把車子開到附近，找了個停車位。下了車，她牽著他的手，算算時間：「明天是不是該去換藥了？」

桑延輕輕嗯了聲。

「我明天剛好輪休，可以跟你一起去。」溫以凡聲音溫和，說話的語速也很慢，開始跟他分享今天的事情，「桑延，我今天又接到郭鈴爸爸的電話了。」

美食節剛開始沒幾天，廣場的人很多，周圍熙熙攘攘。

桑延看著路，拉著她避開行人：「說什麼？」

「他說謝謝我如實報導了，也謝謝我這麼用心，大概是這個意思。」說到這裡，溫以凡莫名有點不好意思，「但這不都是我的工作嗎？」

桑延隨意說：「是妳的工作，但也可以誇獎妳做得好。」

溫以凡微頓，沉默了好一會兒才說：「我之前不是很喜歡記者這個工作。」

聽到這句話，桑延側頭：「嗯？」

想了想，溫以凡又改口：「跟這個行業沒什麼關係，我那時候就是覺得，除了跳舞之外，做什麼事情好像都是一樣的。」

第一次聽她主動提起這件事，桑延只是看著她，沒有說話。

「我其實還有一件事是騙你的，」提到這個，溫以凡眨眨眼，跟當初的感受比起來只覺得坦然，「我高二會轉普通生，不是因為不能跳了，是因為我繼父覺得開銷大，我媽就叫我別跳了。」

桑延瞬間愣住，像是完全沒想過會是這個原因，也不知道該做出怎樣的反應。

「當時放棄了之後，後來也沒再想起來，因為我不太會為自己爭取東西。」溫以凡說，「之後做什麼事情都覺得索然無味。」

桑延停下腳步，問她：「妳還想跳舞嗎？」

「如果再早幾年，應該是想的。」溫以凡認真說出答案，然後笑了笑，「但我昨天寫完車輿德那個案子的新聞稿，今天接到郭鈴爸爸的電話——」

溫以凡眼眸彎起：「我就突然發現，我原來也很喜歡當新聞記者。」

原來夢想也可以潛移默化地改變。以前她覺得自己只擅長跳舞，所以在被剝奪了往上飛的翅膀後，就覺得自己再無別的本事。她只活在陰影之下，不願意去接受別的東西，覺得人生就這麼將就地過，好像也沒什麼不可以。

注意到她確實是真的開心，桑延低聲說：「喜歡就好。」過了兩秒，他又補充：「以後只跳給妳男友看，也很好。」

溫以凡立刻看向他，安靜片刻，忍不住笑：「桑延，你以前是不是很喜歡看我跳舞？」

桑延轉轉眼睛，倒也直接，「妳現在才發現？」

「但我現在不會跳了。」

「那又怎樣，」桑延完全不在意，語氣很跩，「妳別的樣子我也喜歡。」

兩人在裡面逛了一圈。

溫以凡的口味清淡，連飲料都不愛喝，最常喝的就是白開水。她對裡面的小吃都沒什麼興趣，也不讓桑延吃，怕影響到他的傷口，最後溫以凡只在一家小攤上買了一袋手工糖。

溫以凡拆開袋口拿出一顆，湊到桑延嘴邊：「你吃嗎？」

桑延對這種甜膩的食物沒什麼興趣，掃了一眼便表現出抗拒的意思：「不吃。」

「喔。」溫以凡知道他的口味。她把糖塞進自己嘴裡，嘗了一下，硬是要推薦給他，「沒那麼甜，奶味比較重一點，你要不要試試？」

說完，她又從袋子裡拿了一顆。

桑延意味不明地道：「好，那我試試。」

「那——」溫以凡抬眼，話還沒說完，就見他正盯著自己。下一秒，她的後腦勺被他抵住，桑延的唇舌落了下來，勾住她嘴裡的糖，咬住，含進自己嘴裡。

溫以凡手上還拿著糖，傻住。

「嗯，我被騙了。」因為這個舉動，桑延的唇上染了一層水光。他盯著她傻愣的表情，勾起唇角，「明明就很甜。」

第七十九章　下次輕一點

溫以凡還沒反應過來，口腔裡殘留著糖的絲絲甜意。她本想問袋子裡還有那麼多糖，他為什麼要吃她嘴裡的，但又瞬間被他這句話轉移注意力。

「很甜嗎？」

桑延眼睫垂下，眉尾隨之輕抬。

想再確認確認，溫以凡把手上的糖塞進嘴裡，又嘗了嘗：「我覺得還好啊。」

「你嚼一下會不會好一點？」溫以凡抬頭，建議他，「這個是牛軋糖，你嚼一下，奶味應該會重一點，就沒那麼甜了。」

桑延有時真的覺得自己是在撩一塊石頭，他淡淡提醒，「這跟我嚼不嚼關係不大，懂嗎？」

「但嚼一下真的會好吃一點。」溫以凡又拿了一顆遞到他唇邊，「真的不吃了嗎？」

盯著她看了幾秒，這次桑延沒再反駁，順從地張嘴咬下。

見他好像不太討厭這個味道，溫以凡彎彎嘴角。她也往自己嘴裡塞了一顆，感覺確實還滿好吃的，然後才把袋口封起來。

兩人走出廣場，走向停車場。

人潮從密到稀，從一個明亮熱鬧的地方走到昏暗安靜的街道。溫以凡牽著桑延的手，在路邊的一輛車旁看到一對卿卿我我的情侶。

她的目光一停，再度想起剛剛桑延從她嘴裡勾糖的事情。

溫以凡突然意識到什麼，停下腳步。

桑延側頭：「怎麼了？」

「我現在才反應過來，你剛剛的意思是，」溫以凡頓了一下，直白地描述剛剛的事情，「從我嘴裡吃的糖很甜嗎？」

安靜的街道，刮著晚秋的風，在耳畔吹過颼颼的聲音。

兩人四目對視。

溫以凡現在才感覺自己剛剛的反應過於冷漠無趣，她忽地低頭，又拆開袋子，從裡面拿出一顆糖。這次不問桑延的意見，她就直接往他嘴裡塞，力道有點強硬。

桑延毫無防備，牙齒彼此碰到，有點痛。下一瞬間，溫以凡抓住他的衣領向下拉。她咬住他的唇，撬開他的牙關。她不太擅長做這種事情，動作比他生澀，過程也顯得遲緩。

就這麼持續了半晌，察覺到她的困難，桑延彎腰，用舌尖抵著糖，緩慢地推進她的嘴裡。溫以凡勾住，吃到糖後才後退幾步，再度對上他漆黑的眼。

「喔。」溫以凡鎮定道，「真的很甜。」

回到車上，溫以凡習慣性湊過去幫桑延繫安全帶。看見他還在笑，她的神情滯住，有點忍不住了：「你笑什麼？」

桑延偏頭，唇邊的梨窩淺淺的：「溫霜降，跟妳說一件事。」

溫以凡：「什麼？」

桑延用舌頭推推牙齒，還感覺有點麻。他神色中帶點目中無人，像是覺得自己是被所有人爭搶的萬人迷，傲慢地說：「下次輕一點。」

溫以凡沉默幾秒，真的沒感覺自己哪裡用力了，「你還真——」又擠出兩個字：「嬌弱。」

平時總覺得自己是個大男人的桑延，此時倒是厚顏無恥地承認。

「沒錯。」

現在怎麼還樂意當朵桑嬌花了……

溫以凡發動車子，沒再繼續這個話題，隨口提起：「我的車子好像又忘記買了。」

國慶假期溫以凡都在工作，之後桑延又受傷了，導致她早忘了這件事。她想了想，又問：「春節前買會便宜點嗎？」

「春節後吧，」桑延之前還記得這件事，但最近發生的事情太多了，他也一直忘了提醒她，「到時候我跟妳一起去。」

溫以凡點頭。恰好碰到紅燈，她停下車子，又想起一件事：「對了，之前房東跟我說，想回收房子了，要我們明年三月前搬出去。」

「明年三月……」桑延沉吟片刻，故作隱晦地徵求她的意見，「我們再談半年戀愛？」

溫以凡愣了：「啊？」

桑延唇角弧度漸深，懶洋洋地道：「啊什麼，我在問妳問題。」

「不是好好的嗎？」溫以凡有種突然要被甩的感覺，心情沒他那麼好，覺得有點委屈，「怎麼突然就只談半年了？」

他這是什麼擇偶標準？難道不合租就得分手嗎？

桑延皺眉，雖說這句話確實有點語病，但他沒想過會得到這樣的回答。他用力捏住她的臉，嘖了一聲：「說點人話。」

餘光瞥見轉綠燈了，桑延才放開手。

溫以凡繼續開車，漸漸反應過來。她剛剛被嚇了一跳，現在也有點鬱悶，嘀咕道：「你最近說話怎麼這麼無厘頭？」

桑延涼涼地看著她。

溫以凡思考了一下，但也不知道一般人都談戀愛多久才結婚。想半天也想不出個所以然，乾脆問他：「我沒太關注別人，其他人一般都談多久才結婚？」

「嗯？」桑延不正經地道，「一般都幾週吧。」

「……」

桑延隨口般地說：「我們還算久的呢。」

「喔。」

溫以凡收回思緒，又自顧自地思考了一會兒。她其實對這件事沒有什麼標準，感覺合適的時候就可以了。但她現在的工作還不太穩定，總是三天兩頭地加班。雖說桑延的工作也是，但也沒她這麼不規律。

想了想，溫以凡還是想等工作穩定一點再來考慮這件事。她在心裡估算了個時間，感覺還得拉長一點：「那就——」

「嗯？」

「再談個一兩年吧？」

「……」

雖沒想過會得到拉長時間的結果，但桑延也不太在意時間早晚，畢竟是遲早的事情。這女孩想談戀愛談久一點，那就談，反正都是跟他談。

兩人又聊了一下，之後桑延也沒再打擾她開車。

他靠著椅背，眼皮低垂，莫名有點睏。在沉靜的氣氛之下，桑延再度回想起剛剛溫以凡提起的舞蹈話題，心情也漸漸因此變差了起來。

高中時，桑延只見過溫以凡哭過兩次。

一次是那次在公車上，另一次是，她被她的舞蹈老師叫去談話。

桑延不知道他們說了些什麼，只是剛好看到她從辦公室裡出來。他想叫住她，還沒出聲就看見她沒往教室的方向走，反倒走向另一棟教學大樓，看起來情緒極為低落。

不知道她要做什麼，桑延頓了一下就跟上去。

他看到溫以凡走到圖書室旁的樓梯間，這個時間那邊幾乎沒有人。像是失魂落魄一般，她往下走了幾層，坐在角落，沒發出任何聲響。

過了一段時間，她的肩膀輕輕顫抖，像是強忍著哭聲。

那個時候，桑延不太清楚發生了什麼事情，但也能猜到她也許是因為腳傷影響到跳舞，覺得難過而無力，覺得自己無可奈何。

他只能安靜地坐在她後面，說不出任何安慰的話。

直到今天，桑延才知道她哭泣的真正緣由。

她高中承受的痛苦，似乎都是以那天為序幕。那一天，他的阿降，被人硬生生地折斷翅膀。

把車子開回社區，溫以凡正打算下車，突然注意到桑延恍神的模樣。她湊過去，在他面前晃晃手，問道：「你在想什麼？」

桑延回神，看了她一會兒：「溫霜降。」

「嗯？」

「我是打算一直跟妳走下去，才會跟妳說這樣的話。」桑延對上她的眼，模樣一改平時的不正經，認真得過分，「除了想找別的男人之外，妳想去做什麼，我都支持妳。」

「……」

「別讓自己的日子得過且過，知道嗎？妳的人生還很長，」桑延的碎髮散落額前，側著頭對她說，「想做什麼都不算遲。」

溫以凡瞬間聽懂了他的話。她動動嘴巴，想說點什麼，在這一刻卻什麼都說不出來。似乎也沒有一定要她給出什麼回應，說完之後，桑延用力揉她腦袋：「聽進去了？」

溫以凡訥訥點頭：「嗯。」

桑延：「好，那就回家。」

下了車之後，溫以凡主動過去牽他的手，輕聲說：

「桑延，我剛剛跟你說的都是實話。」

「嗯？」

「我以前覺得，我家人因為覺得跳舞開銷大，不讓我繼續跳了這件事很難以啟齒，所以才跟所有人撒了謊。」溫以凡說，「但我現在覺得沒關係，所以我才想主動告訴你。」

桑延捏捏她的指尖。

「我現在跟那時候不一樣了。當時我覺得我很弱小，對什麼都無能為力。」溫以凡慢慢地說，「覺得反駁和訴說都沒有用處，乾脆保持沉默。」

因為沒有任何依靠。

「但我現在想做什麼都可以，也不用再看別人的臉色。」溫以凡說，「就跟我爸還在時一樣，因為我想做什麼他都支持我。」

她抿唇，又道：「然後，我現在有你。」

也不知是從何時開始，溫以凡極為確定，她又重新有了依靠。

「我現在是真的覺得當新聞記者滿好的，這幾年，我的精力全都放在這上面，讓我現在放棄記者去做別的，我也不太甘心。」溫以凡想了想，笑起來，「但我可以像你一樣。」

桑延喉結滑動著，看向她：「什麼？」

「你不是有個紅牌的副業嗎？」溫以凡認真地說，「我要是之後哪天想繼續跳舞了，也可以把這當成我的副業。」

桑延笑了：「也可以。」

兩人走過去等電梯。

溫以凡正對著他，半靠在牆上。在這安靜的氛圍裡，她莫名有點想說句做作的話：「桑延，你說你是不是我爸爸派來照顧我的？」

桑延抬眼，否認得很快：「不是。」

「……」

過了兩秒，他又悠哉地補充：「我自願的。」

第八十章　你就跟我求個婚吧

回到家，溫以凡拿了個盒子把手工糖裝起來。搬家的話題剛剛被桑延的話直接岔開了，她本想再提提，但想說還有好幾個月，也不太著急。

溫以凡像往常一樣，幫桑延擦完澡才回去房間。

桑延受傷這件事，他似乎沒跟家人說。這幾天溫以凡聽他跟家裡講過幾次電話，大概都是叫他回家吃飯。但桑延因為手上的傷，所以每次都在推託，以至於他父母現在對他很有意見。

桑延對此不以為意，似乎是早就習慣這樣的對待。

溫以凡猜測，他大概是想等過段時間天氣轉涼了，可以穿外套遮擋傷口的時候再回去。她坐在床上，隨意滑了一下手機。

注意到趙媛冬的訊息時，溫以凡又想起桑延今天轉告的鄭可佳的話。

她點了進去，只掃了一眼最新的一封訊息。

『阿降，媽媽可以見妳一面嗎？』

溫以凡盯著看了許久，點開她的頭像，在刪除鍵那裡停留幾秒。最後，她輕嘆一口氣，還是沒有按下去，重新退了出去。

她的思緒放空，想著一堆雜七雜八的事情，很快又回到今晚進電梯前，桑延最後說的話。

——『我自願的。』

溫以凡輕輕眨眼，那一點點的壞心情瞬間被這男人取而代之。她的唇角彎起，扯過枕頭抱在懷裡，在床上打了個滾。

◇

隔天，溫以凡陪桑延到醫院換藥。他的傷勢恢復得不錯，傷口整齊，也沒有紅腫現象。醫生叫他過一週再來複診，看看情況再決定要不要拆線。

溫以凡算算時間，恰好是她生日那天。

仍然是週六，但這次不是溫以凡的輪休日，還得上班。不過記者的工作時間彈性很大，當天她起了個大早，陪桑延去醫院拆了線之後才安心地回台裡上班。

下午，溫以凡跟一個目擊者約好見面，地點約在目擊者家附近的一間咖啡廳。

採訪結束後，溫以凡跟對方道謝。等人走後，她對著電腦，整理了一下思路就開始寫稿。恰好聽到手機響了一聲，她打開螢幕，是桑延的訊息。

桑延：在哪裡？

溫以凡直接傳了定位給他。

桑延：下班了？

溫以凡：嗯，我寫完稿子就回家。

桑延：我過去接妳。

溫以凡回了個好，繼續寫稿。敲完最後一個字時，她檢查了一下，然後把稿子寄給編輯。她鬆了口氣，收拾好東西往外走。

剛走出咖啡廳，溫以凡就撞上一個跟她差不多高的女人。

溫以凡下意識道歉，想繞過她繼續往前走時，手臂就被女人抓住。

耳邊傳來熟悉的聲音。

「……阿降？」

溫以凡抬眼，瞬間對上趙媛冬顯得有點憔悴的臉。她愣住，完全沒想過會在南蕪這麼大的地方碰巧遇上趙媛冬。

趙媛冬的模樣比以往更加侷促：「妳過來這裡找朋友嗎？」

溫以凡笑著，言簡意賅地道：「不是，工作。」

「我跟妳鄭叔叔剛剛在附近吃飯，」比起上一次見面，趙媛冬看起來瘦了不少，臉頰都凹陷下去，「他現在回公司加班去了，我走這條路回家。」

溫以凡點點頭，也不知道該說什麼。

她正在想要找什麼理由離開時，趙媛冬又出聲，話裡帶了點懇求：「阿降，今天是妳生日，我們聊聊好嗎？」

兩人僵持片刻，溫以凡妥協了，聲音很輕：「我等一下還有事情，可能聊不了多久。」

趙媛冬連忙道：「媽媽不會占用妳太多時間的。」

這附近可以談話的地方，就是溫以凡剛剛離開的那間咖啡廳。這回她挑了個靠店內玻璃牆的位子，邊聽著趙媛冬的話，邊心不在焉地盯著外頭人來人往的道路。

這麼多年來，母女倆的交流少得可憐，關係比陌生人還要尷尬。寒暄了好幾句後，趙媛冬才小心翼翼地切入主題。

「阿降，妳知道妳大伯母和她弟弟的事情嗎？」

溫以凡嗯了聲。

「也是，妳做新聞的……」趙媛冬勉強笑了笑，「我也沒想過車興德是這樣的人，本來以為他只是沒什麼出息，沒想到會做出這種事。」

拿起眼前的水杯，溫以凡喝了一口。

桌上靜默半晌。

趙媛冬的尾音發顫，像是憋了很久才鼓起勇氣問出來：「阿降，那時候，他應該沒對妳做什麼吧……」

溫以凡沉默地看著她，好一會兒後才說：「這個問題我應該怎麼回答？」

趙媛冬瞬間羞愧到說不出話來。

溫以凡淡淡地說：「也已經過很久了。」

「我……」趙媛冬的眼眶紅了，聲音變得哽咽，「是媽媽對不起妳……我那時太少關心妳，我以為有妳大伯看著不會出什麼事，是我不對……」

溫以凡安靜地聽著。

趙媛冬別過頭擦掉眼淚：「媽媽不奢求妳的原諒，只想要偶爾可以見妳一面，好嗎？」

看著她愧疚而痛苦的模樣，溫以凡沒立刻回答。她眼睫垂下，扯了一下唇角，慢慢地說：「其實大伯一家怎麼對我，我一直不覺得多難過。」

「……」

「因為我覺得，養我這件事，的確不是他們的義務。」溫以凡的聲音很平靜，「他們確實沒有那個必要，要對我好。」

趙媛冬動動嘴巴，話還沒說出來，溫以凡就抿抿唇說：「但妳，妳讓我覺得非常難受。」

「……」

「讓我一直非常懷疑自己。」溫以凡喃喃道，「為什麼呢？為什麼會這樣呢？」

到底是為什麼呢？比起我，我的媽媽更愛別人的孩子。我到底是差在哪裡呢？是不是我做錯了什麼？是不是我不夠好？是不是我一點都不值得被愛？

「為什麼這個世界上，最該愛我的媽媽，」溫以凡盯著眼前的女人，眼角有點紅，咬字不受控制地加重，「一點都不愛我？」

趙媛冬掉著眼淚，立刻否認，「不是，是因為……」

她的話停在這裡，再也解釋不出更多的話。還能是因為什麼呢？

「我知道。」溫以凡收斂情緒，神色很快就恢復自若，「沒關係，妳有新家庭了嘛，是該為自己多考慮考慮。」

「……」

「在妳把我送到奶奶家時，我就應該明白的。」溫以凡覺得好笑，「在妳多次不聽我的話，多次為了新家庭忽視我，在我跟妳求救的時候，妳依然選擇遮住自己的眼睛。」

溫以凡重複一次：「——我就應該明白的。」

趙媛冬只低著頭，像是愧疚到了極點，覺得自己連掉淚的資格都沒有。

溫以凡的思緒飄忽，也沒再說話。她看著眼前瘦弱憔悴的女人，恍惚間，不由得想起很多年前的事情。

考上南蕪一中前，溫以凡就知道溫良哲生了場病，還要動手術。但那個時候，溫良哲告訴她這只是個小病，調養好身體就沒什麼大礙了。

溫以凡向來相信溫良哲所說的任何話，也記得，之後溫良哲確實仍然保持先前那副溫和又有精神的模樣，溫以凡也沒想太多。

上高一後，溫良哲因為工作而搬到另一個城市，溫以凡見到他的時間明顯少了很多。但她經常會接到父親的電話，對此也沒有絲毫懷疑。只是會格外想他，每次在電話裡都會催促他快點回家，沒有察覺到他的聲音越發虛弱。

那時候，所有人都覺得她年紀還小，所有人都瞞著她溫良哲生病的事情。

那天，溫以凡趕去見溫良哲最後一面。他像是完全放心不下，眉眼全是愧疚和痛苦，艱難地跟她說：「爸爸的霜降要好好長大。要像現在一樣每天都快快樂樂的。要好好照顧媽媽，妳是她唯一的依靠了。」

溫以凡流著著眼淚，一句一句地應下。她沒聽到溫良哲跟趙媛冬囑咐什麼，但她也能猜到應該也是相似的話。

要趙媛冬好好照顧，他們唯一的女兒。

——妳是她唯一的依靠。

當天晚上，溫良哲就過世了。

再之後，僅僅過了不到三個月的時間。某次放學回家，溫以凡就被趙媛冬帶去見了現在的繼父鄭華源。她當時完全無法接受，覺得極其荒謬和離譜。

溫以凡並不介意趙媛冬再婚，但不該是在溫良哲去世才三個月的時候。

趙媛冬跟她解釋，因為溫良哲生病了很長一段時間，這段期間她一直過得很痛苦。而鄭華源一直在幫她，一直在安撫她的情緒。到最後，因為溫以凡完全沒軟化的態度，趙媛冬難以啟齒地說：「我懷孕了。」
沉默許久後，溫以凡問她：「妳出軌了嗎？」
趙媛冬哭著否認，說他們的關係是在溫良哲去世之後才開始發展的，她不可能做對不起溫良哲的事情，只是覺得很累，覺得再沒有一個依靠就要撐不下去了。
最後溫以凡只能妥協。她沒有辦法硬性要求所有人都該像她一樣，花那麼多時間緬懷溫良哲。
後來，趙媛冬那個孩子也沒留住，她不小心摔倒流產了。
一切就這麼順著發展下去。
在北榆最後一次見桑延的那一天，溫以凡忽然不想再在這個地方待下去了。她回到陳惜家，拜託她到時候幫忙拿錄取通知書，接著她便坐上回南蕪的高鐵。
溫以凡知道，當時那件事情之後，趙媛冬曾來過北榆，但溫以凡並不願意見她。
到南蕪後，溫以凡按照自己的印象回到鄭家。她只跟趙媛冬要了溫良哲留下給她的錢，最後僵硬地說了一句：「我會跟妳保持聯繫。」
因為爸爸要我好好照顧妳。
「唯一的要求是，」溫以凡說，「妳不能把我的聯繫方式告訴溫良賢一家。」
他們那樣對我，妳就算不站在我這邊，也應該考慮一下我的感受。
趙媛冬同意了。可是溫以凡回到南蕪後，第一次去鄭家就見到了車雁琴。而趙媛冬，似乎並沒有把她說的話放在心上，依然覺得車雁琴是照顧溫以凡好幾年的「恩人」。

被服務生上飲料的動作打斷思緒，溫以凡回過神，隨口問：「為什麼鄭可佳要我去妳家一趟？妳跟她說的嗎？」

趙媛冬用面紙擦著淚，表情顯得灰暗：「她……」

「……」

「妳繼父在外面有人了。」憋了一會兒，趙媛冬苦笑著把話說完，「吵過幾次，他跟我說不會再犯了，佳佳可能是想要妳過來陪陪我。」

聽到這句話，溫以凡頓了一下：「她陪妳不就夠了。」

趙媛冬低著頭，語氣夾雜賭一點失望：「畢竟他們才是親生父女，她還是幫她爸的……」

像是歷史重演，當時發生在溫以凡身上的事情，此時也讓趙媛冬經歷了一番——他們都不是被堅定選擇的那一方。

溫以凡沒對這段話發表意見，也不想干涉趙媛冬的生活。她注意到手機的時間，笑了笑：「這段時間我一直在考慮該怎麼處理我們之間的關係，也一直沒刪除妳的聯繫方式，總擔心妳要是出了什麼事情，我這邊不知情該怎麼辦。」

畢竟跟其他人不一樣，她們是血脈相連的親母女，是極為難以割捨的關係。

溫以凡自嘲般地說：「但我好像也想太多了——畢竟妳那些年，對我也一直不聞不問，我也還是這樣熬過來了。」

「……」

「因為一直沒跟妳談過，我心裡總覺得有塊大石壓著。」溫以凡說，「但今天見完面之後，我會刪除妳的所有聯繫方式。」

溫以凡的瞳色淺，卻完全不顯柔和，溫和的聲音中帶了幾分殘酷：「我希望妳可以當作，妳的女兒在那個晚上就已經被車興德殺死了。」

趙媛冬的臉色慘白。

順著玻璃，在這個時候，溫以凡看到桑延的身影。他穿著短袖長褲，目光往四周打量著，似乎是在找地點。手上還拿著手機，指尖在螢幕上敲了兩下後，把手機貼到耳邊。

溫以凡的目光定住，過了幾秒，放在桌上的手機如她所料地響了起來。

她接了起來。

桑延直接道：『還在寫稿？』

溫以凡揹起包包，老實說：「寫完了。」

『好。』說這句話的同時，桑延也看了過來，順著透明玻璃與她撞上視線。他眉尾稍揚，拉長語尾道，『還不出來？在等什麼？』

溫以凡好脾氣地道：「馬上。」

或許是發現溫以凡對面坐著一個人，桑延又問：『在跟誰約會？』

溫以凡笑道：「我出去跟你說。」

注意到她的視線，趙媛冬也看向桑延。她頓時懂了什麼，忍著哭腔問：「阿降，那是妳男朋友嗎？媽媽可以見見他嗎？」

溫以凡起身，盯著她的臉：「妳本來早該見過他的。」

在那兩次請家長時。

趙媛冬不懂她的話：「什麼？」

溫以凡搖頭：「不了，沒什麼。」

「……」

「不管怎樣，我還是希望妳能過得好好的。」溫以凡沒再多言，直接結束這場對話，「我也會好好過我的生活。」

◇

走出咖啡廳，溫以凡小跑過去撲進桑延的懷裡。

桑延習慣性地抱住她，穩住她的身子。他的頭抬著，還看著趙媛冬那頭，警戒的意味濃厚：「那是誰？」

溫以凡老實地說：「我媽媽，不過，」溫以凡補充，「以後就不是了。」

這段時間偶爾談起時，桑延也陸續聽她提過家裡的事情。他大概能明白她的心情，也沒再多問：「嗯，回去過生日。」

溫以凡被他牽著往前走：「桑延。」

「嗯？」

「我現在可以跟你說生日願望嗎？」

「回去再說，」桑延說，「現在沒有蛋糕。」

「但有你不就夠了。」溫以凡誠懇地道，「蛋糕又不會幫我實現願望。」

「……」

溫以凡又道：「我想現在說。」

桑延偏頭，妥協得很快：「好，妳說。」

溫以凡不好意思直接說，先提了點別的事情，才慢慢切入主題：「今年的夏天還滿長的，都到霜降了還那麼熱。」

桑延：「嗯？」

因為他先前提醒了她，今年願望要好好許。

「桑延，如果明年夏天還那麼長的話——」溫以凡的腦海裡想過好幾種婉轉的表達方式，但怕他聽不懂，最後還是決定說得直接一點，「你就跟我求個婚吧。」

說完，溫以凡也有點緊張，強裝鎮定地問：「可以嗎？」

桑延愣了好一會兒，像是沒想過她會說得這麼明目張膽。他低下頭笑了好一陣子，肩膀輕輕顫抖，良久後才應了一句：「好。」

溫以凡精神放鬆下來。

下一刻，桑延又問：「沒了？」

溫以凡點頭，又覺得他都提了，自己不再說幾個有點吃虧：「還可以有別的嗎？」

桑延笑：「可以。」

「那我還希望，」出於謹慎，溫以凡又補了一個，「明年夏天能長一點。」

第八十一章　妳哥劈腿了

「這不是跟剛剛那個一樣嗎？可以，真會幫我省麻煩。」桑延慢條斯理地道，「每次願望說的都是我想做的事。」

想起去年的生日願望，溫以凡忍不住反駁：「我去年想的願望是跟我工作有關的。」

「嗯？妳記錯了。」桑延很不要臉，「妳說的是想叫我當妳男友呢。」

兩人沿著街道往前走，桑延繼續問：「還有嗎？」

「你是要給我三個許願機會嗎？」但溫以凡沒什麼願望，盯著他高大寬厚的背影，想了半天，「那你揹我吧。」

話一脫口，溫以凡又想起他今早剛拆線：「算了，我還是——」

沒等她把話說完，桑延已經半彎下腰：「上來。」

溫以凡盯著他看，很快就爬了上去：「那揹一下子就好。」

桑延站起來，揹著她往前走，又道：「還有沒有？」

溫以凡突然明白到，他似乎是會幫她實現很多個願望。她看著他的側臉，彎起唇，頓時覺得過生日、當壽星真是件令人期待的事情：「那你笑一下。」

桑延轉頭掃她一眼。溫以凡伸手勾勾他的下巴，像調戲良家婦女：「我想看你的梨窩。」

桑延皮笑肉不笑：「我沒有那種玩意兒。」

「你為什麼不承認你有？」提到這個，溫以凡有點納悶，本著印象去戳他唇邊梨窩的位置，「這多可愛，我也想要有一個。」

可愛。

桑延眉頭一皺，提醒道：「溫霜降，別拿這個詞來形容我。」

盯著他硬漢包袱很重的樣子，溫以凡忍不住笑了起來，開始捏他的臉。她的力道不輕不重，像是想把他的梨窩捏出來：「桑延，我很喜歡你的梨窩。」

像個出氣筒一樣，桑延任由她捏，這次倒是默認了自己有梨窩。

「我的哪裡妳不喜歡？」

「說的也是，」溫以凡又開始許願，「那你的梨窩不能給別人看。」

桑延的腳步一停，突然覺得有些好笑：「溫霜降，妳說妳是怎麼變得這麼專制的？」

溫以凡的眼眸彎成漂亮的月牙，語速緩慢又顯得理直氣壯：「不是你叫我許願的嗎？」

「好。」桑延今天格外好說話，像是完全沒有底線，對她的什麼要求都有求必應，「以後只在妳面前有梨窩這玩意兒。」

溫以凡這才笑著收回手。

桑延又道：「還有嗎？」

溫以凡自顧自地想著。

恰好路過一家飲料店，裡頭正播放最近很紅的歌曲，是S.H.E的《你曾是少年》。

許多年前　你有一雙清澈的雙眼

奔跑起來　像是一道春天的閃電

……

愛上一個人　就不怕付出自己一生

溫以凡忽地抬眼盯著眼前的男人。

他正看著前方，黑髮黑眸，側臉的曲線硬朗流暢，帶著幾分鋒利。那麼多年過去，他的模樣已經成熟了不少，眉眼間的少年感卻還十足。

讓溫以凡瞬間想起，少年時的他把籃球塞進她手裡，然後不知跑去哪裡幫她借錢的背影。那時候他可以拉下臉去幫她借錢，到現在依然如同當初一樣，可以耐著性子一個一個地問她生日願望，再一個一個地幫她實現。

溫以凡漸漸發起呆來，鼻尖開始泛紅，莫名回頭看了一眼。

從這個角度，溫以凡遠遠地還能看到咖啡廳的邊角，似乎就快要消失不見，完全看不到趙媛冬的身影。

在這一刻，溫以凡的那點負面情緒才後知後覺地湧了出來。她的心臟有點空，真切地感受到自己似乎是徹底跟過去道別了。

像是有什麼東西硬生生地從她心臟裡被挖了出來，在她二十五歲生日的這一天。

收回視線，溫以凡把臉埋進桑延的頸窩裡。

注意到她的動作，桑延又看了過來：「怎麼？還沒想好？」

溫以凡才意識到，她好像根本不像她表現出來得那麼無所謂。她的眼眶漸濕，一點點地沾染著他的脖頸，冰冰涼涼的：「桑延。」

桑延頓了一下：「怎麼了？」

「除了你，」溫以凡勾住他的脖子，忍著聲音裡的顫抖，「沒有人愛我了。」

不知什麼時候開始，兩人遠離了熱鬧喧囂的街道。

昏暗的路燈之下，桑延停下腳步。光影交錯，他的面容變得不太清晰，只是直勾勾地看著背上的溫以凡，眼眸暗沉而不明。

他聲音很輕，似有若無地冒出一句：「我只愛妳。」

從年少時的心動，一直持續到現在，再到未來的每一個瞬間。

我都只愛妳。

溫以凡抬起眼，透過霧氣彌漫的眼，對上他的視線。

「溫霜降，」桑延揚眉笑起來，仰頭親親她的下巴，緩慢又認真地說，「再許一個願。」

溫以凡說話的鼻音還很重：「什麼？」

盛大的夜幕之下，街道上吹著燥熱的風。周圍靜謐至極，看不見其他人的身影，世界像是只剩下他們兩個人。

兩人只看著對方，彷彿再也容不下任何人。

再許個願，除了我，還會有很多人愛妳。

◇

霜降一過，像是也把炎熱帶走，南蕪市的冬天隨之到來。隨著時間流逝，桑延的傷口也漸漸恢復了，最後只剩下一道淺淺的疤痕。溫以凡查了一些祛疤的方法，忙了好一陣子，才讓他的疤痕淡化了些。

時間不知不覺就到了年底。

某次採訪回台裡，溫以凡被甘鴻遠叫去談話。說是今年尾牙快到了，看到她的履歷上寫著有十年的舞蹈經歷，要她去籌備表演，幫《傳達》小組爭爭光。

溫以凡有點嚇到：「主任，我跳了十年，但我也快十年沒跳了。」

甘鴻遠笑咪咪地地拿著熱水瓶，喝著茶：「沒關係，有總比沒有好。而且只是好玩嘛，我們這裡沒幾個年輕女生，全是大男人，大家都不愛看。」

溫以凡委婉地道：「但我也沒時間練習，基本功也很久沒練了，手頭上還一堆後續報導要追蹤……」

甘鴻遠點頭，很貼心：「妳最近不用追蹤報導了，好好準備表演吧。不要太喜慶的，我們組要顯得與眾不同，知道嗎？跳個文青一點的。」

溫以凡又說了幾個拒絕的理由，都被甘鴻遠一一駁回，最後她還是被趕鴨子上架似的攬下這個苦差事。

回到位子上，蘇恬好奇地湊過來：「主任找妳幹什麼？說尾牙的事情嗎？」

溫以凡看過去：「妳也被找了嗎？」

「對，但我沒什麼專長，他說一個我反駁一個。」蘇恬實在做不來，嬉皮笑臉地道，「去年琳姊在的時候都是她主動籌備的，今年找不到人，主任想必也很煩惱。我看他找了好幾個人，現在看來是吃定妳了。」

溫以凡有點頭痛。

「沒關係啦，就隨便跳跳。去年尾牙妳也看到了，沒幾個表演能看的，就熱鬧熱鬧。」蘇恬安慰她，「而且還有獎品。對了，妳可以讓桑鴨王一起過來。」

聞言，溫以凡稍稍直起身。

蘇恬半開玩笑：「說不定他很想看妳跳舞呢。」

溫以凡看向蘇恬，像是想起了什麼，原本臉上帶著的無奈一掃而空。她撐著臉頰，輕輕舔了一下唇角：「嗯，我回去再想想。」

到家之後，桑延還沒回來。她先回房間洗了個澡，等她走出客廳時，就聽到桑延在傳語音訊息的聲音：「妳哥哥我，九年級，謝謝。」

聽到這句話，溫以凡也頓時清楚螢幕對面的人是誰。

她到冰箱拿了一杯優酪乳，坐到桑延旁邊時，他又極為欠打地傳了封很長的語音訊息：「半天都不說正經事，妳總得先跟我說個原因，為什麼不同意？如果是老，我也沒什麼辦法，畢竟妳的對象是有點老。」

溫以凡默默地喝著優酪乳，也不知道桑延這種個性是怎麼活到這麼大的。

等他傳完訊息，溫以凡才問：「只只怎麼了？」

桑延懶懶地說：「過年她要帶段嘉許回家，說我爸媽不太同意他們在一起。」

「啊？」溫以凡瞬間有種感同身受的感覺，訥訥道，「為什麼不同意？」

桑延似乎不覺得這是什麼大事：「不知道，可能是年紀太大吧。」

溫以凡更覺得危險了：「我跟段嘉許應該是同年齡吧。」

桑延倒是理直氣壯：「我們，九年級。」

溫以凡也搞不懂他這個「老」的標準是什麼。

然後桑延偏頭看她，像是以此為引子，忽地提出：「溫霜降，今年跟我回家過年？」

剛聽到桑延父母對段嘉許的態度，溫以凡格外憂愁。

「你爸媽要是也不同意怎麼辦？」

桑延揚眉：「這妳倒是不用擔心。」

溫以凡：「為什麼？」

「他們對我找對象這件事要求不高，」桑延似乎也不覺得低標準有什麼問題，漫不經心地道，「是個女的就行。」

感覺憑桑延的條件也不需要這麼著急，但他媽媽先前好像一直在幫他找相親對象，像是唯恐他找不到老婆。

溫以凡不清楚是什麼原因，不過她也沒多問，認真答應下來：「那我到時候挑一下禮物，你爸爸媽媽有什麼喜歡的東西嗎？」

「嗯？不買也沒關係。」桑延勾唇，心情似乎不錯，「想買的話，我到時候陪妳一起去。」

「好。」溫以凡放下心來，糾結著要不要跟桑延提尾牙的事情，但又不知道自己到時候會跳成什麼樣子，只好先問問他的時間，「對了，你二十二號晚上有空嗎？」

「不確定，」桑延說，「怎麼了？」

「沒，就是公司尾牙。」溫以凡垂眼，沒說得太清楚，「可以帶眷屬。」

桑延立刻懂了：「妳有表演？」

溫以凡也不知道他是怎麼猜出來的，故作鎮定道，「嗯，跟蘇恬一起合唱一首歌，你如果想看可以過來。」

桑延沒想太多，悠悠道：「好。」

◇

尾牙前一天，溫以凡恰好輪休。她本想好好休息一晚，醒來再練練舞，結果卻被桑延折磨了一整個晚上，直到天明才入睡，溫以凡完全不想動彈。

半夢半醒之間，聽到桑延的手機似乎一直在響。後來，可能是怕吵到她，桑延直接起身走出房間。不知有什麼事情，她用力睜眼看了他幾秒，然後又重新被睏意拉進夢境之中。

沒多久，溫以凡聽到玄關處有敲門聲。她用枕頭捂住耳朵，等桑延過去開門，但持續了大半分鐘，敲門聲仍舊繼續著。

溫以凡的起床氣燒到頭頂，內心氣得要命，爬起來走出房間。她面無表情地瞥了一眼，聽到廁所有淋浴的聲音。

溫以凡往玄關處走，打開門問道：「哪位？」

外頭的人穿著外送制服：「您的外送。」

溫以凡的大腦完全無法運轉，只想趕緊拿完趕緊回去睡覺。她接過外送便關上門，連看都懶得看，直接把袋子放到餐桌上，又回去桑延房間睡覺。

不知過了多久，溫以凡聽到桑延洗完澡出來的聲音。他推開門進來，身上帶著鋪天蓋地的檀木香氣，坐到她旁邊問：「剛剛誰來了？」

她把被子蓋到頭頂，沒有要理他的意思。

桑延也沒繼續吵她，又起身出去，沒多久又回來了。不知是看到了什麼東西，他隔著被子將她抱起來，問道：「喂，溫霜降，生氣了？」

溫以凡快受夠了，把被子拉下來：「我要睡覺。」

「那東西是段嘉許幫我點——」

「桑延，」溫以凡打斷他的話，認真地說，「你要是再打擾我睡覺，我接下來一個星期都不會理你。懂？」

桑延頓了幾秒，挑眉笑：「妳怎麼還學我說話？」

溫以凡重新鑽進被子裡，翻了個身，背對著他。

「我妹回南蕪了，我出去接她。」桑延也不知道這女孩起床氣怎麼能這麼大，聲音不由得低了幾分，「等一下我們出去吃飯。」

像是根本沒聽進去，溫以凡完全沒理他。

盯著她這模樣，桑延莫名有點手癢。他低笑了幾聲，格外欠打地抓住她，把被子拉下來，毫無顧忌地拉到懷裡用力親了一下。

察覺到她似乎又要發火了，桑延立刻幫她裹好被子，像是沒做任何事一樣。

桑延的模樣問心無愧，吊兒郎當地道：「好，妳睡吧，我出門了。」

再之後，溫以凡翻來覆去好一陣子，根本睡不著。因為睡眠不足，她的心情格外暴躁，爬了起來，恰好看到桑延傳來訊息：醒來跟我說一聲。

溫以凡一點都不想理他，沒有回覆。

洗漱完後，溫以凡看了一眼桌上的外賣，注意到明細上的備註。

『我男朋友發燒，三天都聯繫不上。我在外地無法趕回來，請務必叫醒他吃飯，謝謝。』

這外送好像是桑延點的，他備註這些是什麼意思？是怕自己起不來嗎？

溫以凡也沒想太多，拿起外送坐到沙發前，隨手打開電視，找了最近很紅的電視劇看。她邊吃邊看，手機時不時響動兩聲。

她看了一眼，見沒什麼事，仍然沒有回覆。

吃到一半，玄關處的門突然有了動靜。她起身去開門，看到門外的人是桑稚，愣了一下：「只只，妳怎麼過來了？」

「我哥叫我上來的。」瞥見外送上的明細，桑稚指了指，看起來有點心虛，「以凡姊，妳是不是因為這個跟我哥生氣了？」

此話一出，溫以凡默默思考著自己生氣這件事，難道表現得很明顯？又看向明細。沒多久，她有點茫然：「沒有啊，我都開始吃了……」

桑稚鬆了口氣：「我還以為妳誤會我哥劈腿了。」

安靜幾秒，溫以凡突然意識到，明細上的內容呈現出來的好像就是這個意思。她垂下眼，有點慢一拍地問：「啊，這是劈腿的意思嗎？」

又跟桑稚聊了幾句，也到午飯的時間，怕她餓到，溫以凡起身走進廚房，打算煮麵給她吃。

桑稚跟在她後面問：「以凡姊，我哥叫妳下樓一起去吃飯，我們不去嗎？」

溫以凡溫和地說：「我已經吃了，妳想出去外面吃嗎？」

桑稚眨眨眼：「我還是吃妳做的吧。」

過了一陣子，玄關處又響起聲音，桑稚過去開門。

桑延從外頭走了進來。他穿著黑色的防風外套，下搭同色長褲，顯得肩寬腿長，看起來還是很酷。注意到他這個模樣，溫以凡再度想起他早上瘋狂吵她睡覺的事情，以及那個絲毫不覺得自己有什麼問題的惡劣模樣。

溫以凡抿抿唇，一點都不想跟他說話。

看見她們都待在廚房，桑延隨意問了一句：「妳們在幹什麼？」

桑稚回道：「嫂子在幫我煮麵。」

聽到「嫂子」這詞，溫以凡側頭，與桑延的視線撞上兩秒。然後她又看向桑稚，想起明細上的內容，很刻意地提醒：「不要這樣叫我，妳哥劈腿了。」

桑延：「……」

第八十二章　妳以為那畜生會比我收斂？

感覺到氣氛不太對勁，桑稚的目光在他們身上轉了一圈，接著很識時務地退出廚房，留給他們單獨相處的時間，走之前還順手把門帶上。

溫以凡收回視線，繼續切著砧板上的肉。她的頭髮全數紮了起來，留下幾縷碎髮在耳際和後頸處。模樣一改平時的溫和帶笑，臉上沒有任何情緒。

桑延走到她旁邊，沉默幾秒後，才覺得很荒謬地說：「溫霜降，妳覺得我劈腿，妳還把外送吃了？」

這反將一軍的點戳得極準。

溫以凡的動作停住，因為他這句話差點破了功，那一點點的悶氣隨之消散。她垂眼，強行繃著表情，平靜道：「買都買了。」

言下之意就是，不吃的話多浪費。

盯著她看了一會兒，桑延沒跟她計較這件事。他想起另一件事，從口袋裡拿出手機，隨意晃了晃：「怎麼不回我訊息？」

說完，他又想給她臺階下似的補充一句：「沒看到？」

「看到了。」溫以凡打開水龍頭，開始洗蔬菜，毫不婉轉，「不想回。」

察覺到她的舉動，桑延挽起衣袖，把她的手從水池裡抓了出來，接過她手裡的工作。他徹底無言，想捏她的臉又礙於手上還濕著：「好。」

溫以凡瞪他，很囂張地把手上的水擦在他身上。

察覺到她的舉動，桑延意味深長地道：「溫霜降，妳現在脾氣很大。」

那還不是你先吵人睡覺的！溫以凡的心情莫名有點彆扭。她沒理他，轉身拿了一個大鍋，往裡頭裝水。像是要跟他畫清界線，裝完水就退開幾步。

桑延關上水龍頭，抽了張紙巾擦手，懶懶地道：「溫霜降。」

溫以凡把鍋子放到電磁爐上，按了一下開關。

他把一句話拆成三句說，以此表示這件事的嚴重性。

「妳。」

「冷暴力。」

「我。」

聞言，溫以凡立刻看向他。她思考了一下，突然覺得好像確實是這樣，便提了個自認為合理的要求，「那你不要跟我說話。」

桑延眉梢微揚：「還可以這樣？」

怕又被控訴自己冷暴力，溫以凡點了點頭。

溫以凡拆了一包麵線，正在想要下多少的時候，桑延忽然從身後抱住她。他的個頭高，身子稍稍彎著，下顎抵在她的頸窩。兩人身體貼合，像是以她為支撐，他力道鬆鬆的，壓了下來。

溫以凡立刻回頭。

「幹嘛？不就親妳一下嗎？」桑延的眉眼漆黑染光，扯了一下唇角說，「昨晚我親妳多少次妳也沒生氣。」

這情況一樣嗎？覺得他格外欠揍，溫以凡忍不住去捏他臉。

像變法術似的，她的動作一出來，桑延唇邊的梨窩就陷了下去，柔和了他的五官。他忍著笑，話裡帶了點求饒的意味：「好，是我錯了。」

溫以凡眼睛一眨也不眨地看著他。桑延的視線與她對上，又道：「別生氣了。」

定格幾秒，見她表情沒半點鬆動，桑延的語氣玩味：「妳怎麼這麼難哄？」

「……」

「妳怎麼不同情同情我？也沒睡幾個小時，就被段嘉許那狗東西連番轟炸叫我出去接人。接完那小鬼回來之後呢，」桑延慢條斯理地說，「我老婆還冷暴力我。」

溫以凡動動唇，忍不住說：「我也沒有多『暴力』。」

桑延閒閒道：「但我好痛喔。」

溫以凡改口，「我也沒有多『冷』。」

「嗯？我很冷呢。」桑延抱她的力道加重，像要把她整個人嵌進懷裡。他輕咬了一下她脖子上的軟肉，毫無下限地用各種手段將她的火氣澆熄，「幫我取取暖。」

「冷就穿外套，」溫以凡覺得癢，火氣也早已因他的言行消散，有點想笑，「這麼大了，而且不是成天說自己是大男人嗎？怎麼還跟我撒嬌？」

說這番話的同時，她用餘光注意到門的方向。

廚房的門是玻璃門，從這個角度還可以看到在沙發上玩手機的桑稚。擔心被看到，溫以凡的心情瞬間被另一種情緒取而代之，抬手把他的腦袋推開：「你注意一點。」

桑延：「怎麼？」

「只只在外面，小女生多尷尬。」溫以凡感覺他坦蕩至極，像是不介意被任何人看見，只能耐著性子提醒，「而且，你這個做哥哥的，不想在妹妹面前留點好形象嗎？」

「好形象？我在她眼裡沒這玩意兒。」

說完，桑延撇過頭往客廳掃了一眼，悠悠地說：「而且，那小鬼有段嘉許這個男友呢，也算是見過大風大浪的人了。」

溫以凡不太懂他的意思：「啊？」

雖是這麼說，但桑延還是直起身子，改靠著旁邊的流理臺，歪頭看著她。

「妳以為那畜生會比我收斂？」

聽桑延這麼一說，溫以凡還真的有些好奇段嘉許是什麼樣的人物。畢竟就她看來，桑延的自戀和厚顏無恥程度已經到了無人能敵的地步。

煮好麵之後，三人坐到餐桌旁。

可能是擔心溫以凡真的會因為明細的事情誤會，桑稚難得沒跟桑延作對，小心翼翼地解釋：「以凡姊，那外送是我男朋友叫的。他是想叫我哥起來接我，然後亂備註的，不是別人。」

溫以凡笑：「我知道，我剛在跟妳哥開玩笑。」

桑稚這才鬆了一口氣，目光仍在他們兩個身上轉。可能是不太適應這個畫面，她總覺得不合常理，忍不住說：「以凡姊，妳是不是跟我哥合租久了……」

溫以凡：「嗯？」

「就，」桑稚咕噥道，「降低了擇偶標準。」

桑延轉頭，語氣涼涼地，「什麼？」

感覺這也算是在說溫以凡對象的壞話，桑稚忍了忍，還是沒繼續說。她低頭繼續咬麵，又看了一眼溫以凡，換了種方式：「以凡姊，妳長得太漂亮了。」

暗示的意味十足。

桑延倒是沒想到自己帶了一個潛藏的敵人回來。他靠在椅背上，面無表情地盯著桑稚：「小鬼，妳之前想叫我幫什麼忙？」

想讓他幫忙在父母面前說段嘉許好話的桑稚瞬間噤聲：「……」

過了片刻，桑稚硬著頭皮，很勉強地補充一句：「不過我哥也滿帥的。」

飯後，溫以凡想回台裡再練練舞。想到桑延確實沒睡多久，她便讓他去補個眠，隨便找了理由出門，順便把桑稚送回家。

差不多練了兩個月的時間，溫以凡每天有空就在台裡的一間空會議室練習。

她準備跳的是她從前最擅長的芭蕾曲目《胡桃鉗》。

時隔多年，身體柔韌度和靈活度都無法跟當初相提並論。在練習過程中，雖覺得累和痛，但溫以凡漸漸找回了當初訓練時的感覺，當時被迫放棄的委屈和不甘，也在慢慢地消逝。

想到桑延看到之後的表情，溫以凡莫名覺得開心，也開始有了無限動力。

◇

隔天下午是尾牙彩排，到晚上七點才正式開始。

臨近七點時，溫以凡收到桑延的訊息，說是他那邊突然有點事情，可能要晚一點過來。她盯著看了好幾秒，雖然先前就知道他不一定能過來，但也許是因為準備了一段時間，得到這樣的消息時，她還是覺得有點小失望，因為她的節目排序還滿前面的。

不過這情緒也沒維持太久，她心想看得到就好，就請蘇恬等一下幫她錄影，然後傳了付壯的資料給桑延，回覆道：那如果我等一下沒回覆你的話，你就讓大壯帶你上來。

桑延：好。

尾牙的氣氛熱絡，一連好幾個節目都是在哄抬氣氛，不是小短劇就是嗨歌。溫以凡邊看邊笑，時不時看手機幾眼，快輪到她時，桑延依然沒有要到的跡象。

溫以凡沒再等，囑咐了付壯幾句之後，這才起身到後台。

本來一切都很順利，但桑延準備走出公司時，專案臨時出了點問題，要加班。勉強忙完之後他才走出公司，按照溫以凡給他的定位把車子開過去。

到樓下時，桑延傳了訊息給溫以凡，沒得到回覆，桑延便加了付壯的微信。

很快，桑延就見到了付壯的身影。

一見到他，付壯非常著急地拉著他走：「哥，你快點！以凡姊開始表演了！我很想看！你不要拖累我！」

桑延眉頭一皺，想說點什麼，話到嘴邊卻成了，「那你走快一點。」

兩人搭電梯上樓。

付壯很愛講話，從見到桑延之後嘴就沒停過，嘰哩呱啦地說著話。話題圍繞著溫以凡，源源不斷地讚美她：「以凡姊真的太厲害了，她也太多技能了。而且她為這個表演練習了好久，每天都在練！我們下了班就走了，她還得自己去會議室再練習！」

「……」

「唉，要不是我實在跳不來，」付壯嘆了口氣，「我就陪她一起了，不然你說以凡姊多寂寞。不過哥，你為什麼不陪陪她？你在旁邊當個擺設也滿好看的。」

桑延越聽越覺得不對，但他還沒問出口，就已經到了尾牙現場。裡頭燈光昏暗，唯有舞台上打著光，此時似乎已經要開始新一輪的表演了。

主持人正說著話，付壯頓時安靜下來，生怕影響到其他人。

舞台下方是幾十張圓桌，上面擺放著飲料和茶點零食，位子大概是按部門安排的。桑延被付壯壓到其中一個位子上，可以看到旁邊還放著溫以凡的包包和手機。

與此同時，主持人也報完節目名稱，下了台。

桑延抬眼看向舞台，神色一愣。

此時此刻，溫以凡正獨自一人站在台上。她穿著白色的芭蕾舞裙，無袖帶紗的設計，露出大片的鎖骨和手臂，後背裸露，肩胛骨弧度流暢姣好。容貌豔麗出眾，膚色白到反光。裙子下襬微蓬，裹著一層又一層的紗。

耳畔響起熟悉的《胡桃鉗》音樂，歡快而輕，像是鈴鐺在耳邊晃蕩，令人不由得被吸引進去。溫以凡正對著觀眾席踮起腳尖，身體柔軟至極，隨著音樂舞動，踩準了每一個節拍。她的脖頸昂揚，像一隻驕傲的白天鵝，在舞台上旋轉。

完全沒想過會看見這樣的畫面，桑延盯著舞台，視野全被溫以凡占據，完全挪不開半分。他的喉結滑了滑，漸漸將這一幕與記憶中的少女重疊起來。

南蕪一中新生的軍訓課為期一週，每年都安排在上學期的期末考後。

那次的軍訓晚會，因為舞蹈生的身分，溫以凡也被老師硬拉去表演。

當時是軍訓結束的前一天晚上，晚會的氣氛鬆懈，教官管得沒有平時那麼嚴，一開始讓他們端正坐著，後來也沒再管。

桑延對這些事情毫無興趣，全程想睡覺，覺得無聊至極。他只盼望這個晚會能快點結束，然後回宿舍去睡覺。

直到溫以凡出場。

因為同班，可能是覺得光榮，坐在桑延周圍的同學十分捧場，發出各種鬼哭狼嚎。還有個大嗓門的男生站起來大吼：「溫以凡是十七班女神！」

少女卻像是什麼都沒聽見，絲毫不受印象。

她站在舞蹈中央，穿著純白的裙子，淺色的頭髮紮起來，露出光潔的額頭。周圍是黑暗一片，她只沉醉在舞蹈之中，絲毫不怯場，像個精緻的洋娃娃，身上像是帶了光芒。

桑延也不太記得自己那時的感受了。只知道，一整個晚上都在等晚會結束的自己，似乎多看了那個表演兩眼。

後來，軍訓結束之後，因為這個表演，溫以凡在學校出了名。不光是同年級的學生，甚至還有高年級的學長來找她要聯繫方式。

也不知為何，桑延先前完全沒注意過這個女生，但從那次晚會之後，他發現自己每次都很巧地撞見她。他坐在位子上，冷眼看著溫以凡好脾氣地拒絕一個又一個人。

溫以凡對待所有人都一視同仁。不論對方個性如何、成績如何、長相如何，她都像是對待同一個人一樣，極為有耐心，不會傷了對方的面子，卻拒絕得格外明確。

跟他一樣，卻又不太一樣。

她骨子裡同樣驕傲，卻跟他的目中無人不同，溫和到了極致，像個奪目卻不刺眼的光芒。

某天下午，桑延跟同學打完球回到教室，想拿鑰匙回宿舍洗個澡。他剛走到門口，就見到溫以凡也剛回來，此時被一個男生攔在門口說話。

桑延看了幾秒，沒多久就收回視線，回到座位。從抽屜裡翻到鑰匙，不知怎的，他沒急著走，仍然坐在原地。

過了約半分鐘，溫以凡也走進教室。她穿著舞蹈服，外面套了一件外套。她走回位子上，似乎只是回來拿個東西，很快就打算往外走。

在這個時候，桑延忽然叫住她：「喂，學妹。」

兩人的位置靠得很近，只隔了一個走道。

溫以凡回頭，不太介意他這個稱呼，應道：「怎麼了？」

桑延隨意問：「妳有男朋友？」

不知道他為什麼問這個，但溫以凡還是如實回答：「沒有。」

桑延抬眼，意有所指地道：「那怎麼都拒絕了？」

這件事其實跟桑延沒有任何關係，但溫以凡個性好，也覺得自己沒有不能回答的問題。她想說不能太早談戀愛，但又覺得這麼說似乎有點籠統。想了想，她直接道：「沒遇到喜歡的人。」

少女的聲音清脆，帶了點溫柔，卻極為有力地，一字一字砸在他的心上。

喜歡的人。

沉默下來。

教室內除了他們沒有其他人，寂靜得過分，外頭天高地遠，有陽光撒了進來。空氣裡瀰漫著青春的氣息，可以聽到操場上同學們奔跑的聲音，以及不知從哪裡傳來的心跳聲。

那一瞬間，桑延徹底明白了什麼。

為什麼先前從未見到過，但現在卻老是碰到這樣的事情；為什麼原本在他眼裡跟其他同學沒什麼兩樣的少女，會突然頻繁地出現在他的視野裡。

是巧合嗎？好像不是，他只不過是從不在意，變成了在意而已。

少年靠在椅背上，微仰著頭看她。髮梢處還染著濕漉漉的汗，眼眸清澈明亮。他稍偏過頭，忽地笑了起來，話裡的傲慢一如既往。

「是嗎？」

這次卻帶著極為明顯的肯定。

「——那妳該遇到了。」

第八十三章　想把妳藏起來

溫以凡表演的時間不長，總共也只有三四分鐘。隨著音樂聲停下，她的最後一個動作也結束。在原地定格幾秒後，溫以凡收起姿勢，對觀眾席鞠了個躬。現在她才能分出精力看向自己那一桌，瞬間就在人群中找到桑延的身影。

溫以凡輕輕喘著氣，眨了眨眼。

下臺之後，溫以凡快步回到位子上。

桑延側頭盯著她。

溫以凡臉上化著妝，眼角下還貼了小碎鑽，看起來亮晶晶的。其他同事跟她說了幾句讚美的話後，她才看向桑延，彎起唇說：「你什麼時候來的？」

「妳的表演開始之前。」桑延扯過她掛在椅背上的外套讓她套上，「妳這衣服怎麼回事？布料不會太少嗎？」

溫以凡忍不住笑，「這樣才好看。」

桑延沒說話，幫她整理外套，動作不輕不重。

溫以凡乖乖坐著，等著他接下來的話，但半天也沒聽到他再蹦出一句。不知道他是不是在斟酌用語，她又等了一會兒，提醒道：「你怎麼不評論一下我的表演？」

「之前不是才跟我說不會跳了嗎？」桑延重新倒了杯水塞到她手裡，神色平淡，誇獎的話也顯得有點草率，「明明就跳得很好。」

「我練了很久，」溫以凡老實道，「還是跳得很業餘。」

「這哪裡業餘？」桑延不知道她的標準是什麼，手肘靠在桌沿，撐著側臉，目光一直放在她身上，「還有，大冷天的穿這麼少跳舞，不冷？」

溫以凡搖頭：「有暖氣。」

之後桑延也沒再提她跳舞的事情。

溫以凡頓時覺得這男人極為冷酷無情，她自我安慰了一下，跳得很好應該是很好的評價。

接下來的一段時間，溫以凡能用餘光注意到桑延的視線都沒從她身上挪開過。次數多了，她轉頭看他，有些疑惑：「你不看表演嗎？」

桑延的眉尾稍提，俐落地嗯了聲。

感覺他確實對這些不太感興趣，溫以凡也沒強迫他。但她又怕他無聊，只能看一會兒表演就抽空跟他說點話。

桑延應和著，漫不經心地把玩著她的手指。

晚會結束前是頒獎典禮。溫以凡的表演拿了個人氣獎第二名，獎金一萬二。她本來的主要目的是給桑延一個驚喜，倒也沒想過自己這水準還可以得獎。

上台拿了紅包回來，溫以凡直接塞給桑延。

桑延看著她：「怎麼給我了？」

「本來就是想跳給你看的。」溫以凡眼角下彎，眼裡像是含著璀璨的光，很坦誠，「所以拿到獎金也應該給你。」

桑延沒想過，自己有朝一日還能被這女孩捧在掌心上寵。頓了好一會兒，他忽地笑起來，「好，那我收下了。」

◇

走出大廈前，溫以凡本想把舞裙換下來再回家。

哪知桑延卻一反常態，沒讓她去換。他把身上的長大衣裹在她身上，把她身上的每個角落都遮住後拉著她上車。

溫以凡也沒想太多，只覺得他是待太久了覺得無聊，想早點回家。

在車上，溫以凡的鼻子稍稍被凍紅，順順自己的裙襬，看著桑延。一變成單獨相處，她又開始覺得他給的反應太敷衍，真的像是個劈腿了的渣男。

溫以凡又提了一下：「這個是我提前送給你的新年禮物。」

桑延抽空掃她一眼，隨意答：「知道了。」

不過確實好像也不需要太大的反應，況且桑延本來就不是會說好聽話的人。再次想通之後，溫以凡覺得自己也不該這麼小氣，心情便不再受這件事影響。

一會兒，她想起另一件事，算算時間，問道：「對了，我們大概什麼時候搬家比較好？」

先前桑延已經跟她提過，等房子合約到期之後，兩人就搬到他之前失火了的房子。當時溫以凡才後知後覺地反應過來，他那間房子已經裝修了兩年的時間，桑延也一直沒說要搬。

桑延輕描淡寫地回：「妳想要什麼時候搬？」

「三月前搬的話，那就等年後的那段時間？」溫以凡看了他一眼，輕聲說，「到時候我應該會空閒一點。」

「好。」

想到又要聯繫搬家公司收拾東西，溫以凡就覺得是個大工程。在這個時候，桑延又補了一句：「妳把妳的行李收拾好就行，別的不用操心。」

聽到這句話，溫以凡頓了一下，唇角彎起：「好。」

一做好決定，溫以凡又想起很久以前的事情。那時因為她夢遊做出的舉動，桑延說會住到她把欠他的債還完，但他一直沒說具體要怎麼還。

「對了，你之前要我還的債——」不過溫以凡也不知道他記不記得，接著說，「我們好像還沒解決？」

安靜片刻，桑延不慌不忙地啊了一聲。

這反應也看不出是什麼意思，溫以凡感覺他早就忘了，也沒太在意。很快車子就開到停車場，兩人下車回到家。

溫以凡脫掉外套，掛在一旁的衣帽架上，剛脫掉鞋子想去洗澡。倏忽間，桑延猛地從身後抱住她的腰，身子一壓，將她往門上抵。像是按捺了許久，動作很重，與她的身體緊密貼合。

她嚇了一跳，下意識地回頭。

桑延滾燙的唇已經落到她的後頸處，順著往下，在她光裸的皮膚上遊移。他的嗓音很低，像是在用氣音說話：「不是叫我評論？」

說話的同時，桑延的另一隻手向上探入，用指腹輕輕摩挲著。他咬了一下她的肩胛骨，像是在發洩欲念，力道也顯得粗野。

芭蕾舞裙很貼身，再加上這個動作，溫以凡的脖子稍後仰，將她的曲線勾勒得清晰了然。她覺得癢，又隱隱有點痛：「你幹嘛咬人？」

桑延罔若未聞，繼續這曖昧又帶著濃重情欲的動作。良久，他直起身，鼻尖輕磨著她的髮絲，細細啃咬著耳骨，貼在她耳畔說著話。

「……想把妳藏起來。」

從舞台上看到她的那一瞬間，就想把她抓回自己的世界，將她身上的所有光芒都藏匿進懷中，不讓其他人看見。可又覺得，她在所有人眼裡就應該是這樣的模樣，帶著萬丈光芒。

溫以凡還沒反應過來，身體就因他的舉動軟得一塌糊塗。她感覺到桑延的手在揉捏她的身體，將褲襪往下拉，她喘著氣說：「不能拉……」

她再度看他，對上他漆黑又帶著隱火的眼。桑延的長相偏硬朗，眉眼鋒芒不收，不說話的時候顯得漠然又目中無人。唇形偏薄，弧度平直，此時眼裡帶著情意，冷感中莫名又帶點性感。

「為什麼不能？」

他的動作越發放肆，觸碰著她身體的每個位置。

「連身的，」溫以凡感覺自己的身體像虛浮在半空中，眼裡漸漸浮了層水氣，她儘量讓自己的聲音沉穩一點，忍著嗚咽，「……會壞掉。」

盯著她的模樣，桑延不受控地吻上她的唇，舌尖抵入，與她交纏。

伴隨著含糊不清的話：「那妳教我。」

意亂情迷之際，像是忽然明白了桑延不讓她換下裙子的原因，溫以凡的腦子裡閃過一瞬間的念頭，卻又立刻把她拽入這場迷亂之中。

溫以凡感覺自己帶著他，心甘情願地，將自己一點點地剝開，然後獻了上去。

桑延全數收下，舉動帶著十足的占有欲，以及極為清晰的一句話。

「該還債了。」

可能是考慮到她前一晚沒怎麼睡，桑延也沒糾纏她太長時間，在最後關頭時抱著她回了房間。接下來發生的事情，溫以凡也記不太清楚了。

臨睡之前，溫以凡迷迷糊糊地感覺到，桑延似乎在她額頭上落下一吻。

「這次就不跟妳計較了。」

不知是聽錯還是什麼，他似乎還冒出一句——

「但以後，只能跳給我看。」

◇

今年溫以凡的新年假期仍然是從年初一休到年初三。除夕當晚，她下班之後就被桑延接回家，被他催著收拾衣物和行李。

桑延看著她整理，邊說：「過去住三晚。」

溫以凡點頭。

「我還沒跟我爸媽說妳要留宿。」桑延用力揉她腦袋，隨意地說，「要是不習慣的話，就跟我說一聲，我們吃完年夜飯就回來睡。」

溫以凡把他的手拍掉：「頭髮被你弄亂了。」

「好好聽我說話。」桑延格外惡劣，手重新放了回去，繼續將她頭髮揉亂，「怎麼光注意髮型了，有沒有良心？」

溫以凡抬眼，也踮起腳用力去揉他頭髮。

桑延揚起眉，溫以凡嘀咕一句：「你好幼稚。」

不讓他做的事情非要做。

她一動手，桑延倒是停下動作。他反過來幫她整好頭髮，覺得好笑：「誰幼稚？」

溫以凡也慢慢停下動作，想著她先前的話，她思考了一下，問道：「那我去你家裡住的話要睡哪裡？」

桑延瞥她：「跟我妹睡。」

溫以凡立刻點頭：「那可以。」

這次她答應得那麼快，桑延莫名又覺得不痛快，「不是，妳跟那小鬼有話聊嗎？跟我同一間房不開心？」

「怎麼？」

「有的。」溫以凡聲音溫和，直接忽略了「不開心」的問題，開始有點擔心，「但是——」

「我有點怕我會夢遊，」溫以凡說，「嚇到只只了怎麼辦？」

桑延盯著她，覺得這女孩就像渣女一樣，「我們一起住那麼久，妳怎麼不怕嚇到我呢？」

溫以凡也看他。

對視三秒，溫以凡別開視線，繼續把衣服裝進袋子裡：「那我也沒辦法。」

怕桑延父母等太久，溫以凡也沒花太多時間收拾，很快就整理妥當。出了門，坐上桑延的車，她才後知後覺地感覺到緊張，全程坐立難安。

大概是察覺到她的情緒，桑延散漫道：「放心。」

溫以凡：「啊？」

「我爸媽只會感謝妳，」桑延說，「讓我找到對象了。」

因為聽桑延提過不少次類似的話，這次溫以凡忍不住問：「叔叔阿姨為什麼這麼急著幫你找對象？你不是也才二十六歲，年紀也不大，我覺得還滿早的。」

她覺得三十五歲之前結婚都不算晚。

「條件越好越難找，」桑延的模樣不可一世，語氣囂張又猖狂，「懂？」

溫以凡習慣了他這副模樣，沒再說話，思考著等一下上門之後要說什麼。她很怕會給人不好的印象，又開始拿出備忘錄，寫稿子般地開始輸入各種言論。

趁綠燈的時候，桑延看向她。注意到她螢幕上的內容，他彎了一下唇，也沒打斷她的行為。

沒多久就到桑延家樓下。溫以凡到後車廂拿出買好的禮物，心裡默念著自己剛剛在車上寫的稿子。她的面容如常，想盡可能表現得跟平時一樣從容淡定，給桑延父母留下一個好的印象。

桑延饒有興致地看著她。

兩人坐電梯上樓。桑延從口袋翻出鑰匙，瞥見她緊抿著的唇線，他捏了捏她的指尖，安撫幾句：「好了，別緊張了，有我襯托出妳的好形象呢。」

溫以凡不懂他這句話。

打開門，溫以凡跟著桑延走了進去。

裡頭寬敞明亮，一進玄關，溫以凡就看到坐在沙發上看電視的桑稚。聽到聲音，她轉過頭來，立刻笑起來，露出唇邊的兩個梨窩。

桑稚乖乖地喊：「以凡姊。」

溫以凡也笑著跟她打了聲招呼。

桑延看她，涼涼地說：「沒看見我？」

桑稚當作沒聽見，拍拍旁邊的位子，熱情地對溫以凡說：「以凡姊，妳坐這裡。」

下一刻，桑延的父母也從廚房裡出來。

溫以凡見過桑延的媽媽黎萍，不光是煙火秀那個晚上，還有先前他們被傳談戀愛叫家長那兩次，都是黎萍過來的，但溫以凡也不知道她還記不記得自己。

可能是桑延提前跟他們提過，黎萍笑著喊：「是以凡吧？」

溫以凡連忙點頭：「是的，叔叔、阿姨，新年快樂。」說著，她遞出手上帶來的見面禮：「這是我準備的新年禮物。」

黎萍在圍裙上擦擦手，接下來，眉目溫和至極：「下次直接過來就好，別帶禮物了。先坐一會兒，我跟妳叔叔馬上弄好了，可以吃飯了。」

溫以凡主動提出：「我來幫你們吧。」

桑延的父親桑榮說：「不用，差不多了，妳先跟只只看一下電視。」

整個過程都被忽略的親兒子桑延像是毫不在意，懶懶地出聲刷存在感，打破他們溫馨的氣氛：「那我也看電視？」
桑延一出聲就冷場，兩個長輩沒再說話，桑稚像是看熱鬧的群眾一般在旁邊看著戲。
不知道氛圍為什麼會變成這樣。溫以凡莫名想到，桑延每次跟家裡講電話都被痛罵的事情。特別是先前他受傷的那段時間，她甚至還聽到黎萍在電話裡極其火大地說：『再不回來，我就跟你爸再生一個。』
桑延還欠揍地說：『好，我還滿想再有個弟弟的。』
溫以凡下意識看向桑延，又重新看向桑家父母，想著要不要出聲說點什麼的時候，黎萍的笑容斂了幾分，上下打量著桑延：「可以。」
彷彿對他的意見積壓已久，桑榮像是跟黎萍提前說好了，他走過去扶著桑延的肩膀，抬手打開玄關的門：「回你家看吧。」

第八十四章　像是光一樣

溫以凡對這狀況有點傻住，一時之間也不知該做出什麼反應。她扭頭盯著打開的門，恍惚間還有種桑延是來送快遞的感覺。

「不是，爸，大過年的，你要我去哪裡？」桑延又看向黎萍，語氣玩世不恭，「媽不都說可以了嗎？她叫我去看電視，你怎麼還趕她親兒子走，你這樣不是叛逆嗎？」

黎萍被他這副德行氣到，也沒再跟他辯，抓住他的手往廚房走：「看什麼電視！一個大男人回家什麼都不做，不覺得丟臉？」

接著她轉頭對溫以凡說：「以凡，妳先坐一會兒。」

溫以凡下意識地應了聲「好」。

桑延任由黎萍扯著，轉頭瞥了溫以凡一眼。桑榮笑著跟溫以凡說了幾句，接著也進了廚房：「只只，別光坐著，幫以凡倒杯水。」

「知道了。」桑稚朝她招手，「以凡姊，妳坐過來。」

溫以凡走過去坐下，接過水杯，低聲問：「妳哥是做什麼惹叔叔阿姨生氣了嗎？」

桑稚笑咪咪地說：「對。你們來之前，我已經聽他們嘮叨我哥快四個小時了。」

「……」

「從做年夜飯開始就在罵。」桑稚掰著手指，一樣一樣地數著父母指出的桑延的問題，「不回家、不打電話、不傳訊息、不說近況，找他吃頓飯都得磕頭燒香地求來，幫他約好的相親每一次都放人家鴿子——」感覺不太對勁，桑稚連忙補充：「但我媽已經很久沒幫我哥找相親了。」

提起這個，溫以凡再度問起：「阿姨為什麼總是要幫桑延相親？」

桑稚毫不考慮，理所當然地說：「我哥這狗脾氣誰能忍？當然得提前找。」

「……」

「不過我哥一定很喜歡妳，」桑稚圓眼微彎，像是覺得有點神奇，「我沒見過我哥談戀愛，也是第一次看到他那麼孬。」

溫以凡：「嗯？什麼孬？」

桑稚：「就那個『劈腿』，他真的很擔心被妳誤會了。」

兩人坐在客廳裡，陸陸續續聽到廚房傳來聲音，大多是黎萍和桑榮在圍攻桑延。

黎萍：「把外套脫了，在屋裡穿那麼多不會悶？」

桑延：「不會，我冷。」

桑榮：「冷什麼冷，不是有暖氣嗎？」

「你的袖子能不能捲起來，等一下就弄濕了。還有你這臉色怎麼回事？這段時間又熬夜沒好好吃飯？」黎萍越說越氣，「叫你回家，媽幫你熬點湯、補補身子就死都不回來，說出去，人家都以為你親媽要害你的命。」

桑延笑了：「我這年紀要補什麼？」

沒一會兒，黎萍又突然說：「你手上的疤是怎麼回事？」

桑榮也道：「什麼時候縫的針？」

桑稚本來跟溫以凡聊著天，聽到這句話，她話語一停，說了句「以凡姊妳等等」，然後便起身往廚房跑：「什麼縫針？」

很快，她像是看到桑延手上的疤，她也氣炸了：「這誰弄的啊？」

「關妳什麼事，」桑延懶散地道，「看妳的卡通去。」

「臭小子，快給我說，出什麼事了？」黎萍又火大又心疼，「你可不可以讓我過得輕鬆一點？你可不可以讓你媽活久一點！」

「哪有那麼嚴重？好像我下一秒就要斷氣了一樣。」桑延的語調帶著慣有的不耐，但好好地解釋了起來，「我見義勇為，不小心劃破了皮。」

過了幾分鐘，桑稚才回到位子上。她的心情看起來差了不少，小聲問溫以凡：「以凡姊，妳知道是什麼情況嗎？」

溫以凡捏著杯子：「桑延手上的傷嗎？」

「嗯，我國慶回來時還沒見他手上有傷啊。」看到那個疤，桑稚覺得當時的傷勢應該不輕，猜測，「是不是他那個酒吧有人來鬧事？他那個個性，我也覺得很容易樹敵……」

「……」

「以後會不會發生什麼更嚴重的事情啊？」

「不是，桑延是碰到我大伯母那邊的一個親戚，」溫以凡有些難以啟齒，「剛好是通緝犯，在抓他的過程中受傷了。」

桑稚一愣，溫以凡也不知道該再說點什麼。

過了片刻，桑稚鬆了口氣：「真的是見義勇為啊？我還以為我哥胡說。那是做好事呢，沒出什麼事情就好。」她又開始嘀咕：「我哥也不知道怎麼長的，非常會打人。」

溫以凡啊了聲。桑稚告狀：「我男朋友被他打了一頓，臉都瘀青了，身上到處都是傷。」

這句話題轉得很快，溫以凡稍頓，把話接了下來：「桑延為什麼打妳男朋友？」

「因為他們是大學同學，我哥覺得他仗著年紀大騙我感情，然後又一直被他耍……」桑稚嘆了口氣，「反正他打人可狠了。」

「……」

「不過我哥也被我男朋友打了。」桑稚鼓了一下臉頰，吐槽道，「他們打完後，我氣得半死，把我哥罵了一頓，但他們還是相親相愛的，搞得我裡外不是人。我哥還說他來宜荷不是來找我，是來找他兄弟的。」

溫以凡忍不住笑起來。

可能是怕她緊張，桑稚的話比以往稍多了些，嘰哩咕嚕地說個不停。說到最後，她忽然重回剛剛的話題：「以凡姊，我哥除了手臂上，還有哪裡受傷了嗎？」

溫以凡：「腰上也有，不過沒手臂上的嚴重。現在都好了，別擔心。」

「那就好，這段時間是不是妳一直在照顧他啊？」桑稚說，「我看我爸媽也不知道這件事。」

溫以凡點頭，輕聲說：「不過我也沒幫上什麼忙。」

桑稚：「我看他的傷口恢復得滿好的啊，才幾個月而已。」

溫以凡想說桑延是因為她才會去抓車興德，不然也不會受這個傷，卻說不出口。

「我哥做了件好事，」似乎是察覺到她的狀態，小女生笑眼澄澈，認真地說，「之後的運氣一定都會好起來的。」

沒多久，兩人就被黎萍叫去吃飯。

年夜飯非常豐盛，什麼口味的菜都有，擺滿整張桌子。想到剛剛桑稚安慰的話，溫以凡有點失神，與此同時，桑延就在桌子底下握住她的手，輕捏了一下。

她側頭看去，桑延也看著她，像是在用眼神問她「還緊張嗎？」。

溫以凡彎唇，搖了搖頭。

在飯桌上聊了一會兒，黎萍才漸漸反應過來。她盯著溫以凡的臉，越看越覺得眼熟：「以凡，我們之前見過嗎？」

溫以凡沒想過她還會記得，連忙回道：「是的。我高中的時候，在學校見過您。」

黎萍這下想起來了，詫異地道：「噯，妳就是高中跟阿延談戀愛的那個小女生啊？」

此話一出，其餘幾人的目光也放在溫以凡身上。她緩慢咽下嘴裡的湯，解釋：「對，但我們當時沒有談戀愛，去年才在一起的。」

「但這臭小子當時就是喜歡妳，也沒有瞞著我們。」想到這裡個，黎萍就覺得好笑，「從學校回來之後，我跟阿延談了好幾次，要他先把重心放在念書上，先別去考慮這些。」

溫以凡：「嗯，我們那時候年紀確實也還小。」

「他根本不聽我的話，從小叛逆到大。」黎萍輕飄飄地看了桑延一眼，「但後來不知道為什麼突然就開始死命念書了，然後到大學畢業幾年了都沒交過一個女朋友。」

桑榮也笑起來：「把我們嚇得，以為這小子是受到我們影響了。」

桑延這個當事人倒是一聲不吭。

桑稚咬著飯，含糊不清地說：「有沒有可能是他偷偷談戀愛？」

黎萍：「我問過浩安還有錢飛，他們都完全不知情，搞得我怕阿延心理上出了什麼問題，就一直幫他找相親對象。」

聽到這裡，像是想到了什麼，桑延的筷子停下，神色懶懶，似笑非笑地道：「後來還幫我找了個男的相親。」

黎萍一噎，沒好氣地道，「還不是因為女生你一個都不去嗎？我當然會往那方面想啊。你媽都為了你退讓到什麼程度了。」

桑榮和桑稚同時笑出聲，溫以凡低下頭，莫名也笑了起來。

晚飯結束後，一家人坐到沙發上開始看節目，但多數時間也是在閒聊。熬到守歲結束，兩個長輩發了紅包給他們三人，便回房間睡覺了。

回到桑稚房間，兩人說了一會兒話，桑稚的手機就響了起來。打來的人似乎是段嘉許。

見狀，溫以凡想為桑稚留點私人空間，乾脆起身走出房間。她走到桑延房門前，輕敲了下門，裡頭很快就傳來桑延的聲音：「門沒鎖。」

溫以凡轉開門把，走了進去，往裡頭看了一圈。

桑延房間的空間比桑稚的稍微大一些，依然是冷色調。床在正中央，除了該有的傢俱之外，窗戶附近還擺了一個沙發和小桌子，再前面是個螢幕。

書櫃上放著各式各樣的雜物、照片和書籍，能看出男人成長的痕跡。

此時桑延正坐在房間的沙發上，手上拿著遊戲手把，漫不經心地打著遊戲。他抬眼看她：「還不睡？」

溫以凡關上門：「一會兒再睡。」

「想過來跟我睡？」

「不是。」

桑延抬抬下巴，很跩地說：「那現在就回去。」

當作沒聽見，溫以凡自顧自地坐到他旁邊：「你在玩什麼？」

桑延把手把塞給她，勾住她的腰，力道加重，將她抱到自己腿上。他似乎也有點睏了，下巴放在她的肩膀上，掌心包著她的手：「教妳。」

被他帶著玩了一會兒。

雖然自己的手也在動，但全程基本上是桑延在操控。溫以凡看著螢幕上屬於自己角色的血條完全不動，對方的血條卻一直減少，直到一點都不剩。

在這種情況下，溫以凡也有了種自己很強的錯覺。她開始感興趣，回頭說：「我自己玩一局試試。」

後面的桑延順從地鬆開手，看著她玩。

本以為結果會跟剛剛差不多，但自己玩跟桑延帶著玩的結果相差甚遠，不到一分鐘，溫以凡操控的角色就慘敗，並且敵人連一滴血都沒扣。

桑延低低笑了幾聲，胸膛微微震動，「菜。」

溫以凡看他：「可以對打嗎？」

「可以，」桑延悠悠地道，「但我比電腦還強。」

在溫以凡的要求之下，桑延還是切換成對打模式，拿起另一個手把。他沒半點要讓著溫以凡的意思，動作看似隨意，但每一下都能扣掉她不少血條。

被他無情地殺了三次後，溫以凡放下手把，感覺時間也差不多了，沒有繼續留下來的意思。

「我回去睡覺了。」

「幹什麼？」桑延把她拉回來，忍著笑說，「我不是說了要教妳嗎？才教一下子，妳就要出師？我得給妳一點教訓。」

溫以凡想了想，覺得他說的好像也對：「那你繼續教我。」

兩人邊玩著遊戲，邊有一搭沒一搭地聊著天。

桑延問：「明天還住這裡嗎？」

溫以凡點頭：「嗯，我喜歡你家。」

從認識桑延之初，溫以凡就知道，他一定是生活在一個幸福美滿的家庭。不然的話，應該不能養出他這樣個性的人。

驕傲，自信，又熱烈，像是光一樣。

想到桑延家人對他的稱呼，阿延。明明只是開頭的那個字換了，好像就變得溫柔了起來。

溫以凡舔舔唇，忽地喊他：「桑延。」

桑延：「嗯？」

「你妹妹有個小名叫只只，你有嗎？」也不等他回答，溫以凡就繼續說，「是不是也改成讀第一聲，叫『煙煙』。」

桑延捏她的臉，有點無言，「沒有。」

「那還是繼續讀第二聲嗎？」溫以凡又道，「叫『延延』。」

「妳睏了？」桑延盯著她，忽地笑了，「在胡言亂語什麼？」

「喔，那就是……」溫以凡沉默兩秒，開口，「阿延。」

看見他愣住的表情，溫以凡探頭去親親他的嘴唇，然後爬起來，故作自然地說：「我去睡覺了。」

桑延反應很快地把她拉回來：「妳剛剛叫我什麼？」

溫以凡半趴在他身上，沒再不好意思，唇角彎起：「阿延。」

桑延喉結滑動，輕吻了一下她的唇角。

「嗯，以後都這樣叫。」

◇

這次跟桑延父母的見面，讓溫以凡每週的日常生活多加了個行程。她很喜歡桑延家裡的氛圍，所以有空就會拉著桑延回他家吃飯，讓桑延這段時間回家的次數加起來可以跟去年下半年相抵了。

兩人把搬家時間定在二十八號，提前一週就陸陸續續開始收拾東西，搬家前一晚，溫以凡繼續收尾的工作。她的房間已經整理好一大半了，只剩一些雜物還沒清理好。

溫以凡收拾了一陣子，房門從外頭被敲響。
她隨口說一句：「你直接進來就好。」
桑延推開門進來，往她四周掃了一眼，皺眉：「不要坐地上，不是生理期嗎？」
溫以凡只好站了起來。
桑延：「要我幫忙嗎？」
溫以凡指指書桌的方向：「那你幫我把那邊的東西裝進去，我已經整理好放在桌上了。」
「好。」
說完，桑延搬起桌上的資料，一疊一疊地往箱子裡塞。搬到最後一疊時，像是注意到什麼，他的動作一頓，慢吞吞地拿起來看了一眼。
是一本小本子。此時被反過來放，露出本子的背面。上面有人用水性筆簽了個巨大的名字，占據了背面整整一頁，看起來亂七八糟地，很難辨認出是什麼字。
旁邊的溫以凡還在說話：「你房間收拾得怎麼樣了？」
桑延沒回答。
溫以凡又說：「我等一下也去幫你吧？」
桑延依然一聲不吭。
溫以凡覺得奇怪，順勢看了過去。
就見到桑延手裡拿著本子，神色意味不明。本子上面是很久之前，穆承允幫她簽的名。

溫以凡一頓，頭皮發麻，但也覺得他應該認不出是什麼字。她又垂下眼，故作平常地繼續收拾東西：「我們十一點前應該可以收拾完——」

「溫霜降，」桑延打斷她的話，「妳膽子還真大。」

「……」

「妳倒是和我解釋解釋，妳這麼珍藏妳那個，噢——」桑延咬字重了些，極為刻意地改口，「前同事的簽名做什麼？」

溫以凡也不知道他是怎麼認出來的，實話實說：「我只是放在那裡，沒有珍藏。」

「這小子是什麼人物？」

「就是《夢醒時見鬼》裡的鬼。」想起之前蘇恬提過的話，溫以凡又道，「他現在好像參加了一個選秀節目，人氣還頗高的。」

桑延只看過這個影片，回想了一下，面無表情地說：「我還滿喜歡的。」

溫以凡：「？」

桑延：「好，送我了。」

溫以凡覺得他這個樣子有點好笑：「你喜歡就拿去。」

把剩餘的一點東西收拾完，溫以凡覺得差不多了：「可以了，剩下一點等明天早上起來再弄。現在去收拾你的房間吧，客廳和廚房也還有些東西沒整理。」

桑延嗯了一聲，手裡拿著寫著穆承允的那個小本子，跟在她後面。

進了房間之後，桑延把本子隨意放到桌上。恰好碰到滑鼠，螢幕亮了起來。溫以凡下意識掃了一眼，突然注意到他桌面上有個熟悉的遊戲圖示。

溫以凡盯著看了幾秒，指了指：「你也玩這個遊戲嗎？」

桑延輕瞥：「嗯。」

溫以凡跟他分享：「我大學時也玩過這個遊戲，不過好久沒玩了。」

桑延笑：「是嗎？」

之後溫以凡也沒再注意這個，掃視著房間的模樣。比起她的房間，桑延的房間倒是整整齊齊，各種物品都放進紙箱裡，全部擱置在一旁。

看起來也沒什麼要收拾的東西。

「坐著，沒什麼好收的。」桑延想起一件事，又往房門走，「我剛剛幫妳熬了黑糖水，我看看好了沒。」

溫以凡點頭，但還是幫他檢查有沒有遺漏的東西。往書櫃掃了一眼，裡頭空蕩蕩的。她轉身，打開衣櫃，看到裡頭只剩幾件外套。

視線自上而下，溫以凡突然注意到，衣櫃下方的角落放了一個中等大小的置物箱。以為是他遺漏的東西，她伸手去搬出來。箱子很重，不知道裡面放了什麼。

感覺這重量不像是衣服，更像是書。

溫以凡隨手打開，一入眼，就是一張已經泛黃的報紙。

溫以凡頓了一下，又繼續往下翻，發現全部都是報紙。也不知道桑延為什麼要放這麼多舊報紙在這裡，她好奇地拿起最上方的那張來看，盯著主版面的字眼。

宜荷日報。

二〇一三年七月二十七，星期六。

宜荷的報紙？為什麼會出現在這裡？

溫以凡一愣，腦子裡瞬間有個念頭浮現起來。她覺得不敢置信，飛速掃著版面上的各個署名。然後，她翻了個面，目光定住。

在其中一個版塊上，看到自己的名字。

——宜荷日報記者溫以凡。

溫以凡的神色僵住，順著往下翻。

再翻、再翻。

二〇一二年九月五日，星期三。

二〇一二年四月二十二，星期日。

二〇一一年三月十一，星期五。

直到翻到最下面那張。

二〇一〇年十二月十三，星期二。

這一天，溫以凡記得很清楚。是她去宜荷日報實習之後，第一次過稿的那一天。

壓在這之下的，還有數不清的從南蕪和宜荷往返的登機證、各種雜項的明細，以及一張護貝過的舊照片。

溫以凡屏住呼吸，把手心上的汗抹在衣服上。過了半晌，她才伸手拿起那張照片。

照片裡站著一大片學生，全都穿著黑色的學士服。其中一個外貌格外出眾的女生站在中間，她像是聽到什麼聲音，與其他人的視線不同，直直地看向鏡頭。

但是眼裡帶著茫然，無半點焦距，看起來似乎根本不知道拿著相機拍下她的人是誰。

是她曾以為只是夢境的一幕。

溫以凡喉頭一陣苦澀。她捏緊拳頭，緩緩地將照片翻面，立刻看到男人力透紙背的字跡。

跟以往的肆意狂妄不同，這字寫得端端正正，一筆一畫，像是認真到了極致。

只有四個字。

——畢業快樂。

第八十五章　我渴望有人至死都暴烈地愛我

一時之間，所有記憶順著此刻往前拉。

生日那晚，他揹著她輕聲說：『溫霜降，再許個願。』

飛到宜荷去找他那次，兩人在飯店裡，聽她訴說完一切後，他鄭重又無謂似的說：『我原諒妳了。』

看到她被車興德弄出來的傷口，桑延模樣深沉而無力：『溫以凡，妳可不可以考慮一下我的感受？』

再繼續往前。兩人在一起那天，桑延忽然出現在麵店中。在盛大的雨幕下，他低著眼看她，眉眼間少年感十足：『這麼多年，我還是只喜歡妳。』

向朗回國後，幾人吃完飯玩大冒險，他抽到了個「最近坐飛機去的城市」的真心話，平靜無波地說了「宜荷」兩字。

再往前。因為各種意外，桑延莫名成為她的新室友，也因此，兩人爭執了一番。他盯著她，語氣毫無溫度：『倒是沒想到，我在妳心裡是這麼專情的人。』

最後回到，重逢後，第一次在「加班」見面的那天。他神色淡薄，往她身上扔了一件外套，卻像是對待陌生人般地自我介紹：『我是這家酒吧的老闆，姓桑。』

與此同時，桑延手上端了個碗走進房間。注意到地上的報紙和雜物，以及溫以凡手上的照片，他愣住，卻沒半點被窺探到祕密的情緒，只是說：「怎麼又坐在地上？」

溫以凡抬眸看他。

桑延走到她旁邊，朝她伸手：「趕快起來。」

溫以凡沒動，聲音輕輕地說：「你一直都有來宜荷找我嗎？」

「嗯。」桑延承認，「我不是跟妳說過了？」

「什麼？」

桑延沒再繼續說，從一旁拿了個軟墊給她：「墊著。」然後他又將手裡的黑糖水遞過去，抽走她手裡的照片：「先喝了，等一下涼了。」

溫以凡順從地接過，雙手捧著碗，低下眼，眼眶漸紅。極強的愧疚和不知所措一點一點地往她身上壓，讓她連看桑延表情的勇氣都沒有。

她想說，你都過來了為什麼不告訴我，可她又想起了自己說過的那些話。

溫以凡垂著頭，慢慢道：「你幹嘛來找我……」

她都說了那樣的話，那麼過分的話。

桑延扯起唇角，模樣雲淡風輕：「不是說了，跟妳說過了嗎？」然後他又補充一句：「自己想想。」

溫以凡盯著碗裡的黑糖水，腦袋裡漸漸浮現起溫良哲去世那天，桑延在公車站對她說的話。

——『我不是很會說話的人，但不管怎樣，我會一直陪著妳。』

我會一直陪著妳，不論妳知不知道。就算已經說過我不會再纏著妳，也依然會信守承諾，在妳看不見的地方。

溫以凡手上的力道漸漸加重，遲鈍地喝了一口黑糖水。隨著咽下的動作，眼淚也順勢掉出來，落進碗裡。她用力抿唇，又喝了一口。

瞥見她的模樣，桑延偏過頭，半開玩笑道：「不是啊，有這麼難喝嗎？」

「……」

「溫霜降，不准哭，聽見沒有？這有什麼好哭的？」桑延沒再避開這個話題，伸手幫她擦擦眼淚，「跟我在一起前遇到什麼大事都不哭，現在哭幾次了。妳這樣是我的錯嗎？」

溫以凡不吭聲，邊哭邊喝著黑糖水。

盯著她這模樣，桑延心疼之餘又莫名有點想笑：「妳怎麼這麼委屈？不想喝就不要喝，需要邊哭邊喝嗎？」

溫以凡停下動作，哽咽地說：「我……畢業典禮時好像看到你了，但我覺得你不會來……我就以為是認錯了……」

「那不是很好嗎？」桑延輕描淡寫地說，「妳要是認出來了，我多沒面子。」

溫以凡的眼淚一滴一滴地掉進碗裡，濺起小幅度的水花：「……我應該跑過去的。」

就算只有絲毫的可能性，也不該就那樣忽略掉。

她在那裡跟同學歡聲笑語地拍著照、聊著天的時候，遠遠站在人群的另一邊，再獨自一人離開的桑延，會抱著怎樣的心情。

單方面前來，單方面見她一面，再單方面離開。

溫以凡的胸口像是有顆大石重重壓著：「我為什麼對你做過那麼多不好的事情？」

「幹嘛，這件事我們不是都和好了嗎？早就過去了。」桑延把她手裡的碗拿回來，隨意擱到地上，「還是妳還做過什麼對不起我的事？」

溫以凡吸吸鼻子，認真思考了一下，卻也想不到其他事了。她抬眼看他，忽地想起一件事，跟他坦白：「我占過你便宜。」

桑延挑眉：「這件事不是每天都在發生？」

溫以凡本來負面情緒還很重，但現在被他弄得也有點想笑了。她盯著他，忍不住湊過去抱他，「是我們還沒在一起前。」

桑延抬手摟住她的腰：「嗯？」

「我假裝夢遊。」溫以凡誠懇地說，「抱了你一下。」

「什麼時候？」桑延神色頓了一下，像是覺得不可置信，過了幾秒才笑出聲，「不是，妳還做過這種事？」

溫以凡也不覺得心虛，帶著鼻音：「就當作是我提前使用我的權利了。」

「那時不是一直表現得很正直嗎？」桑延乾脆讓她整個人坐到自己腿上，慢條斯理道，「原來背地裡抱了這種心思。」

溫以凡盯著他，很坦然，「對。」

桑延低低地笑起來，看起來心情很好，低頭親親她。他側頭看著散落一地的報紙，提醒她：「說要收拾東西，竟然全都翻出來了，弄得亂七八糟的。」

溫以凡點頭，卻沒半點要動的意思。

兩人就著這姿勢，安靜待了一會兒。

溫以凡忽地喊他：「阿延。」

桑延：「嗯？」

「我想比你多活六年。」

桑延皺眉：「為什麼？」

溫以凡眼角還紅著，鄭重其事地說：「這樣就能多愛你六年。」

我們就扯平了。

桑延頓時明白了，低頭笑道：「算了，我還想多活幾年。」說完，他把她的身子往自己的方向拉，與她對上視線：「留到下輩子再還吧。」

下輩子，妳先喜歡我六年。然後，我也會讓妳像我現在這樣，如願以償。

◇

隔天是週日。

桑延不用上班，溫以凡也恰好在這天調休。

兩人一大早就醒來，搬家公司準時上來。把房子收拾乾淨，最後檢查完沒有遺漏的東西後，溫以凡把鑰匙留在鞋櫃上，離開了他們兩人住了兩年的合租房子。

注意到她的神色，桑延問：「怎麼了？」

溫以凡誠實地說：「有點捨不得。」

「有什麼捨不得的，不都是跟我住嗎？」桑延用力揉她腦袋，懶懶地說，「妳要是喜歡，我們以後的房子也裝修成這樣不就得了。」

溫以凡的那點惆悵也順勢消散，彎起唇說：「那我們不就要像現在這樣分房睡了？」

桑延臉上的情緒收起，手往下挪，改捏她的臉，「我不應該哄妳的。」

桑延把車子開進中南世紀城的地下停車場，兩人比搬家公司早到一些。

下了車，溫以凡不知道方向，全程被桑延牽著走。兩人進電梯後，上到九樓。這棟樓一層只有兩戶，他走到B戶門前，輸入指紋開門。

桑延也不急著進去，停在原地，抓著她的手，慢條斯理地把她的指紋也存進去。然後他還隨意地提了一句：「除了我們沒有人可以進來。」

溫以凡心不在焉地點頭，目光往裡面看。

這房子的面積比他們先前的合租房子稍微大一些。進門後有個小空間庭園，再往裡面走就是廚房，對面是餐廳，再裡面是客廳。裝潢風格現代化，色調偏暖，顯得有點溫馨。

沒等她看完，桑延打斷她的注意力，牽著她往裡面走：「門的密碼晚點傳給妳。跟以前一樣住就行，只是搬了家，沒別的變化。」

溫以凡應了聲，繼續觀察著裡頭的環境。

該有的傢俱都已經有了，但整體還空蕩蕩的，桌面和櫃子裡都是空的。還帶著一股長久沒人居住的潮濕黴味，不過似乎是有人來打掃過，看起來很乾淨。

兩人到沙發旁坐下。

溫以凡隨口問：「我睡哪一間？」

桑延靠在椅背上，慢吞吞地說：「想睡哪間就睡哪間。」

溫以凡看他。

「想睡廁所、廚房都行，反正呢，我這個人也不太挑。不管哪個地方，」桑延偏頭，話裡的暗示意味很足，「我都能奉陪。」

溫以凡感覺自己還是個有底線的人：「那我們不就算是婚前同居了嗎？」

「那又怎樣？」桑延神色傲慢，學著她昨晚的話，「反正是遲早的事情，我不能提前使用我的權利嗎？」

恰巧在這個時候，搬家公司也到了。

桑延去開門讓他們進來，溫以凡也起身，打算去主臥看一眼。她覺得自己確實沒必要再糾結於這件事，還有種此地無銀三百兩的感覺。

主臥在最裡面，溫以凡打開門進去。

裝潢風格偏少女風，淡粉色的牆，白色的床，旁邊放了個小型的梳妝臺。窗邊還放了一張讓她工作的書桌，再旁邊是書櫃，地上鋪著淺色的地毯。

這是桑延的房子，主臥卻裝潢成女孩子的風格。

沒多久，桑延也跟著她走進來。

溫以凡轉頭：「你這房子什麼時候弄好的？」

「前年吧。」桑延漫不經心道，「不過這間重新裝潢了一下。」

溫以凡又看向房間：「怎麼弄成粉的？」

「幫妳弄的，」桑延說，「以防妳不跟我一起睡。」

「所以你要跟我一起睡這間嗎？」溫以凡的唇角彎起，忍著笑說，「那你不就成了個很有少女心的大男人？」

外頭陸續傳來工人搬運行李的聲音，桑延又出去跟他們溝通。

溫以凡在房間待了一會兒，走去打開窗戶，為室內通風。又過了好一陣子，她正想去客廳看看時，口袋裡的手機正好響了。

她拿出手機，垂眸打開螢幕。

桑延：密碼一五〇一〇二。

溫以凡看了片刻，明知故問：這數字有什麼含義嗎？

過了幾秒。

桑延：？

桑延：妳男友生日。

溫以凡：沒了嗎？

兩人就這樣一個在客廳，一個在房間用訊息交流。

桑延直接傳來語音訊息：『自己好好想。』

在房間裡，溫以凡都能聽到他在外面不太痛快的語氣。

溫以凡眼角下彎，立刻安撫他：喔，是我們在一起的那一天。

也是她再一次覺得，運氣降臨到她身上的那一天。

◇

車興德案的一審在九月的時候宣判，因犯故意殺人罪、強姦罪，數罪並罰，判處死刑；而車雁琴因幫助車興德毀滅證據，判處有期徒刑三年。

溫以凡負責這個案子的後續報導，也在這裡徹底結束。而這兩個人，也從這個時候開始，從她的人生裡徹底消失。

今年的九月二十二日是南蕪一中的百年校慶。

溫以凡提前兩週從鐘思喬口中得知這件事情，但她對此興趣不大，也不知道那天有沒有時間來參加，便給了一個模棱兩可的答案。

哪知鐘思喬格外堅持，一定要她來參加，甚至還叫她帶桑延一起去。

溫以凡只好提前跟主任申請調休，又跟桑延提了這件事情。他問了一下是什麼事，也沒多說什麼，很快就同意了。

校慶當天，兩人下午才出發到南蕪一中，到門口跟鐘思喬和其他高中同學會合。很多人溫以凡都不太記得了，只覺得眼熟，但也叫不出名字。

見到他們在一起，很多人的第一個反應就是他們從高中談戀愛到現在，溫以凡聽了也沒反駁。

南蕪一中這個校慶辦得很盛大，此時校園裡人很多。順著走下去，到處都是各種陳列展覽，介紹了學校歷史和各種知名人物。

逛了一圈，溫以凡和桑延不知不覺中跟其他人走散了。

夏天氣溫高，陽光也猛烈，像個巨大的蒸籠。加上人潮密集，像是把燥熱放大化，待久了也有點無法承受。

可能是察覺到她的狀態，桑延瞥了一眼不遠處的教學大樓：「回教室看看吧。」

溫以凡點頭。

兩人走進教學大樓，順著樓梯往上。

很久沒回來了，但似乎跟從前沒有太大的不同，只是有些地方翻新了。溫以凡沒跟桑延說話，只是觀察著四周，像在跟回憶一一比對。

人漸漸少了，看起來空蕩蕩的，像是放學之後的校園。

溫以凡和桑延都沒有主動提及，卻都默契十足地在四樓停下。再往前走，穿過面前的走廊，左轉，往內側的區域走。

她看到那台熟悉的飲水機，是溫以凡第一次看到桑延的地方。

溫以凡突然覺得這種感覺很神奇，轉頭看向他：「學長。」

桑延側頭，眉梢微揚。

溫以凡笑：「你知道一年十七班怎麼走嗎？」

「知道啊，學妹。」桑延倒是配合，語調欠揍，「往前走右轉。」

這次不是兩人一前一後走進教室了。

溫以凡繼續牽著他，並肩走著。她順著記憶，右轉，走到最裡面的那間教室。很神奇的是，隔了這麼久，班牌號碼仍然是一年十七班。

教室門開著，裡面的桌子整齊擺放著，桌面上沒有任何東西，像個剛被搬空的舊教室。

溫以凡走了進去，坐到兩人坐前後排時自己坐的那個位子，桑延也順勢坐到她後面。

時光在此刻像是回到十一年前的夏天。

剛坐到位子上，溫以凡就用餘光察覺到了什麼，眼眸立刻垂下，看到整個抽屜裡都是玫瑰花。

她的目光呆住，有個猜測漸漸浮現在腦子裡。

溫以凡屏住呼吸，伸手從裡面抽出一朵玫瑰。

在這個時候，溫以凡感覺到桑延的腿往前勾，放到她的椅子下方，輕輕一撞。

動作惡劣又猖狂，就像從前那樣。

她回過頭，看到桑延身子靠著椅背，眉眼意氣風發，一如當年。他的下巴微揚，輕扯唇角，露出右唇邊上淺淺的梨窩，忽然說：「溫霜降，我給妳一個承諾。」

溫以凡訥訥道：「啊？」

「跟我在一起之後，」桑延眼眸漆黑，喉結輕滾了一下，「妳的所有願望都會實現。」

溫以凡的視線下滑，這才注意到桌上的戒指盒。她愣愣地盯著裡頭的銀色戒指，覺得這雖然是之前兩人已經提過的事情，但真正到來時仍覺得驚喜和震撼。

她手執一朵玫瑰，另一隻手抬起，像是想碰一下那個戒指。

下一瞬間，桑延就抓住她的手，固定住。

「溫霜降，跟我結婚嗎？」

溫以凡對上他的視線，眼眶莫名其妙就瘦了起來。她盯著他難得帶了緊張的模樣，漸漸與從前那個少年重疊，忍不住笑了起來。

「嗯，只想跟你結婚。」

桑延也跟著她笑，緩慢地將戒指套到她的無名指，往上推。

像是要將她的一生就此套牢。

──『跟我在一起之後，妳的所有願望都會實現。』

嗯，你又實現了我一個願望。

外頭陽光刺眼，毫不吝嗇地撒了進來。教室內安靜空蕩，知了大聲叫喚著，帶來極為濃厚的夏天氣息，沾染著青春的味道。

眼前的男人從始至終，彷彿沒有絲毫的改變。

溫以凡莫名想起很久以前的一幕。

也忘了是哪個午後，那天也如今天這般晴朗，空氣燥熱而綿長。溫以凡坐在位子上，翻閱著珍奈·溫特森的《柳橙不是唯一的水果》，看到裡面的一句話時，內心一動。

只覺得，她也希望能遇到這樣的一個人。

溫以凡從抽屜拿出小本子，打開筆蓋，認認真真地寫著：

『我渴望有人至死都暴烈地愛我，明白愛和死一樣強大──』

還沒寫完，溫以凡的身子突然被人從側邊一撞。她毫無防備，筆尖在本子上重重畫過一道，再拉回來，畫到身旁人的手臂上。

溫以凡嘴裡的道歉還沒說出來，下意識抬眼。

在那一刻，她撞上了桑延的目光。

番外一　原來你只是個替身

1.

國慶假期結束前，蘇浩安作為發起人，舉辦了高中同學會。

受邀名單都是他們高三的同班同學，溫以凡早在高二時轉學，不在其中。不過蘇浩安也叫她一起來了，桑延和鐘思喬也都有問她要不要一起去。

溫以凡很快就答應了，但工作一忙起來，到了聚會當天又忘了這件事。那天恰好是她的輪休日，她在床上玩了一會兒手機，不知不覺就睡著了。

迷迷糊糊間，聽到桑延起身換衣服的聲音。

過了幾分鐘，桑延叫她：「溫霜降，起床。」

溫以凡敷衍地應了聲：「嗯。」

又過了一會兒，桑延瞥她一眼：「再不起來就遲到了。」

溫以凡這才把被子扯下來，半睜著眼，遲鈍地思考著。沒多久，她反應過來，語氣帶了幾分被打擾的不悅：「我今天休息。」

桑延言簡意賅：「同學會。」

溫以凡也終於想起來了，掃了一眼時間後坐起來。她沒再拖拖拉拉，到廁所裡洗漱。

溫以凡出來後，看見桑延已經收拾好自己，此時正坐在主臥內的沙發上玩手機。她隨便翻出一套衣服，邊換邊跟他說話：「我可不可以不去了？」

桑延抬眼：「怎麼了？」

溫以凡：「睏。」

桑延把手機放到一旁，懶洋洋地靠著椅背：「怎麼那麼能睡？好像我虐待妳了一樣。」

溫以凡走過去趴在他身上，衣服半捲起，手往後扣著內衣。她神色仍然睏倦，聽到這句話時贊同地點頭：「你不讓我睡覺。」

「妳可不可以講點道理？什麼叫我不讓妳睡覺，」桑延揚眉，伸手把她的衣服往下拉，「那是妳主動邀請我熬夜，懂嗎？」

沉默幾秒，桑延盯著她的眼睛，指尖順著她的後背向上滑，語氣騷包又欠揍：「還出不出門？再不下去，怎麼扣上的我就怎麼幫妳解開。」

溫以凡也看他，喔了聲，幾秒後轉過身：「我還沒扣好。」

「……」

她打了個呵欠：「你幫我扣一下。」

換好衣服，溫以凡坐在梳妝臺前開始化妝。桑延仍然坐在原來的位子，漫不經心地看她：「妳的起床氣什麼時候能改一改？」

溫以凡回頭：「嗯？」

「睡不夠就翻臉不認人。」桑延的神色居高臨下，輕輕嘖了一聲，說話像在譴責，「害我叫妳起床的時候，話都不敢多吱幾聲。」

「那你就……」溫以凡想了想，也不覺得他不敢，「別叫我起床？」

這麼一鬧，溫以凡也清醒了不少。她決定跟他講點道理，聲音重回平時那般的溫和：「而且你不光有起床氣，平時脾氣也不好。」

桑延皺起眉頭。

溫以凡畫著眼影，繼續說：「所以我們互相遷就，好嗎？」

桑延扯了一下唇角，想到她每次叫自己起床時肆無忌憚的模樣，覺得她最近臉皮變厚了。他轉頭，也沒跟她計較，「好。」

聚會的地點在市區的一家餐廳。

兩人走進電梯，溫以凡按下三樓，她百無聊賴地看向桑延。他似乎也睏，眼皮半垂著，唇線平直，總給人一種拒人於千里之外的高貴感。

注意到她的視線，桑延也看了過來：「怎麼？」

溫以凡彎起唇，隨口說：「你長得還真好看。」

「噢，但有監視器呢。」一出聲，桑延就像是被人從神壇拉進了動物世界，意有所指道，

「回家再說。」

他又在說什麼？又是在說什麼！

溫以凡就沒見過這種人。她臉上平靜，鎮定自若地道：「那你膽子還真小。」

不等桑延再說話，電梯已經到三樓了。溫以凡牽著他往外走，順勢將話題扯開：「蘇浩安說是在哪個包廂來著？」

桑延語調閒散，意味深長地說：「膽子大一點。」

下一刻，在人來人往的走廊裡，桑延突然抵住她的後腰，往他的方向靠。然後他低下頭，咬著她的下唇，舌尖往裡面伸，舔舐著她。

全程大約三秒的時間。

溫以凡的身體僵在原地，完全沒料到他會有這樣的舉動。

桑延退後，舔掉唇角沾上的口紅漬，眉眼傲慢又帶了點調情的意味：「溫霜降，我長這麼大，沒有人挑釁我會贏。」

「……」

「既然想要，我當然能給妳。怎麼樣？」桑延抬手，用指腹輕抹了一下她的唇，語氣又跩又不可一世，「再來一次嗎？」

溫以凡是真的被桑延的無恥嚇到了。

接下來的時間，溫以凡終於開始自我反省，她覺得自己得洗心革面重新做人，不能再像從前那樣想到什麼就說什麼。

她現在才意識到，桑延不是不敢，而是為了給她面子，以前都裝作不敢。

兩人進包廂時，裡面已經坐滿了人。左右分別有兩張大圓桌，鐘思喬旁邊兩個位子還空著，似乎是留給他們的。

打聲招呼後，溫以凡往四周看了一圈，發現在場大半的人她都認識。有些不久前在校慶上見過，但大部分的人她已經叫不出名字了。

一群人邊吃飯邊聊天，飯後也沒急著走，直接在包廂裡玩起遊戲。人多，蘇浩安便建議玩狼人殺，分為兩桌。

這個遊戲溫以凡和桑延都算擅長，但擅長的方式不同。一個是因為情緒全程沒什麼起伏，總是平平和和的，讓人看不太出她說的話是真是假；另一個則是太能扯，懶懶地分析出一大堆場上的局勢，還能讓人覺得他說的極有道理，整局遊戲把其他人帶著跑。

到後來，溫以凡和桑延就像是被孤立了一樣。

所有人一開始就把他們丟出去，導致他們的懲罰次數也多了起來。

懲罰仍舊是真心話大冒險。

新一輪結束，平民勝利。溫以凡和桑延都是狼人，兩人都得被懲罰。

溫以凡抽到大冒險，桑延抽到真心話。

向朗看著桑延，隨意地問了一句：「你的初戀是誰？」

其他人都覺得他這個問題像廢話一樣，發出掃興的一聲。桑延下巴稍揚著，偏頭看向溫以凡，直截了當地道：「溫以凡。」

另一側酒量差的蘇浩安站了起來，整張臉喝得通紅，一副看熱鬧的樣子說：「溫以凡，妳打通電話給妳的初戀對象吧。」

桌上安靜下來，瞬間明白了剛剛向朗為什麼問那個問題，明顯是串通好要來整桑延的。

桑延抬眼看向蘇浩安，唇線漸漸拉直：「這樣有意思？」

溫以凡在一旁看著他裝模作樣，沉默兩秒，也配合著說：「但是我的初戀對象最近訂婚了，這麼晚打電話，我擔心會造成不好的影響。」

看到桑延的表情，喝醉了的蘇浩安也有點怕了：「好吧，那就不打了，妳形容一下吧。」

「好。」溫以凡看向桑延，盯著他的五官，慢吞吞地描述著，「黑短髮、濃眉、眼睛也很黑、內雙、高鼻梁、薄唇——」

蘇浩安饒有興致地聽著。

溫以凡頓了一下，繼續說：「笑起來右唇旁邊有個梨窩。」

在場其他人頓時明白她說的是誰，再看到桑延這悠哉的模樣，更加肯定了自己的想法。

「這樣啊。」但蘇浩安根本沒想到是桑延，只覺得巧合得要命，「一個大男人還有梨窩這麼娘炮的東西，除了桑延之外我就沒見過了。」

沒多久，蘇浩安像是意識到什麼，瞬間噤了聲。話題就這樣帶過了，又開始新一輪遊戲，熱鬧的氣氛再度帶動起來。

這輪結束後，一個男生抽中大冒險，被叫去外面找個女生要微信，好幾個人跟了出去。

平時對這種事情最積極的蘇浩安，在此刻倒是繼續喝著酒，理智在某一刻徹底沒了。他突然停下動作，起身到桑延旁邊：「兄弟。」

桑延抬頭：「幹什麼？」

蘇浩安盯著他：「我對不起你。」

桑延：「？」

溫以凡坐在桑延的旁邊，也對蘇浩安這突如其來的舉動感到茫然。

「我……」蘇浩安的說話聲渾濁，帶著鋪天蓋地的酒氣，說著說著就開始哽咽，「都怪我瞎起鬨……」

聽到這裡，另一桌的人也停止遊戲看了過來。

桑延看到一個男人在自己面前哭，雞皮疙瘩都要起來了，皺著眉說：「你有什麼事？」

「你都訂婚了，好不容易要跟你日思夜想的女神結婚了……都怪我！今天讓你認清了事實！」蘇浩安嗓門很大，像是怕全世界聽不見似的，「原來你只是個替身！」

「……」

「梨窩替身！」

番外二　哥哥

隔壁桌不了解情況，只聽到「替身」兩字，又知道從前桑延苦追溫以凡卻不得的事情，看向桑延的眼神不自覺多了幾分同情。

桑延抬頭面無表情地看他。

在這個時候，蘇浩安又看向溫以凡，像個老母親一樣：「溫以凡，雖然我也明白，桑延這個性正常人承受不了——」

溫以凡沉默地聽著。

「長得呢，可能也不盡人意。」蘇浩安繼續說，「就是命好，長了個梨窩，讓妳看上了……但是，妳也不能因為這個就把他當成——」

桑延聽不下去了，起身攔住蘇浩安。他看向溫以凡，報備般地說了一句「我帶他去醒酒」，便拖著蘇浩安往外走，嘖了一聲：「走吧，別丟人現眼了。」

他們走後，包廂內也沒重回熱鬧，安靜了片刻。

溫以凡思考了一下，還是問：「妳們聽得出我剛剛說的初戀是桑延嗎？」

有個女生回：「猜得到。」

陸續也有幾人接話，都是肯定的回答。

溫以凡這才放心下來，看見另一桌還在關注這邊的狀態，她又笑著補充：「那就好。之前我追桑延很長一段時間，我不太好意思說。桑延顧及我的面子，也沒告訴他朋友這件事。」

其他人也笑著回應，話題就這麼帶了過去。

過了片刻，向朗轉頭跟溫以凡說話，像是覺得有點好笑：「是妳顧及桑延的面子吧。我都聽蘇浩安說了，桑延到處炫耀說是妳追他，沒有人相信。」

「……」

另一邊，蘇浩安被桑延壓著洗了把臉，勉強掙脫開來後，意識也清醒了大半：「拜託！你是不是想謀殺！我怎麼知道溫以凡的初戀對象也長了個梨窩！」

桑延放開手，有點一言難盡，「你是不是哪裡有問題？」

蘇浩安：「？」

不過這段話倒是取悅了桑延。他勾了一下唇，也懶得跟眼前這個酒鬼計較：「不能喝就不要喝，別成天像個智障一樣。」

蘇浩安撐在洗手台上，吐掉嘴裡的水：「我的酒量好著呢。」

桑延從口袋裡拿了包菸。

「你怎麼不提那件事了？別忍了，你在我面前裝什麼？」蘇浩安嘆了一口氣，伸手拍拍他的手臂，「再考慮考慮吧，不能一輩子都這麼沒骨氣。」

桑延偏頭，聲線微涼：「你就沒想過那個初戀對象是我？」

蘇浩安沉默，又拍拍他的肩膀：「別作夢了。」

兩人走到走廊上，在盡頭的窗邊抽菸。

蘇浩安拿出打火機，把菸點燃，漸漸也明白了情況：「溫以凡說的初戀對象真的是你？」

桑延挑眉，不置可否，但表現出來的意味格外明顯。

「我服了，」看著他囂張的模樣，蘇浩安感覺自己剛剛那些內疚就像是餵了狗，「你就跟我說實話吧，你們這幾年是不是一直偷偷在談戀愛？」

「……」

蘇浩安冷笑著拍手：「厲害。我當時讓你跟溫以凡一起合租，你還對我發火。」

「我呢，」桑延咬著菸，聲音多了幾分含糊，「看不上這種下三濫手段。」

「……」

「不過既然你都把人送上門了，」桑延吐了口煙圈，模樣在繚繞的菸霧下有點失真，慢條斯理道，「我當然也沒有拒絕的道理。」

蘇浩安真想揍爛他這個臭不要臉的德性，但又有點惆悵：「唉，胖子結婚了。我本來以為你還得等個十年八載，現在你也要結婚了。」

桑延瞥他。

蘇浩安越想越傷心：「就連段嘉許都把到你妹。」

「……」

「而我，我他媽又被甩——」說到這裡，蘇浩安頓住，聲音恨恨地改了口，「又分手了。」

「這次又是什麼原因？」

「覺得我太笨了，毫無智商。」蘇浩安手臂搭在欄杆上，不屑地嗤笑，「說我什麼都行，說我笨？沒智商？那我能把到那麼多妹？」

桑延閒閒道：「所以你不是一直被甩？」

蘇浩安盯著他，心情沒因為他的話有什麼波動。過了幾秒，他的表情多了幾分釋然：「也是，帥哥就算一無所有，也是吃香的。」

「……」

聚會結束後，兩人回到家。

想著蘇浩安的話，以及對自己的梨窩一直萬分嫌棄的桑延，溫以凡慢一拍地猜到了什麼，彎著唇叫他：「阿延。」

桑延把客廳的空調打開：「嗯？」

溫以凡湊過去看他唇角的位置：「你的梨窩是不是一直被蘇浩安說像個小女生？」

「他今晚哭得鬼哭狼嚎的，好意思說我像小女生？」桑延順勢把她扯到懷裡，睏倦道，「不過呢，也有這個可能性。」

「啊？」

「畢竟他先前不是還想把我嗎？」

溫以凡被他抱著，聞到他身上菸酒混雜著檀木香的氣息。她又湊近了些，盯著他這自信過度的模樣，笑了起來：「我喜歡你的梨窩。」

桑延垂眸：「嗯，妳說過了。」

想了想，溫以凡改了蘇浩安的話：「梨窩紅牌。」

「……」

溫以凡想打消他被其他人的話弄出來的成見：「你的梨窩還滿有男子氣概的。」

桑延很踐：「長在我臉上當然有男子氣概，妳看長在那小鬼臉上成了什麼樣子。」

溫以凡想到桑稚笑起來臉上的兩個梨窩，有點羨慕，「你這個梨窩會遺傳嗎？可不可以讓我以後的小孩也長一對？」

桑延盯著她，吊兒郎當地道：「妳現在是找我幫忙？」

溫以凡覺得他的話不太準確：「這不也是你的小孩？」

下一刻，桑延抓著她的後頸向下壓，另一隻手抓著她的手腕。他的唇貼到她的鎖骨上，輕咬了一下，發出邀請：「那熬個夜？」

溫以凡頓時往後退，揪住他的頭髮。

「不熬，該睡覺了。我過兩年再找你幫忙吧，現在還有點早。」溫以凡聲音溫和，跟他商量，「你把身體養好，生活作息健康一點。不沾菸酒，每天早睡早起，我到時候自然會——」

不等她說完，桑延直接抱著她站起來。他掃了一眼掛鐘上的時間，剛過十點。

「幾點算熬夜？」

溫以凡愣了一下，隨口說：「十二點？」

桑延眼眸似點漆，邊親她邊往房間走，善解人意般地妥協。

「好，那今天早點睡。」

2.

這個國慶長假，桑稚也從學校回來了。在她返校的前一天，黎萍打電話叫其他人有空都回來吃頓飯，聊聊天聚一聚。溫以凡和桑延都還在休假，當天中午就回去桑家。

其他人都在，只有段嘉許還要上班，只能晚飯時間再過來。一家人有一搭沒一搭地聊著天，臨近吃飯時間，桑榮和黎萍突然被幾個老朋友叫去吃飯，毫無心理負擔地拋下他們四個。

家裡沒什麼食材，但說要出去外面吃又不知道該去哪家店，最後在溫以凡和桑稚的商量之下，他們還是決定去買點食材回來弄個火鍋吃。

剛走出樓下大門，段嘉許的車也恰好到了，三人上了車。

年後沒多久，段嘉許就從宜荷回到南蕪，在這邊開了個遊戲工作室。

段嘉許身穿白襯衫，桃花眼稍斂，工作了一天，身上也絲毫不帶疲倦。他的聲線清潤，說話時語速不急不緩，溫柔至極：「想吃什麼？」

桑延像個大爺一樣靠著椅背，懶洋洋地使喚：「開到旁邊的超市。」

此時桑稚正坐在副駕駛座上，安全帶還沒繫上。聽到這句話，她回頭看了一眼桑延，忍了一下後對段嘉許說：「你按照里程收吧，但這個時間應該可以算兩倍了。」

段嘉許輕輕笑了聲，側身幫她繫上安全帶。

桑稚獅子大開口：「收他四千。」

「好。」桑延悠閒地說，「從妳下個月的生活費裡扣。」

溫以凡安靜地坐在旁邊，不打算參與這兩兄妹之間的鬥爭，只想當個免費搭車的人。

段嘉許倒是在此時出聲，輕揉了一下桑稚的腦袋，桃花眼稍斂：「沒關係，扣就扣吧，我補給妳。」

桑稚被安撫了，收起氣勢：「喔。」

車子發動。

桑稚思考了一下這四千塊的流動，很快就覺得不對勁：「那好像是你吃虧。」

這樣算起來，不就變成段嘉許白給桑延四千塊？

她回頭：「哥，你不用給了。」

桑延拖著語調，聽起來很欠揍：「這樣不好吧？」

桑稚：「不會。你們關係那麼好，算錢才不好。」

「親兄弟明算帳，不然多傷感情。」桑延把玩著手機，一副公事公辦的樣子，「我還帶了兩個眷屬呢。兄弟，那就算個一萬二？」

桑稚有種搬石子砸自己腳的感覺，忍氣吞聲地道，「你不用算我，我是搭我男友的車，不必算錢。」

「哥哥，我不也是你的眷屬？」段嘉許笑，「不算上我嗎？」

不管聽多少次，桑延聽一個大男人這樣叫自己，都覺得是人間地獄。他冷笑一聲，聲音毫無情緒：「你是不是有什麼毛病？」

溫以凡也被吸引了注意，輕輕抿唇，看著桑延那不知是不爽還是惱羞成怒的表情。總有種他在自己面前，跟他的小情人調情的感覺。

看桑延終於不痛快了，桑稚就痛快了起來：「哥哥，不要人身攻擊。」

他們一個接一個的，像是在接龍。溫以凡感覺自己一直這麼沉默有點掃興，再加上她的前情敵都用這麼曖昧的稱呼叫桑延了。她猶豫了一下，覺得輸人不輸陣，忍不住湊到桑延旁邊。

注意到她的動作，桑延也偏向她，用眼神詢問「怎麼了」。

溫以凡貼近他耳邊，跟他說起悄悄話。

「哥哥。」

番外三　明天去登記

這聲很輕，貼在他的耳際，帶過淺淺的呼吸。

桑延的表情稍稍僵住，像是沒聽清楚似的，眼睫輕動。

他直視著她，輪廓明顯的喉結緩慢地滑動了一下，臉上情緒難辨：「嗯？」

兩人目光對上。

盯著桑延的神色，溫以凡總算有點參與感。雖看不太出來他是什麼反應，但似乎比對段嘉許的態度好了不少。她沒再重複，心滿意足地坐了回去。

但下一刻，桑延就抓住了她的手腕，挑眉說：「再叫一次。」

聞聲，前頭的桑稚回過頭來，問道：「什麼？」

段嘉許抽空往桑稚的方向掃了一眼。

見到桑延沒有搭理自己的意思，桑稚眼睛骨碌碌地轉，忽然對段嘉許說：「段嘉許，我哥在跟你說話。」

言下之意就是，你再叫一次哥哥。

段嘉許再度看向桑稚。

像是在記恨桑延剛剛的行為，桑稚還在拚命地找他麻煩，並將這希望寄託於段嘉許身上。段嘉許覺得好笑，順從地妥協道：「哥哥，怎麼了？」

那點旖旎瞬間被這句話打散。

桑延眉頭一皺，在一瞬間有了直接拉著溫以凡下車走人的衝動。他重新靠回椅背上，捏著溫以凡的力道加重：「沒事。」

他這次反應沒先前的大，讓桑稚忍不住又回頭。

桑延聲音輕飄飄地說：「在想要怎樣殺人不償命。」

段嘉許把車子停到超市外的停車場。

雖然已經談了好一陣子的戀愛，但桑稚還是不太適應在他們兩個面前跟段嘉許談戀愛，總有種在長輩面前跟男友你儂我儂的感覺。

進了超市之後，她便拉著段嘉許到另一個區域。

溫以凡從門口推了一輛購物車，被桑延扯過。她想著剛剛在車上的對話，也不知道自己是在計較什麼，但又忍不住跟他算帳：「感覺你在段嘉許面前——」

桑延轉頭。

溫以凡表情平靜，慢吞吞地拿起旁邊的商品，邊說：「還滿不一樣的。」

「……」

「不過也滿好的，」溫以凡又把商品放了回去，唇角彎起淺淺的弧度，聲音溫和，「也多虧了他，我才能看到你不同的一面。」

桑延的手肘撐在購物車上，背脊稍彎，看著她：「哪裡不一樣？」

溫以凡也說不上來。

「溫霜降，妳這行為也很新鮮。跟我在一起那麼久，每次吃醋，」桑延站在原地，神色懶懶，「都是因為一個土氣的男人。」

「……」

「故意找我碴？」

這句話一落，溫以凡回想了一下，好像確實是如此。畢竟這麼久了，她也沒在他身邊看過什麼異性朋友。

她不太想承認自己這行為是在找碴，認真地說：「那下次段嘉許再叫你『哥哥』，你可不可以坦然接受？」

桑延：「？」

溫以凡補充：「不然你們有點像在打情罵俏。」

「妳知不知道什麼叫打情罵俏？」桑延身子前傾，抬手抵住她的腦袋，笑了，「還是說，妳是在怪我沒讓妳嘗過打情罵俏的滋味？」

溫以凡抬頭。

「那傢伙這樣叫我是要讓我噁心，妳叫我才是打情罵俏。」桑延用力揉她頭，將話題重新帶回去，「剛剛在車上叫我什麼？」

溫以凡不好意思再重複，改口：「弟弟。」

「噢。」桑延倒也接受，漫不經心道，「姊姊喜歡年紀小的？」

第一次聽他這樣叫自己，溫以凡頓了一下，臉莫名有點燙。她輕輕抿唇，自顧自地往前走，沒再繼續這個話題，裝作鎮定自若的模樣。

桑延跟在她後面，神態懶洋洋，又叫了一聲：「姊姊。」

溫以凡回頭：「你不要這樣叫我。」

「怎麼？」桑延揚眉，聲音帶了點挑釁，「我看起來年紀不夠小？」

「……」

另一邊，桑稚扯著段嘉許在超市裡隨意逛著，鬱悶地碎碎念：「我哥也太煩了，動不動就拿生活費來威脅我。我也不是在意這些錢，但他這樣也太幼稚了……」

段嘉許笑：「他那份以後換我給妳。」

桑稚立刻瞪他，抓住其中的重點：「你為什麼要幫他給？」

「……」

「雖然我剛才看你能氣到我哥，我還滿高興的。」桑稚憋了幾秒，還是選擇過河拆橋，「但我現在越想越覺得不對，你不要老是那樣調戲我哥，我都覺得你們像是一對了。」

像是覺得荒唐，段嘉許無言了：「什麼？」

桑稚盯著他那像是隨時在放電的雙眼，嘀咕道：「反正你以後注意一點。我明天就回學校了，也看不到這邊的情況，要不然你就少跟我哥見面。」

段嘉許轉頭看她。

「不過我那天看你跟錢飛哥說話，還有浩安哥。」桑稚感覺眼前的男人一言一行都像是在蠱惑人心，很不講理地開始翻舊帳，「也都滿曖昧的。」

段嘉許的模樣斯文坦然，慢條斯理地道：「放心，哥哥只喜歡年輕的。」

說著，段嘉許彎起唇捏捏她的臉，話裡帶著淡淡的譴責。

「小沒良心的。」

桑稚裝作沒聽見，拉著他繼續往前走，順帶把話題扯開：「我哥說今晚吃個火鍋，那我們去看看蔬菜。對了，你之後就算加班，也要記得吃晚飯。不要老是吃外食，你要是不想做的話，可以去我家吃。」

段嘉許拉長尾音啊了聲：「那不就得見到妳哥？」

「那……」桑稚回頭，莫名有點心虛，「那你不要跟他說話就好了……」

從這排貨物架穿過，再徑直往前，兩人走到生鮮區。

桑稚一眼就看到站在那邊的桑延和溫以凡。她牽著段嘉許，下意識往他們的方向走，剛走到桑延身後，另一側突然有個熟悉的聲音叫住她。

「桑稚。」

她聞聲望去，瞬間對上自己的國高中同學傅正初的臉。

其餘三人也順勢看過來。

傅正初神色明朗，笑著說：「真巧，又見面了。」

段嘉許眉梢輕挑了一下。

注意到桑稚身後的段嘉許，以及他們兩個交握著的手，傅正初的表情微滯，脫口而出：「這個真的不是妳哥嗎？」

桑稚剛上國中時，因為在課堂上惹怒了老師，所以她偷偷拜託段嘉許去幫她見老師。當時傅正初也在場，也因此，他一直以為段嘉許是她親哥。

前幾天，桑稚國慶放假回來，是段嘉許來南蕪機場接她的。兩人當時恰好碰到去機場接人的傅正初。

那天，注意到兩人親密的舉止，傅正初極其難以接受，像是道德觀被顛覆了一樣。之後還傳訊息來委婉地勸導了她一番，試圖讓她回頭是岸。

桑稚覺得無語，指了指桑延：「這個才是我哥。」

桑延手插口袋站在原地，神態居高臨下。

「喔喔，哥哥、姊姊們好。那桑稚，你別把我之前的話放在心上，是我誤會了。」傅正初抓抓頭，也解釋了一句，「那我先走了？我跟我舅舅出來買……」

沒等他說完，突然有人扔了幾盒巧克力牛奶到他面前的購物車裡，發出幾聲聲響。

順著這舉動，眾人看了過去。

來人是個高瘦的男人，穿著深色襯衫，袖子挽到手肘上。他的膚色白到病態，額前碎髮稍稍遮住眉眼，眼角弧度微揚，銳利冷然。

男人的臉上不帶任何表情，目光從他們身上掃過，眼神漠然到像是看著一堆無機物。長得極為帥氣，卻跟桑延和段嘉許的氣質全然不同，像是一朵無人能採摘的高嶺罌粟。

溫以凡和桑稚都不自覺多看了幾眼。

傅正初盯著他扔進來的東西，隨口問：「舅舅，你什麼時候開始喝巧克力牛奶了？」

男人沒應聲，抬腳往另一頭走。

在這個時候，桑延散漫地出聲：「傅識則？」

傅識則腳步停住，轉頭，輕描淡寫地往桑延的方向看，仍然沒半點要說話的意思。旁邊的傅正初覺得冷場了，立刻開始緩和氣氛：「哥，你認識我舅舅啊？」

桑延下巴稍揚，沒說話。

見狀，傅正初看向傅識則，用眼神示意他說幾句。

傅識則上下打量著桑延，情緒沒任何變化。他輕輕地頷首，冷漠收回視線，又繼續往前走，像是很看不上他這種套交情的行為。

溫以凡還是第一次見到有人這樣給桑延臉色看，她覺得稀奇，繼續盯著傅識則的方向。

傅正初格外尷尬，勉強解釋一句「我舅舅嗓子最近不太舒服，哥你別介意啊。」然後他跟其他人道別，立刻推著購物車追上傅識則。

桑稚又把這個事情點出來：「哥，人家好像不認得你。」

桑延毫不在意地「啊」了聲。

溫以凡的目光還放在傅識則的背影上，也問：「你認識嗎？」

「嗯。」桑延看著她，平靜地解釋，「以前也在一中，比我小一屆。」

溫以凡點頭，視線仍然未挪。

周遭瞬間安靜下來。過了一陣子，溫以凡突然注意到不對勁，轉頭看向桑延。

與此同時，桑延也出了聲，面無表情地說：「他很帥？」

這句話明顯是誤解了她的行為，溫以凡正想解釋。

桑延眼眸漆黑，捏住她的下巴，一字一字地道：「妳眼睛怎麼不乾脆長在他身上？」

◇

返程的車上。

幾個人聊著天，不知不覺又扯回剛才的事情。說到這裡，桑稚覺得奇怪，忍不住問：「哥，我那個同學把段嘉許當成我哥了，你怎麼不覺得奇怪？」

「哪裡奇怪？」桑延閒閒地道，「我以前也以為妳把他當親哥哥。」

這件事也過好幾年了，桑稚自暴自棄地坦白：「我國中的時候，讓段嘉許冒充你去幫我見老師了。」

桑延抬眸：「我知道。」

桑稚：「？」

「妳的老男友經過我同意才去的。怎麼，妳不知道？」桑延像在看熱鬧似的，語氣很欠揍，「噢，原來還當成你們之間的小祕密啊。」

桑稚面色一僵。

「好。」桑延痛快道，「那當我剛剛沒說。」

桑稚看向段嘉許，正好注意到他此時正忍著笑，更加不爽：「你笑什麼？」

「在想妳那時候還真自來熟，小小年紀就威脅我，不同意就說要跟阿姨告狀，說我跟妳哥對妳——」段嘉許回想了一下，眉眼舒展，「男男混合雙打？」

這句話讓桑稚想起自己以前的糗事。她覺得彆扭，不想再跟這兩個老東西交談，回頭跟溫以凡說話：「以凡姊。」

溫以凡正看著手機，抬頭：「嗯？怎麼了？」

桑延打斷他們的交流：「不知道要叫嫂子？」

桑稚才懶得理他，跟他作對般地重複：「以凡姊，妳說我同學的舅舅是不是長得很帥？」

這句話讓車裡安靜片刻。

段嘉許瞥了她一眼。

桑延也順勢看向溫以凡，眼神似乎是在叫她小心回答。

桑稚又刻意道：「感覺可以贏過這整車的男人。」

「小鬼，妳的感覺錯了，跟我比還早得很。」桑延的目光仍放在溫以凡身上，指尖在她手背上輕敲，語氣傲慢，「駕駛座呢，倒是綽綽有餘。」

桑稚的表情一言難盡，繼續等著溫以凡的答案。

想到剛剛在超市就有點惹到桑延了，但傅識則的長相確實也不能說是不帥。溫以凡認真地想了想，忽略桑稚的稱讚，中規中矩地答：「是滿帥的。」

但這回答讓桑延的氣壓明顯低了下來，捏著她手的力道也加重了些。

恰好遇上紅燈，車子停了下來。

前面的桑稚忽地收回視線，看向段嘉許的方向，短暫問了句「幹嘛」，之後再無動靜。兩人對視著，沒發出什麼聲響。

溫以凡現在也沒精力關注前面，盯著桑延生硬的表情，思考著要如何哄他。她嘆了口氣，壓低聲音主動提議：「算了，弟弟有點不成熟。」

「？」

「我們還是別姊弟戀了。」溫以凡彎起唇，話鋒一轉，「可以嗎？哥哥。」

「……」

此時此刻，前方。

坐在駕駛座上的段嘉許側過頭，直勾勾地盯著桑稚。他的眼眸染光，璀璨而分明，嘴巴一張一合，卻沒發出任何聲音。

桑稚沒太看懂，把腦袋湊過去：「什麼？」

段嘉許低頭，嘴唇貼在她的耳邊，悠悠道：「哥哥打算爭個寵。」

桑稚茫然：「啊？」

沉默幾秒，她聽到男人的聲音更低了些，近似用氣音，跟她調情。

「回去再給妳看點好看的。」

把車子開回桑家。溫以凡被桑稚拉著先往大門的方向走。

桑延和段嘉許走到後車廂，將剛買回來的大包小包提出來。他雙手都是袋子，空不出手，加上後車廂的蓋子也不算高，便直接抬腿將車蓋往下踢：「你可以管好那個小鬼嗎？」

段嘉許笑：「怎麼了？」

「叫她注意一點，想給你找麻煩的時候，就專注地找。」桑延偏頭，直截了當地道，「別拉我女朋友下水。」

「你直接找她談吧。」段嘉許溫文爾雅地道，「我不太管她，通常都是她管我。」

桑延有點受不了他談戀愛時的德行，嘖了一聲。兩人等著電梯，有一搭沒一搭地閒聊。

溫以凡和桑稚已經上去了。

「因為你結婚這件事，最近蘇浩安打了好幾次電話給我。」段嘉許低笑了聲，「每次都問我什麼時候結婚，說要趕在我之前。」

桑延散漫道：「他怎麼那麼愛管閒事。」

段嘉許眼角微彎，十分尊重地詢問了一下當事人眷屬的意見：「你覺得什麼時候好？」

桑延嗤笑：「關我屁事。」

段嘉許：「你妹可以大三就結婚？」

電梯恰好到一樓，發出「叮」的一聲。

場面靜止。

桑延定定地看著他，忽然轉了一下脖子，把袋子扔到地上，然後抬手扣住段嘉許的脖子向下壓，感覺自己每天都在被這畜生刷新觀念。

「厲害，談個戀愛連物種都變了。」

因為他的力道，段嘉許身子前傾，咳了一聲。他好脾氣地抬頭，神色從容鎮定，彷彿不覺得自己的話有什麼問題：「什麼意思？」

「可以再讓我看看你當人的時候是什麼樣子嗎？」桑延服了，「我根本想不起來了。」

「自己注意點。」桑延鬆開手，重新把地上的東西撿了起來，「我家不收畜生。」

「……」

3.

溫以凡生日的前一天晚上。

不知道剪刀被桑延收到哪裡去了，溫以凡在客廳翻找半天，突然在其中一個櫃子裡，發現幾支桑延的舊手機。

其中一支是老式的按鍵手機。

邊緣已經被燒熔，變了形，看起來完全不能用了的樣子，也不知道還留著幹什麼。

這個痕跡，讓溫以凡立刻想起房子被燒的那天，錢衛華採訪桑延時他所說的話。

——『除了房子和傢俱就燒掉一支手機，不過也早就不能用了。』

看來說的就是這一支，溫以凡愣愣地看了一會兒。

恰好在這個時候，玄關響起開關門的聲音。她轉過頭，跟剛進門的桑延對上視線。他一邊換著鞋子，一邊問：「在幹什麼？」

溫以凡啊了聲：「找剪刀。」

桑延：「我放在廚房了。」

「好。」溫以凡把手機歸回原處，站起身往廚房走。她的思緒有點飄，仍想著那支手機，餘光見到桑延也跟了進來，便主動承認，「我剛剛看到你的舊手機了。」

桑延隨口應：「嗯，拿剪刀做什麼？」

溫以凡：「我想開個面膜，撕不開。」發現話題被他帶歪了，溫以凡又帶回來：「那手機裡有什麼東西嗎？你怎麼還留著？都燒成那樣了。」

桑延言簡意賅：「我們的成績。」

這句話等同於在說，那手機裡存著他們高二到大考結束後的訊息。

零零散散的對話，偶爾的問候，還有固定的互報成績。

要仔細想的話，溫以凡也能勉強想到他們那時候每天都在說些什麼。不夾雜任何曖昧，對話都正常，不含別的意味，卻似乎自帶甜意。

桑延：明天妳生日，下次我過去帶個禮物給妳？

溫以凡：你生日是什麼時候？

桑延：元旦後一天。怎麼了？

溫以凡：回禮。

桑延：考差了，安慰我幾句吧。
溫以凡：晚一點可以嗎？我考得很好，還想開心一會兒。
溫以凡：我今天回家的路上，在便利商店看到一個男生，很像你，還以為是你過來了。
桑延：下週六，可以嗎？
溫以凡：什麼？
桑延：給你看看本人。

溫以凡的回憶被桑延打開水龍頭的動作打斷，她回過神，盯著他的側臉，回想起重逢之後，他裝作不認識自己的樣子，問道：「你之前為什麼裝作不認得我？」
「那麼久不見，」桑延抽了張面紙擦手，不正經地說，「我怕妳跟我借錢。」
瞥見她的表情，桑延忍不住笑出聲，習慣性捏她的臉：「妳這什麼眼神，我不能幫自己留點面子嗎？」
溫以凡：「那你讓余卓來跟我說話不就好了？」
「我想幫自己留點面子，」桑延不知道是她想法有問題，還是自己的邏輯有問題，「不代表我不想跟妳說話，懂？」
溫以凡頓了幾秒，莫名笑了，「所以裝作不認識來跟我說話。」

桑延似乎不在意被她知道這些事情，只看著她笑，也跟著笑起來。他直起身，想拿起一旁的剪刀：「不是要用剪刀？」

還沒等他拿起來，溫以凡已經鑽進他的懷裡，伸手抱住他。

桑延動作一停：「怎麼？」

「沒什麼，」溫以凡也不在意他是不是能聽懂，低聲自言自語，「抱抱本人。」

廚房內光亮寂靜。

聽到這句話，桑延的神色微愣，然後不知是想起了什麼，唇角扯起。良久，他低頭吻了一下她的腦袋，叫她：「溫霜降。」

溫以凡抬頭，對上他的眼。

「嗯？」

男人碎髮落於額前，在臉上打下細碎的剪影。他的身材高大寬厚，回抱著她，帶著極為強烈的安全感。他用鼻尖輕輕磨了一下她的鼻子，很自然地說：「明天去登記。」

這句話突如其來，像是氛圍到了之後的臨時起意，又像是深思熟慮過後說出來的話。

但不管是哪種情緒，都是在告訴她，他已經把她的一輩子訂下來了。

溫以凡莫名有點想哭，用力眨眨眼睛，半開玩笑：「不挑個黃道吉日嗎？」

桑延抬手，輕撫著她的眼角。

「明天就是。」

「明天？」溫以凡思考了一下，「明天好像是我生日。」

「嗯。」

一瞬間，溫以凡明白了他話裡的意思。

妳出生的那天，對我來說，就是一年到頭最佳的黃道吉日。

番外四　死纏一輩子，都還是想擁有的人

桑延視角

大考結束，桑延迎來人生最漫長的一個暑假。從北榆回來之後，有很長一段時間，他都沒再聽誰提過溫以凡這個人。

他考了個好成績，拿到國內排名很好的大學的錄取通知書。父母高興驕傲，親戚時不時拉他出來誇讚，周圍的所有一切都淹沒在喜悅之中。

脫離了讀書壓力的苦海，桑延的時間變得很充裕，生活也豐富而充實。

桑延沒跟任何人提及與溫以凡那一段，本以為能看到曙光，卻無疾而終的關係。他照常跟朋友出去打球玩遊戲，照常在父母的教訓下不耐煩地照顧妹妹，照常熬夜再睡到日上三竿，照常過著自己的生活。這件事似乎格外簡單。

離開了那座城市，只要他不再主動去打探，就等同於切斷了兩人之間的交集。不需要刻意為之，他就能徹底地脫離她的世界。

不費吹灰之力。

桑延從沒刻意去回想過溫以凡這個人。

他覺得這只是一件運氣好，又不太好的事情。

運氣好，遇見了喜歡的人；運氣不好，她不喜歡我。

極為平常，平常到讓他覺得多說一句、多難過一秒、多想起她一次，都顯得做作。

再次想起溫以凡，是在到南蕪大學報到那天。

桑延認識了同寢的段嘉許，並得知他不是南蕪本地人，是從宜荷考來的。聽到這句話的同時，他近乎脫口而出：「宜荷怎麼樣？」

「很不錯，有空可以去玩玩。」段嘉許笑，「就是氣候跟這邊差很多，所以我過來南蕪還有點不適應。」

那時候，宿舍其他兩人一個在跟家裡講電話，另一個在洗澡。

兩個大男孩靠在陽台欄杆上，吹著夏日晚間的風。聽到這句話，桑延低頭從口袋裡摸出菸盒，往嘴裡咬了根菸，不發一語。他沉默地朝段嘉許遞出菸盒。

段嘉許接過，卻只放在手裡把玩著，沒多餘的動靜。

桑延掏出打火機，看著火舌舔過菸頭，發出猩紅的光。他吐著煙圈，模樣有點失神，莫名想起溫以凡好像不太喜歡會抽菸的人。

每次在街上碰到有人抽菸，她都會拉著他的手臂快步經過。

桑延也想不太起來，自己是從什麼時候開始抽菸的，是從什麼時候開始，甘願變成她不喜歡的那一類人。

「怎麼了？」見他遲遲不說話，段嘉許隨口問，「你有朋友考到那邊去？」

「不是，」桑延神色閒散，「是我本來想報。」

「那怎麼沒報？」

安靜的夜晚，風捲過桂花的香氣，帶來撲面的燥熱。

桑延穿著黑色的T恤，眸色似點漆，手肘搭在欄杆上，聽著外頭不知從何傳來的笑鬧聲。他沉默著，沒有回答，將手上的菸抽完。

不知過了多久，在段嘉許以為他不會回答的時候，桑延忽然淡淡笑了一聲，平靜地說：

「來不及改志願。」

日子按部就班地過著。

桑延結束了軍訓，被曬黑了一圈，開始了大學生活。在這期間，他受到不少女生的追求和告白，卻對這方面沒有任何心思。只覺得又麻煩又累，到最後連拒絕都懶，絲毫不給人靠近的機會。

過得極其清心寡欲。

桑延並不覺得自己刻意地在等誰，他只是不願意將就和妥協。他絕不會做出，覺得年紀到了，亦或者是覺得遇到了一個合適的時候，就草率地決定隨意找個人談個戀愛的行為。

他從不覺得，人的一生，是必須有另一半的。

運氣好能遇到，那當然很好；但如果遇不到，這一生就這麼過了，也沒什麼大不了。

霜降那天的淩晨，桑延莫名夢到高一開學沒多久的時候，夢到了當時在班上人緣不算好的溫以凡。

那個被人在背後議論、取外號，仍舊好脾氣的「溫花瓶」。

醒來時，他皺眉看了一眼時間。

淩晨兩點剛過十分，已經到二十四號了。

桑延坐在床上發了一會兒呆。也許是夜晚情緒的發酵，在那一瞬間，他徹底無法控制自己的情緒和衝動。他拿起手機，從床上下來，走到陽台。

他熟稔地在撥號鍵上敲下溫以凡的號碼。

在撥打出去的前一秒，桑延的腦子裡還閃過無數的想法。

她聽到自己的聲音會是什麼反應？這個時間她一定睡了，被吵醒了會不會生氣？會不會看到是他直接不接？他說了那樣的話，再打這通電話是不是不太妥當？

可是他想知道，她到了一個新環境，能不能適應，會不會被人欺負。

這些念頭，都中止於電話那頭傳來的機械般的女聲。

『對不起，您所撥打的號碼是空號。』

那是第一次，桑延清晰地感覺到，他是真的徹底被溫以凡拋棄了。

像是堆積起來的情緒在頃刻間爆發，桑延狼狽地低下頭，喉結上下滑動著。他把手機從耳邊放下，重新撥打一次，聽著那頭一遍又一遍地說著同樣的話。

直到自動掛斷，他又繼續重複，執拗般地，重複無數遍。

靜到聽不見任何聲音的夜，少年靠在欄杆旁，持續做著相同而無意義的事情。直到手機沒電關機，他才緩慢放下手機，獨自在陽台發呆良久。

看到天漸漸亮起來了，他才回到宿舍內。

桑延好像總有說不出口的話，比如去北榆見她的那一次，他想了很久，練習了很多次的話也來不及跟她說。

而這次，這句生日快樂，好像也一樣。

大概會成為這輩子都再也無法說給她聽的話。

◇

大一的那個寒假，桑延被蘇浩安拉著去跟高中同學吃了頓飯。也是那次，時隔半年他第一次從鐘思喬口中聽到溫以凡的消息。

當時桑延覺得包廂內太悶，走到走廊上抽菸。

沒多久，鐘思喬也出來接電話。因為光線昏沉，她並沒有注意到另一側的桑延：「妳寒假真的不回來啊？我還想說妳來南蕪，或者我去北榆找妳玩幾天。」

聽到這段話，桑延的動作停下。

鐘思喬：「為什麼不回來啊？談戀愛了嗎？」

桑延看了過去。

「不是怎麼不回來？妳一個人在那邊多慘啊……」鐘思喬說，「好吧，那妳自己在那邊注意一點。對了，妳之前跟我說的那個遊戲我下載好了，今晚回去玩。我忘了妳說是哪個區了，二區嗎？」

「那我沒記錯。不過妳怎麼會開始玩遊戲？我還滿驚訝的。」鐘思喬說，「妳的遊戲名稱叫什麼？我跟妳取姊妹名！」

「溫和的開水？」鐘思喬笑了半天，「這什麼名字？好，那我要叫凶猛的冰水。」

再後來，桑延從蘇浩安口中得知鐘思喬玩的那個遊戲名字。在除夕前的某個晚上，他在床上躺著，突然起身開了電腦。

盯著螢幕半晌，他打開網頁，下載那個遊戲。

桑延下意識地想註冊成男性，在想到溫以凡時他遲疑了一下，滑鼠一滑，改成女性。他盯著螢幕，在輸入遊戲ＩＤ的介面上停了幾秒。

然後他緩慢地敲打了兩個字。

——敗降。

他認輸了，他根本就放不下。

桑延玩了幾天，直到升到跟溫以凡差不多等級時，他才在添加好友的視窗裡，輸入「溫和的開水」五個字。

這個遊戲可以隨機添加好友，其中一個等級任務就是添加五十名好友。

沒多久，溫以凡那邊就按了同意。

透過遊戲定位，桑延找到了她。他控制著遊戲裡的人物，走到她旁邊，看著她獨自一人在那裡打著怪，他也做著相同的舉動。

過了好一陣子，桑延停下動作，開始敲字。

【敗降】：組個隊？

與此同時，溫以凡控制的人物動作也停下來。沒多久，她的頭頂跳出一個小氣泡。

【溫和的開水】：好。

那一瞬間，桑延徹底認了命，時隔半年地覺得輕鬆至極。他彎起嘴角，想起兩人最後一次見面時，自己說的話。

——『我不會再纏著妳。』

是承諾般的話。

猶如從前他對她說的那句「我會一直陪著妳」。

他既然都這樣承諾了，就得做到。但他做不到，就只能換個身分，重新回到她的身邊。

溫以凡上線的頻率不算多，最頻繁的是在大一下的那個學期。兩人在這段時間裡漸漸熟稔了起來，偶爾也會說幾句現實生活裡的事。

他知道她在學校裡最常去的地方是圖書館，知道她在校外的飲料店打工，知道她一直沒有交男朋友。

桑延謹慎而不唐突地，用這種方式打探著她的生活。

之後，也許是因為現實的事情很忙，溫以凡登入遊戲的次數慢慢變少，這個週期逐漸拉長，從幾天到一週，再到幾週幾個月，但這四年裡，她一直沒徹底斷過這個遊戲。

兩人聊的全是些瑣事。

【溫和的開水】：你這個名字還滿不吉利的。

【溫和的開水】：失敗和投降？

【敗降】：醬。

【溫和的開水】：不對，你這個是讀祥還是醬？

【溫和的開水】：那你打錯了？不應該是將嗎？

【敗降】：將被註冊了。

【溫和的開水】：我最近學業太忙了，可能不太會玩了。

【敗降】：嗯。

【溫和的開水】：感覺我們一直一起組隊，雖然不知道妳有沒有等，但我還是怕妳有時候會等我，所以還是跟妳說一聲。

【敗降】：有在等。

【敗降】：但我準備實習了，也很少登入。

【敗降】：有空再聯繫。

兩人唯一的交流方式也就此減少。

桑延照常每隔一段時間會去宜荷一趟，偶爾幾次沒碰上面，但多數時候都能看到她的近況。看到她又瘦了一些，身邊交了新朋友，頭髮剪短了，似乎開朗了一些。

再之後，微信這個通訊軟體上線。

某個晚上，桑延看到「新的朋友」那一欄裡多了個紅點。他點開一看，看到對方的名字只有一個「溫」，ＩＤ是wenyifan1024。

——透過手機通訊錄添加。

桑延盯著看了幾秒，點了同意。

那頭沒主動跟他說任何話，似乎加他好友這件事，只是失誤之下的一個舉動。

又過了一段時間，桑延看到她發了第一條朋友圈，圖片是一張辦公桌上放了一大疊報紙，她配上的文字是：看了一週的報紙，明天再沒事做我就開始背了。

鐘思喬在底下嘲笑：哈哈哈哈哈找到實習不錯了！

順著圖上的字跡，桑延認出那是宜荷日報。

再次去宜荷，路過一家報攤時，桑延的腳步稍頓，走了過去。他從錢包裡掏出幾張一百，遞給報亭的阿姨，輕聲說：「阿姨，您能每天幫我留一份宜荷日報嗎？」

「啊？留一份？」

「嗯，我三個月來拿一次。」

溫以凡畢業典禮的那天，桑延進了禮堂，坐在後排看著她上台領畢業證書。他看著畢業典禮結束後，她被朋友拉著出去拍照。

在他眼裡，她站在人群中永遠是最顯眼的那一個，永遠是能讓他第一眼看到的那個存在。

某一刻，桑延從口袋裡拿出手機。他盯著遠處的溫以凡，她身陷人海之中，像是被一道屏障與他隔絕開來。

那麼多次，她沒有一次發現他的存在。從始至終，她似乎從來都看不見他。

桑延身著正式的白襯衫、西裝褲，儘管他並不適應這樣的穿著。他舉起手機，時隔四年，當著她的面叫出她的名字：「溫以凡。」

順著聲音，溫以凡茫然地看了過來。

那是桑延第一次，沒戴口罩和帽子出現在她的眼前。

他矛盾至極。渴望被她發現自己，卻又不想被她發現。

在溫以凡的視線徹底投到他臉上的那一瞬間，桑延還是轉了頭，往另一個方向走。他低頭看著手機螢幕上的溫以凡，她的臉上還帶著淺顯的笑意，似乎還沉浸在畢業的快樂之中。

理應如此。

這是讓她開心的日子，不適合見到不該見到的人。

他彎起唇角，一步一步地遠離那片熱鬧，猶如以往的任何一次。

他獨自一人前來，又獨自一人離開，像是來來回回地重複著一段孤獨又沒有盡頭的旅程。

◇

畢業後，桑延跟幾個朋友合資開了酒吧。他留在大四實習的公司，工作上的事情忙，去宜荷的次數也隨之減少。

透過溫以凡的朋友圈，桑延知道她換了新工作，去了宜荷廣電的新聞節目組。其餘的，他一概不知。

有空時，桑延會登入一下那個遊戲。

時隔好幾年，這個遊戲已經漸漸衰敗，玩家數量大不如前，好友列表裡全是一片灰。順著地圖走過去，只能偶爾見到幾個刷等級的工作室。

某個夏日夜晚，桑延在睡前習慣性地登入遊戲，這次卻意外看到已經一年多沒登入的溫以凡。他看了好幾秒才確定自己沒認錯，直接飛到她那邊去。

【敗降】：被盜帳號了？

【溫和的開水】：……妳還在玩？

【敗降】：嗯。

【溫和的開水】：我清電腦軟體，突然發現這遊戲我還沒解安裝，就上來看一下。

【敗降】：妳過得怎麼樣？

安靜片刻。

【溫和的開水】：不太好。

【溫和的開水】：生活哪有開心的，但也只能這麼過了。

桑延一愣，那是她第一次在自己面前表露出生活的負面情緒。

又瞎扯了幾句。

【溫和的開水】：我還有事，先下了。

之後，溫以凡下了線。

桑延盯著螢幕，良久後，訂了隔天中午飛宜荷的機票，到宜荷已經是晚上了。

桑延坐上計程車，到宜荷廣電的門口。

還沒下車，他就見到溫以凡從裡面走出來。她揹著包包，慢吞吞地往前走，神色有點放空。

他下車，沉默地跟在她身後。

溫以凡直直地往前走，穿過一條街道，轉彎。路過一家蛋糕店時，她在門外停了三秒，盯著玻璃窗裡的草莓蛋糕。像是覺得價格太貴，很快她就收回視線，繼續往前。

溫以凡在街旁的長椅坐下，失神地盯著地板。

沒有哭，沒有玩手機，也沒有打電話，沒有做任何事情，也不知道是發生了什麼事。

桑延站在轉角處，盯著她看了很久。他眨眨眼，轉頭走進那家蛋糕店，把那個草莓蛋糕買下。他付了款，卻沒接過店員手中打包好的蛋糕盒。

他指指外頭，提出要求：「您能幫我把這個蛋糕送給那個坐在長椅上的女人嗎？」

店員：「啊？」

「就說這是你們店裡的新品。」桑延想了個蹩腳的理由，「請她發朋友圈宣傳一下，就可以免費送她一份。」

回南蕪後的三個月，桑延每天都會想起獨自坐在長椅上沉默無言的溫以凡。某個瞬間，他終於想清楚，起身打開電腦開始寫辭呈。

如果她過得不好，他好像也沒什麼要繼續糾結的了。

桑延想起在遊戲上，他來不及發送出去的那句話。

——妳要不要換個地方發展？

可他發送成功後，她已經下了線，從那之後，也再沒登入過。

她依然沒有收到他的話。

但這好像也是一件很容易解決的事情，如果妳不來，那麼，我就去見妳。

正式離職的那天晚上，桑延被蘇浩安叫去「加班」喝酒。

一進門，他就立刻看到坐著的溫以凡。她穿著淺色毛衣，膚色白如紙，唇色卻紅，笑著跟對面的鐘思喬聊天，一如從前的每個瞬間。

那一刻，桑延有一瞬間的恍惚，像是進入了幻境之中。

桑延沒像以往那樣直接上二樓，而是走到吧檯，跟何明博說話。何明博有些納悶，問道：

「哥，你怎麼不上去？」

他心不在焉地應著：「啊，等一下。」

何明博：「那我幫你調杯酒？」

「不用。」

兩人隨意扯了幾句。

在這個時候，溫以凡那頭發出巨大的聲響。他順勢望去，看到余卓手上的酒打翻，全數淋到她身上，正白著臉道歉。

她明顯被酒冷到，立刻站了起來。

簡單交涉完，溫以凡像是打算去洗手間。她抬起眼，撞上他的目光。

是時隔六年的對視。

桑延定在原處，腦子有些空白。

但似乎是沒認出來，也似乎是早就察覺到他的存在，溫以凡的眼神很平靜，很快就挪開視線。

隔壁的何明博說著話：「噯，這個人看起來還滿好說話的，我讓余卓處理吧──」

桑延站直身子，看著溫以凡的背影，打斷他的話。

「我去吧。」

果然，他還是難以忍受這種，被她隔絕在世界之外的感覺。

他想見她，那麼，他就應該去見她。

既然無法再愛上任何人，那就窮極這一生，去愛那個死纏一輩子，都還是想擁有的人。

《全文完》

高寶書版集團
gobooks.com.tw

YH 053
難哄（下）

作　　者 竹　已
特約編輯 米　宇
責任編輯 陳凱筠
封面設計 Ancy pi
內頁排版 賴姵均
企　　劃 何嘉雯

發 行 人 朱凱蕾
出　　版 英屬維京群島商高寶國際有限公司台灣分公司
Global Group Holdings, Ltd.
地　　址 台北市內湖區洲子街88號3樓
網　　址 gobooks.com.tw
電　　話 (02) 27992788
電　　郵 readers@gobooks.com.tw（讀者服務部）
傳　　真 出版部(02) 27990909　行銷部 (02) 27993088
郵政劃撥 19394552
戶　　名 英屬維京群島商高寶國際有限公司台灣分公司
發　　行 英屬維京群島商高寶國際有限公司台灣分公司
初　　版 2021年9月

本著作物《難哄》，作者：竹已，由北京晉江原創網絡科技有限公司授權出版。

國家圖書館出版品預行編目(CIP)資料

難哄/竹已著. -- 初版. -- 臺北市：英屬維京群島商高寶國際有限公司臺灣分公司, 2021.09
面；　公分. --

ISBN 978-986-506-231-6(上冊：平裝). --
ISBN 978-986-506-232-3(中冊：平裝). --
ISBN 978-986-506-233-0(下冊：平裝). --
ISBN 978-986-506-234-7(全套：平裝)

857.7　　110014563